PUBG

世纪网缘

没关系！你跟在我身后，
我会护着你的。

北京燕山出版社

图书在版编目（CIP）数据

世纪网缘 / 酱子贝著. — 北京：北京燕山出版社，2022.4

ISBN 978-7-5402-6451-2

Ⅰ.①世… Ⅱ.①酱… Ⅲ.①长篇小说－中国－当代 Ⅳ.① I247.5

中国版本图书馆 CIP 数据核字（2022）第 038202 号

世纪网缘　　Shiji Wang Yuan

作　　者：	酱子贝
责任编辑：	王月佳
出版发行：	北京燕山出版社有限公司
社　　址：	北京市丰台区东铁匠营苇子坑 138 号 C 座
电　　话：	010-65240430（总编室）
印　　刷：	北京盛通印刷股份有限公司
开　　本：	880mm×1230mm　1/32
字　　数：	220 千字
印　　张：	9.5
版　　次：	2022 年 4 月第 1 版
印　　次：	2022 年 4 月第 1 次印刷
定　　价：	39.80 元

版权所有　翻版必究

目录

CONTENTS

第 1 章
001

第 2 章
007

第 3 章
014

第 4 章
020

第 5 章
026

第 6 章
032

第 7 章
037

第 8 章
044

第 9 章
050

第 10 章
056

第 11 章
062

第 12 章
067

第 13 章
073

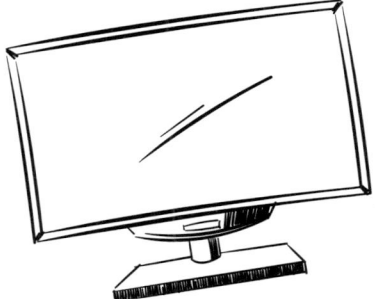

目录

CONTENTS

第 14 章
077

第 15 章
083

第 16 章
089

第 17 章
094

第 18 章
100

第 19 章
107

第 20 章
112

第 21 章
118

第 22 章
123

第 23 章
128

第 24 章
133

第 25 章
139

第 26 章
144

目录

CONTENTS

第 27 章
150

第 28 章
155

第 29 章
161

第 30 章
166

第 31 章
172

第 32 章
178

第 33 章
184

第 34 章
190

第 35 章
195

第 36 章
200

第 37 章
208

第 38 章
213

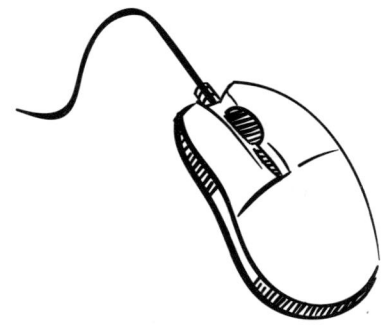

目录

CONTENTS

第 39 章
220

第 40 章
227

第 41 章
239

第 42 章
244

第 43 章
251

第 44 章
257

第 45 章
262

第 46 章
268

第 47 章
274

第 48 章
281

第 49 章
287

番外
293

第 1 章

属于电脑的莹白色光芒把昏暗的房间稍稍照亮。

喻延倒了杯水回来,这一小会儿的功夫,他的 YY 上已经收到了五条信息,均是来自一位叫"秋天不会来了"的好友。

"小言哥,要不要来当主播?"

"我认识一个主播,星空 TV 的大神,名字不好透露,他那里在招新人主播。"

"待遇还不错,有底薪,机器设备都他出,只不过你得搬过去。"

"小言哥?还玩吗?"

"小言哥?"

他赶紧把水放好,回复。

"玩的,你们呢?"

喻延是绝地求生的陪玩,平时就在一个叫 YY 的语音直播平台里接单子,一小时 60 块。

他加入这行不过一个月,一般别人一个月大多只能混到每小时十五到三十块,但他不同。

没别的原因,他强,上过亚服第一,在众多战队队员和主播的亚服排行榜之中就是一股清流。

还有一点,他声音好听。

这个"秋天不会来了"就是他的一位老客户。

说是老客户,也就是包了他这几天的单子而已。

秋天不会来了:"玩,你准备。"

喻延切回游戏点了准备,没几秒就进入了一局游戏,开始了游戏的一分钟倒计时。

秋天不会来了:"我刚刚说的你有看到吗?"

言小言:"看到了,我还是不去了,不好意思啊。"

对面久久没有回复,游戏很快就开始了。

绝地求生是最近一款非常火的射击类游戏,又名吃鸡,游戏人数上限一百人,游戏开局时会乘坐同一架飞机,然后各自挑选地点跳伞,地面有枪药等物资,所有游戏玩家互相厮杀,存活下来的最后一人或是队伍就是胜利者。

把所有玩家聚集到一起的游戏设置叫毒圈,每过一小段时间圈子会不断缩小,在毒圈之外就会掉血,越往后毒越重,而毒圈的范围每局都是随机的,最后一个圈子就会被玩家们称作"决赛圈"。

耳机里传来声音:"我们跳哪?"

虽然雇他来陪玩的老板只有一个,但通常老板都会物尽其用,带上两位自己的朋友打常规四排。

"都行啊,大腿在,随便跳。"

"大腿也带不动我们三个人啊,干脆打野吧?小言哥你觉得呢?"

喻延道:"我都可以,你们标点吧,我跟着跳。"

地图上的每座城市也是有讲究的,有几座热门城市位居地图中位,喜欢对枪的玩家就会往那儿跳,非常刺激。

而打野就是往人少的地方跳,力求苟活到决赛圈,然后趁敌人出其不意,开开心心吃一把鸡。

喻延跟着他们一块跳了伞,落地连续开了三个房子,一把枪没找着。

外面传来枪声。

"啊啊啊——"YY里的妹子立刻尖叫起来,"有人有人!我这里有人!"

喻延耳朵都被喊疼了,他打开房门,终于找到了一把AKM,他立刻捡起装弹:"那人看到你了吗?"

妹子紧张得说话都用上了气音:"好像没有,我躲在门后面,我没捡到枪。"

"好,你躲好。"喻延笑了声,"我来救你。"

"等等,好像不止一个人!"妹子静了一会,估计是听了下脚步声,"有三个!完了,怎么办……"

喻延路过隔壁房子的时候,还特地从地上捡了两颗手榴弹:"没事,你别动。"

她应了声好,乖乖蹲着动也不敢动。

敌人在楼下,喻延从隔壁跳了过来,占据了高点位置,直接蹲在楼梯口堵人。

楼下的人听见了他的脚步声，确定只有他一个人之后，一块冲上楼来。

喻延立刻丢出手榴弹，紧接着掏出枪，尽量对着敌人的头一通猛射！

无数道枪声响起，妹子紧张地看着左下角，ID为"yanxyan"的队友血量不断变少——变少——

直到血条被打空。

忽然，耳边安静了。

"好了，全死。"男生的声音传了出来，带了一抹笑意，"来，出来舔包（游戏术语，意为杀死敌人后，敌人会掉落一个盒子，玩家可从敌人掉落的盒子中拿到别人捡到的装备。）。"

妹子一窒。

完了，是心动的感觉。

"小言哥。"另一个男声响起，正是喻延这几个小时的老板"秋天不会来了"，他调笑道，"你怎么这么牛，我朋友都快对你芳心暗许了。"

之所以叫他小言哥，是因为对方不知道他的年纪，不知该往哪叫，就干脆一起叫了。

妹子有些不好意思："……说什么呢。"

喻延从包里取了点配件和药包，笑了："没事，芳心来一颗我收一颗。"

秋天道："哈哈，骚气。"

谁想刚搜完东西进入第二个圈，他们就吃了波埋伏，三个队友里两个都不太会玩，只有秋天好一点，基本就是二打四。

最后这波枪战赢是赢了，其他三个队友全死了。

喻延揣着全队的希望，顺利地苟到了决赛圈。

他趴在树旁，眼看着右上角的存活人数越变越少，到最后，变成了3。

其他两人是一个队伍，二打一的局面。

对方十分嚣张，仗着人数多，疯狂对着空地开枪威慑。

喻延从来忍不下这种气，他背脊直了直，趁对方其中一人换子弹的时候，立刻蹲起身子朝着对方一阵扫射！

与此同时，那个人的队友发现了他的位置，无数子弹当即朝他而来！

【你用AKM击倒了mxllwe】

几乎是同一时刻，他鼠标快速往右一转，准确无误地确定另一个人的位置射击，鼠标不断往下熟练地压着枪——

两秒后，画面停顿。

【大吉大利，晚上吃鸡！】

喻延成功一打二，丝血吃鸡。

"牛！"妹子激动地大叫。

喻延松了口气，退出游戏后YY又响了一声，是私聊。

秋天不会来了："小言哥，我问你个事儿，你别生气啊。"

喻延敲了个好字回过去。

秋天不会来了："……你开挂吗？"

玩得这么溜，不从属任何战队，也不开直播，会有这种想法其实挺正常的。

喻延不知道被问过多少遍这个问题了。

见他没回复，对面赶紧又发来一句。

秋天不会来了："我没什么别的意思啊，就是跟你说声，开挂也可以来开直播的，但是就是……不能用太明显的挂，你明白吧？现在很多主播都开挂的，很正常。"

言小言："不开，我是真的很强。"

秋天不会来了："……"

敲门声响起，是订的外卖到了，他取回外卖，给对方说了句先不玩了，关游戏专心吃起饭来。

第二天起床，喻延正准备上YY挂着接单，右下角忽然弹出一封邮件。

【星空TV：主播应聘通过，请确认好个人信息后联系……】

他咬了口油条，看到邮件名称后，兴奋得连咀嚼的动作都停了下来。

他昨天拒绝秋风的直播邀请并不是不想去，而是另有计划——他参加了星空TV在小范围里举办的主播扶持活动。

主播扶持活动，顾名思义，跟星空TV签一份内部合约，合约内容比普通主播的条约要严格一些，三年内基本没有跳槽的可能性，同理，星空TV也会给予相应的推荐位扶持。

虽然分成和违约金过分了些，但总比去别的主播手下直播好。喻延游戏玩得好，人以群分，自然也认识一些高手，其中就有被知名主播坑了，白开几个月直播一个子儿都拿不到的小可怜。

加上联系人后，对方上来第一句就是。

"你开挂吗?"

……

怎么最近总是遇到这个问题。

"不开。"

"游戏 ID 发给我,家住在哪?有能跟上直播条件的设备吗?我们公司总部在晋城,方便的话就直接过来面谈签约。"

晋城,有点远。

"……离得有点远,不在晋城就不能签了?"

"也不是,可以电子合同,就是寄来寄去比较麻烦。你把你相关信息填上发过来吧。"

签约过程的确很烦琐,待电子合同出来后,他拿着合同去找了自己的律师叔叔,亲叔叔。

"喻延,你这是……"喻闵洋看着手上的合同,眉头皱成一个"川"字,"你今年都十九岁了,还沉迷游戏?"

"叔叔,我开直播,是份工作。"喻延道。

"我不赞同!"喻闵洋把合同往桌上一丢,"你父母走得早,我以前没什么条件,没法供你上学,已经很后悔了。现在叔叔有了点家底,让你复读你不去,让你来公司实习你也不肯,现在还要做什么游戏主播?不行!"

"叔叔……算了,我打扰你了,你别生气。"

喻延拿起合同就准备走。

他知道喻闵洋是为了他好,但他不可能拿着初中学历厚着脸皮来喻闵洋的公司实习,更不可能让对方供自己复读。

"等等!"喻闵洋赶紧叫住他。

半晌,喻闵洋重重叹了声气,"拿过来给我看看!"

一切流程走完,喻延顺利地成了一名游戏主播。

他没浪费时间,第二天就把直播间信息填好,创建成功后,拿手机把自己的直播间号码仔仔细细记了下来,最后开直播,开游戏,一气呵成。

有点紧张。

可是这份紧张维持不到两分钟。

不因为别的,两分钟过去了……他的直播间还是一个观众都没有。

也正常,为了保险起见,星空 TV 要求稳定直播一个月后再发放推荐位,没

第 1 章

有推荐位就等于几乎没有任何曝光，只有有缘人才能看到这个直播间了。

他叹了口气，正准备进入游戏匹配队列，右边的聊天栏突然跳出一行黑字。

【1进入了直播间】

喻延觉得自己就连单排打决赛圈的时候都没有这么紧张过。

他舔舔唇，故作镇定道："欢迎1来到我的直播间。"

另一头，男人点红XX的手随着这道声音停了下来。

这主播的声音干净清澈，带了些奶气，一听就知道年纪不大，说话时有些磕磕巴巴，似乎有点紧张。

易琛犹豫之际，对方已经进入游戏并且爆头击杀了一个敌人了。

他眉梢轻轻挑了挑，看着这冷冷清清的直播间，不知为什么最终还是没有退出去，任星空TV的客户端就这么挂在电脑上，随手拿起桌边一份文件看了起来。

第 2 章

这次主播扶持活动，星空 TV 一共只招了五位主播来，喻延就是其中一位。

虽说只有五个人，但各个都很强，基本上亚服排行榜里主播、职业选手除外的前几名玩家都被星空 TV 招揽过来了。

毕竟星空 TV 是目前各大直播软件里发展最好的平台，观众多、流量大，大神也多，平台在这次的扶持活动中又十分大方，合同上写明转正后有极高的底薪，难免让人心动。

这次项目唯一的缺点就是，推荐位也不是五人都一样的。

平台推荐位有限，平时光是供给其他热门主播的都不够用了。所以上面规定——这次的五位新主播的观察期为一个月，一个月后，直播热度最高的主播将得到最好的推荐位，以此类推，越往下，推荐位就越差。

听起来很残忍，但也是正常制度，弱肉强食、强者为上，愿意参加的人都没什么意见。

喻延自然也没意见。

直播的第一局游戏结束，他单排拿了全场第二，他做了个深呼吸，然后快速打开直播间看了看。

看自己的观众人数，简直就跟是拆礼物一般。

11 人。

……仿佛拆到了一个水晶球，按下按钮还会冒劣质假冒雪花的那种。

不过好在他一向乐观，看了眼时间，还有二十分钟就是他开直播后的第一个小时。

他来时就打听了许多关于星空 TV 的规矩，刚开直播时，直播间是不会马上出现在"最新直播"这个列表里的,而是在直播达到一小时后,才会短暂出现在上面。

至于时限则不确定,如果遇上开播高峰期,很快就会被别人挤下去。

他必须珍惜好这一小段时间。

他鼠标挪到左下方,把模式调到四排。

"开一局四排,去拯救一下苍生好了。"他笑吟吟道。

弹幕没人搭理他,他也不介意,匹配不到十秒便进入了素质广场,开始了六十秒倒计时。

他轻咳一声,打开麦:"兄弟们,在吗?"

绝地求生这个游戏,在双排、四排的模式里非常依靠队友,就算你再强,在这种分段的局也很难一打四。而且这游戏不能打字,队友之间的交流全靠语音,甚至有的人发现队友不能说话,还会直接退出游戏。

二号:"在啊。"

三号问:"我们跳哪?苟还是刚枪?(射击游戏里的对枪)"

二号:"那肯定是刚啊,直接跳机场,我跳C字楼。"

"等等。"喻延是一号,他赶紧出声打断,"兄弟们,不如我们跳上城区苟一苟?"

二号说话带了些口音:"苟嘛呢?是不是男人啊?"

"是男人啊,男人就要能屈能伸,哥们。"喻延道,"这局我们稳一点,我保证带你吃鸡。"

"哈哈,这话我也能说啊,如果吃不到咋办?"

"吃不到……"喻延把自己的声音压低了些,学着二号的口音,装作害羞道,"你想咋办就咋办,哥。"

二号一惊:"兄弟你爱跳哪跳哪,别搞我!走开走开!"

【哈哈哈哈哈哈哈哈牛啊!】

收获了第一条弹幕,喻延心头一喜,开开心心在地图的上城区标了个点。

跳伞后,他看了看情况。

"左边一队,右边两队,右边两队跳得很近,估计要打起来,你们小心点跳。"喻延说完,自己操作降落伞朝右边飞了过去。

三号:"不是说小心点跳吗?你怎么自己跳右边去了?"

虽然想苟到决赛圈,但他也要顾及这十一个观众的观看体验,这游戏是打架的,不是捡东西的。

"没事，我不跟他们打。"喻延道，"我就看看，能不能捡个漏。"

二号又问："咋捡漏啊？"

喻延笑笑没说话，他利索地跳到了其中一栋高楼楼顶，运气好，楼顶上居然有把 M416。

他迅速捡起装弹，然后……蹲下躲到了屋顶一角。

【主播在干什么，捡旁边的急救包啊！】

喻延不答，继续蹲着，周围立刻响起一阵枪声——跳在右边的两个队伍打起来了。

很快，右上角就随着枪声开始不断跳击杀，虽然不能确定是楼下那两个队伍的玩家，但能依靠枪声来辨别楼下的人带了什么枪，再跟击杀信息对比一下，也算是有些参考性。

终于，枪声停了，他在心里估摸了一下，道："打完了，只剩两个人了。"

【四个人啊，队友肯定拉起来了。】

说话的一直都是同一个人，喻延应了句："跳了六个击杀……最多剩三个。"

说完，他仍是蹲在那个角落。

一阵匆忙的脚步声在耳边接连不断响起，愈来愈近。

终于，一个穿着小裙子的人物角色出现在他的视角里，楼顶上物资充足，一看就是没被人搜过，对方毫不怀疑地弯腰捡起拐角的急救包。

砰砰砰砰！

喻延没有丝毫犹豫，利索开枪把人击倒在地，每颗子弹都打在了对方身上，一颗没浪费。

在双排四排里，如果有队友还活着，那么被击倒时不会立刻死亡，但除了爬行以外什么都不能做。只要你没有再次被击杀，队友赶到及时，就能把人再扶起来。

这个人显然还有队友，他跪趴在地上，半天都没动，似乎还没反应过来。

"这叫钓鱼执法。"喻延轻笑一声。

说完，他举枪，准备把人补掉。

"小哥哥，小哥哥！"一道甜美的女声忽然响起，语气可怜兮兮的，"小哥哥，放我一马……"

游戏里可以选择全屏说话和队伍说话，全屏说话时，在周围的非队友玩家也能听见。

【啊是小姐姐！】

【主播放开她！！！】

喻延收起了枪，走到她面前，慢悠悠蹲下身……

然后用拳头一拳一拳地把人抡死了。

【……】

"刚落地时子弹是很宝贵的，前期刚枪的时候大家记得把人打倒在地就行，别急着杀，还能引诱对方的队友过来。"喻延话锋一转，居然做起了教学。

然后才开麦，"小姐姐，你遇人不淑啊，队友这么久了都没上来救你，实在太过分了！我现在就去替你收拾他！"

小姐姐："啊？"

于是她就这么眼睁睁地看着这个人兴冲冲地跑下楼，三两下把她的队友轻松干死了。

二号赞道："兄弟，有点东西啊！"

"那可不是。"喻延学起口音来，不仅像，还特别有趣。他打开地图，"东西都搜完了吗？天谴圈，该走了。"

这一局是机场圈，和他们差了差不多一整个地图的距离。

三号："行，集合分下东西吧，我这好多配件。"

三人集合，东西都分完了，四号还迟迟未到。

二号："四号，你弄啥嘞？走了！"

半分钟后，四号才抱着他的枪磕磕绊绊跑过来。

原来是个新手。

喻延看了眼对方身上的枪，两把都不是什么好枪，看起来是还分不清哪些是好哪些是坏。

二号："你带的这是啥破枪啊，搜了这么久，就这两把东西？"

四号还是没说话。

"走吧。"喻延坐上车，"跑毒了。"

车子一路开到第二个圈，他没走大马路，一个人也没瞧见。

他开到某座桥头，把车停了下来。

三号问："怎么停了，下个圈在机场，没到哪！直接开进最后一个圈啊！"

"不急。"喻延下车，把枪掏了出来，忽然问，"你没看到这座桥头上刻的字吗？"

三号："……啥字？"

话刚说完，就听到一阵汽车引擎轰鸣声。

有车想过桥。

他们赶紧躲到小桥边掩体后面，三个人同时朝那辆毫无防备的车一阵扫射。

不过由于车速快，其他两人又没什么心理准备，连车身都没扫到几枪。

喻延镇定地打开激瞄，鼠标随着车子移动，不断开着枪，耳机里尽是子弹打到车上后发出的碰撞声。

短短几秒，从他的视角里，能看到对方车子左侧屡次飚出血——

【你以M416击杀了LVCHAGUNA】

喻延轻笑一声，利落换弹，吐出三个字："孟婆桥。"

【厉害了】

【主播真牛，哈哈哈哈哈】

【这个扫车还可以，为什么直播间观众这么少啊？】

【好像是新主播】

弹幕量忽然以肉眼可见的速度猛然增长，喻延立刻明白过来，他上"最新直播"了。

二号："兄弟咋回事，咋这厉害啊！兄弟，你莫不是神仙吧？！"

大家通常会把开挂的人戏称成"神仙"。

"怎么可能呢。"喻延道，"我是老实人，哥。"

"别。"二号道，"你带我吃鸡，我叫你哥。"

开播之前，喻延特地私底下自己开了一个小时的单排，确定自己手感极佳之后才正式开播的。

见来了这么多观众，他更加专注，回回击杀都非常精准有力，带着三个人，一路厮杀进了决赛圈。

决赛圈还剩八个人，喻延判断了一下，包括他们一共有三个队伍，其他两队各剩两人，他们是满编队，胜率极高。

这只鸡他吃定了！

这么想着，他的八倍镜刚好捕捉到一个二级头盔。

砰！

【yanxyan以M24爆头击倒了77flzz】

另一头，三号也找到了那个人的队友，跟对方刚了一波枪，丝血成功击杀。

只剩一队了。

大家都很紧张，就连二号都不说话了，只有喻延一个人还挺放松的。

第2章

圈越缩越小,最后两个人因为挪位跑圈,暴露了位置。

"我看到了,两个都在 NE 方向的石头后面。"喻延打开物品栏,看到自己空空荡荡的包包,道,"谁有手雷吗?没有就直接四个人一起攻上去吧。"

二号:"我没!"

"我也没。"三号道,"干脆直接攻吧。"

喻延:"好……"

咔。

一声细微的响声传到耳中,他眉头轻皱,以为自己听错了,问直播间的观众:"你们听见什么声音了吗?"

【没啊,什么声音?】

【我好像也听见了?】

【是不是手榴弹的声音啊。】

喻延还想说什么,耳边忽然传来一道巨响。

砰——

他瞪大眼,眼睁睁看着自己操控着的人物被手榴弹炸死倒地,跪趴在地上。

刚刚那声响,居然是四号拔出手榴弹引线的声音!

"四号,你在干什么?!"他蒙圈地问。

同被炸死的四号:"……你不是让我丢雷吗?"

他的声音十分稚气,竟然是个小朋友,听起来绝对不超过 15 岁。

"……那你倒是丢过去啊!"

"那不拔引线,怎么丢过去?"小朋友很委屈,他还特地百度了一下怎么拔引线呢!

喻延:"……"

对面的人听见这动静,立刻就想趁乱而上。

二号和三号看准时机,一阵扫射,成功击杀对方二人,喻延话还没说完,界面骤然变暗。

屏幕左上方亮出一行字——"大吉大利,晚上吃鸡!"

【惨死主播关注了】

【恭喜主播达成新成就!】

【这四号是来搞笑的吗哈哈哈哈哈】

【主播脾气很好啊,这都不骂人?】

喻延回过神来,退到游戏大厅。

算了,有这四号在,直播效果挺好的,而且他本身就不是喜欢骂队友的性子。

正准备开下一局,右下方的游戏界面突然弹出一个好友申请,是上一局的二号。

就在观众们以为他会点接受时,他鼠标一挪,直接点了退出。

"开始时嚷着让我走开,现在吃了鸡又想让我回来。"喻延冷笑一声,"呵,男人。"

第 3 章

点了拒绝后,喻延又看了眼观众人数,登时吓着了。

一局游戏的时间,不过是一个"最新开播"的小榜单,他甚至都不知道自己在上面待了几分钟,人数居然就涨到了 628。

虽然直播平台的人数大多都有水分在,但他基数小,实在也水不到哪儿去。

不愧是直播流量第一的大平台,喻延很满意。

正准备趁热打铁开下一局,耳机里传来一声轻轻的"叮咚",是直播平台负责 PUBG 板块的管理员发消息来了。

他把直播页面调整了一下,对话框拉至观众看不见的地方才打开。

管理员 03:你好,我是管理员 03,目前你的直播间的管理员暂时是我。

言小言:你好,有事吗?

担心流失观众,他回复之后就立刻重新加入了游戏队列。

管理员 03 一下子发了几个文档来。

【主播直播注意事项一百则】

【主播禁语一百句】

【主播禁止行为一百种】

"……"

他怀疑自己是不是进了什么神秘组织。

游戏里已经进入素质广场,他接收完文档,打算等下播了再慢慢看。

管理员 03:你不开摄像头吗?开了直播效果会好一点。

言小言:太丑,就不开了吧。

发完这句,游戏里的队友说话了。

二号："有没有小姐姐啊？没有退了。"

喻延关掉对话框，捏着嗓子："有的有的~小哥哥，你别退哪。"

【？？？】

【？？什么玩意，主播还有这技能？？】

【开没开变声器啊？】

他嗓子本身就有些温软，这么刻意一压，居然还真的跟女生的声音有点像，甚至还能勉强算是软妹声。

二号登时激动了，"妹子想跳哪？这局游戏完了加个好友呗，我很厉害的。"

喻延跷着大二郎腿，笑得一颗虎牙明晃晃的："好的呀小哥哥，我跳哪里都可以。"

二号："好，那就跳到我心里来！"

"……"

这土味情话猝不及防，喻延足足傻了五秒。

队伍其他人没有说话，但也都跟着二号跳了P城。

航线就在P城身侧，这座城注定是本局游戏最刺激的地方，飞机刚到P城上方，飞机上瞬间落下几十人，跟下饺子似的。

"小姐姐！"二号已经给他换了一个称呼。

喻延起初没反应过来，正用稍微有些吊儿郎当的嗓音跟观众说："对，我是新主播，今天刚开播……擅长什么？都挺厉害的，非要说的话，比较擅长正面刚枪吧。所以喜欢看打架的观众可以点击一下我头像旁边的关注。"

【主播，二号在叫你！】

【二号叫了你好久。】

二号："小姐姐，你在吗？你会不会跳伞啊？怎么不理我？"

喻延切换自如："啊……在呢小哥哥，我会哒！"

弹幕上又刷屏了。

二号："好，如果怕的话就跟在我身后，我保护你……"

砰砰砰——

二号话还没说完，右上角就被三条信息刷了屏。

yanxyan 击杀 HUmanxian

yanxyan 击杀 woshinidiedi

yanxyan 击杀 secretCT

喻延落地捡到一把 S1897，俗称喷子，吃鸡游戏里的近战王者，射程近威力大，只要距离够近，一枪就能撂倒一个人。

喻延手中这把 S1897 开了三枪，撂倒了三个人。

"小哥哥小哥哥，我好怕！"他一边把那三个人补死，一边捏着嗓子说。

二号："……"

二号："我看你挺厉害的啊……"

"只是运气好，他们都往我枪口上撞，我都要吓死啦！"

二号瞬间又被鼓舞了："没事小姐姐，你来找我！"

另一头，易琛洗完澡出来，正用浴巾有一下没一下地擦着头发。他胯上松松垮垮系了一条浴巾，上半身结实有力的肌肉露在空气中。

他握着手机，找出助理的微信，按下语音。

"直播网页的页面太烦琐，网站首页的排版也不行，你让那边重新递交一份修改方案给我……"

"小哥哥小哥哥，这儿有人……小哥哥你怎么又死了？"

女孩子细腻柔软的声音忽然响起，易琛手一顿，还未说完的语音就这么发了出去。

啧。

他眯起眼，走到电脑前。

他记得自己刚刚应该是开了个男主播的直播间才对……

屏幕上的弹幕比他刚刚看的时候多了足足几倍。

【主播能不能好好说话哈哈哈哈】

【这个二号倒了三次了，都不说话了哈哈哈哈】

二号声音艰涩："……我今天换了个鼠标，不太适应。"

喻延表示理解："我明白的，小哥哥，再给你两个急救包哦。"

游戏界面里，黑色光头女刚拉起倒在地上的人，并在地上丢出了两个血包。

被拉起的白肤男人重新站了起来，居然就这么站着不动了。

外面传来枪声，喻延装上子弹："小哥哥……"

话还没说完，白肤男人终于有了反应——他突然掏出身上的喷子，往喻延身上结结实实来了一枪！

游戏里刀枪无眼，就算是队友，打在身上的伤害依旧是十成十的，喻延瞬间被击倒在地。

【？？？】

【这老哥死出毛病来了？？？】

【嫌丢人，决定杀人灭口？】

喻延也愣住了，刚准备说话，二号忽然开了麦，这回却是个女人的声音。

"好啊你！就是你平时在勾引我男朋友对吧！"她气势汹汹道，"一口一个小哥哥叫谁呢？啊？！之前来找他约会的是你吧？！上回我去了外地没逮着你，有本事你再来一次！我不把你头发剃光丢尼姑庵去我跟你姓！"

里面还隐隐约约能听见二号的声音："哎……不是，宝贝，你误会了……你先让我把游戏打完……"

"什么玩意？你还想跟这女的继续玩？陈然你看我揍不死你的……"

喻延："……"

喻延："……那个……"

"闭嘴！"游戏里，白肤男人蹲下身来，收起枪，用拳头抡着倒在地上的喻延，一拳一句，"我让你勾引我男朋友！让你千里送！让你不知廉耻！"

眼见自己血量越来越低，喻延赶紧叫住她："小姐姐！小姐姐别打了！误会！都是误会！！！"

"误会个屁……"

"……"

"等会儿，咋是个男的？"女人顿了顿，"那小绿茶呢？"

"小绿茶就是我！"

说完，喻延觉得不对，"哎，不是，小姐姐，我是个男的！"

"……"

"真的！"喻延急了，捏着嗓子道，"你看，我不骗你，小姐姐你先把我拉起来，我们有话好好说……"

语音里静止了十来秒。

一直未说话的三号四号："……我。"

"那，那个，误会了啊。"半响，女人语气沉重，蹲下来开始扶他。

弹幕里早就已经笑爆了。

【哈哈哈哈哈暴躁老姐，在线砍人！】

【笑死哈哈哈哈哈哈哈无妄之灾】

【陈然现在一千多个人都知道你出轨了！】

第3章

扶起来后，女人把之前捡走的急救包又丢了出来：“……这个还你吧。”

二号的声音还在她身后，因为被骗而辱骂声不断：“拉他干什么！我就要炸死他！”

"滚边去，老娘一会还要查你的好友列表！滚滚滚！"

骂完，女人回到游戏里，给自己喝了瓶能量饮料，"一号，你说你一个大男人，装女声干什么啊？骗人？"

喻延："刚刚陈然说如果队里没有妹子，他就要退游戏。小姐姐，他这是威胁啊！"

二号："你这个变态！"

啪啪两声脆响，看来是对面的小姐姐已经动上手了。

"你还好意思说？！不嫌丢人的！我打完这局游戏就要跟你分手！"

喻延听得直笑，笑声不轻不重的，手上操作未曾停过。

小姐姐骂着骂着，忍不住说了句："一号，你操作还挺好的，少了这王八犊子没准吃鸡率还大一些。"

喻延道："是啊，实不相瞒，我后来也有些后悔了，我何必呢我，拉了他三四回，还白赔了几个急救包进去。"

二号："……"

"闭嘴，滚蛋！"小姐姐骂完，继续道，"不好意思，家丑。"

"没事没事，能理解。"

进入第三个圈后，二号死在了别人的枪下。

"哎，两个人来包我，还有一个在楼顶架着，没办法。"小姐姐叹了声气，"那你们慢慢玩，我先去收拾渣男。"

"好的。"喻延道，"你放心，你男友临死之前我一定让他体体面面吃一把鸡。"

说话间，喻延已经把之前在楼上架枪的那把狙给爆头了。

小姐姐一愣，居然也不急着走了，直接点起了观战。

十五分钟后，喻延说到做到，带着两个队友杀进决赛圈。

连续吃鸡绝对是招揽观众的大杀招。

他这么想着，心里有些紧张，仔细地找着剩余的两个人。

这么久了都没枪声，剩余两人应该是同一个队伍的。

终于，面前不远处的草丛中隐隐出现一个黑色物件，喻延定睛一看："NE方向，伏地魔！"

在决赛圈趴在地上苟着的人，被玩家们戏称为伏地魔。

两个队友立刻明白过来，三人几乎同时起身朝那个方向扫射！

就在喻延把伏地魔击杀的同一刻，身侧忽然爆发出枪声——他们三人还未反应过来，几秒钟内，屏幕同时变灰——

游戏结束，喻延拿了第二名。

最后那位玩家在几秒之内，用一把 M416 爆头击杀了他们三个人。

【……？】

【这是神仙吧？三个人距离这么远，全是爆头，怎么可能！】

【等等，这个 ID……】

击杀他们的玩家 ID 是 XKTVlaoshu。

XKTV，星空 TV，看来也是同一个直播平台的主播。

【这绝壁是挂！】

【主播输了就说别人是挂？输不起啊？】

【楼上有病吧，主播说啥了？】

【看不出来的是云玩家吧，买游戏了吗？】

喻延扫了眼弹幕，不甚在意地笑了笑。

"大家别吵了，其实是我刚刚放了水……毕竟陈然这个大渣男，只配吃吃鸡屁股。"

第 3 章

019

第 4 章

他的话并未起什么作用,弹幕仍旧热热闹闹吵着。

放在手边的手机亮了亮,微信提示收到一条信息。

卢修和:兄弟,那个 XKTVlaoshu 绝对是开挂!

卢修和,喻延稀少的现实朋友之一。

作为一位网瘾少年,喻延认识的网友数量是现实朋友的许多倍。隔着电脑屏幕他说话会比较放得开,但是私底下跟人接触,就总显得有些内敛,加上休学早,接触人的机会就更少了。

会认识卢修和,也是因为他之前在网吧里打工,而卢修和正好是网吧老板的儿子,那会儿 PUBG 还没出,他们玩的是另一款射击游戏,卢修和看他技术好,整天缠着他一块爬分(上分),玩着玩着两人就成了好朋友。

卢修和算是他这个游戏的半个队友,所以开直播的事情他并未瞒他。

他放下鼠标,舒了口气:"大家稍等,我休息两分钟,喝口水就继续排。"

他开播前已经练了几个小时了,这会儿是真有点累。

说完,他拿起手机回复:我知道。

卢修和:知道你还不喷他?

喻延:怕被人带节奏。

他虽然不常看直播,但也不是从没看过,现在主播群体大,时不时就会发生两位主播排到一局游戏的情况。曾经就有一位主播因为举报另一位主播开挂,而被那位主播的粉丝追着炸房(掉线),甚至还闹到了微博热搜上。

虽然他只是个小主播,没那么大的影响力,但多一事不如少一事。

卢修和:嗯?

卢修和：兄弟，你屌了，我看不起你。

喻延：哦，玩吗？

卢修和：玩，爸爸，但我现在在外面，明天行不？明天我一天时间都是你的。

喻延：OK！

卢修和：对了，你也开口求求礼物啊，礼物是能涨积分升级的。

星空 TV 有主播等级，1-30，等级越高，能解锁的主播功能就越多，比如达到 3 级就能进行观众抽奖，15 级能增加房管名额，30 级可以申请直播平台首页大推荐位……

卢修和向来喜欢看直播，所以对这方面的了解比喻延这个新晋小主播要多得多。

回了个好字，他看了眼自己头像旁边的关注数，竟然有 800 个。

他的直播间观众目前也就 1600，愿意关注他的观众居然足足有一半。

"谢谢大家给我点的关注，目前我的直播时间是早 11：30 到晚上 11：30 之后……当然，中途吃饭时间得休息一会。"他边说边看着弹幕，"很拼吗？还好吧，我是新人，得努力一点才行。"

"觉得我打得还行的观众，可以给我刷一刷免费礼物，升到三级之后我就可以抽水友来一起打游戏了。"

观众们每天登录签到之后都会获得十个免费礼物，免费礼物虽然增加的积分不比收费礼物多，但在前期还是十分有用的。

话音刚落，立刻就有不少免费礼物刷了出来。

【非常想跟主播一块玩游戏了！奉上十个小火苗！！】

【别磨叽啊，快点开游戏。】

【刚刚那个小姐姐申请加你好友，你快点通过！！！】

喻延翻了翻，还真在好友申请里看到了刚刚 2 号的 ID。

他有些犹豫，怕是渣男陈然又返回来骂人了。

到最后还是点了确认，通过了好友申请，对方立刻发了个组队申请来。

白肤男人站到游戏界面里，小姐姐的声音又传了出来。

"一号，我们加个好友下次一块玩儿啊，我操作还行，刚刚是被那渣男气昏头了。"

喻延笑了："可以，你 ID 是什么？"

"FOCOPINK。"

第 4 章

加了好友，小姐姐便匆匆告别离开了，倒是弹幕上一堆人在求喻延的好友位。

喻延挑了几个顺眼的 ID 加了，很快就有游戏邀请过来，他通通拒绝，自顾自开了一把四排："现在有点晚了，再打两局下播吧，明天早上 11:30 准时开播。"

【这么快？？我才看了两局游戏欸……】

【再播一会儿啊，刚看上瘾。】

【主播开摄像头开摄像头开摄像头！】

【再给你十个小火苗，多播一会。】

喻延看了看，他不过是刚刚吼了一嗓子，等级瞬间就升到二级了，距离三级还有一半的距离。

他妥协："好吧，大家给我刷了这么多礼物，我就再多打一会……"

【1 送出了一颗小星星】

小星星，收费礼物，听起来不太气派，售价却是五百块，也是喻延收到的第一个收费礼物。

"谢谢 1 的礼物。"喻延多看了眼这个用户名，"啊……老板我记得你，你是我直播间的第一个观众呢。"

易琛握着鼠标的手微微一顿。

他不过是觉得这个主播有趣，听见他要礼物，顺手点了一个，因为是特殊账号，连钱都不用付，没想到就被点了名。

音响里，男人还在说着："老板，既然这么有缘分，要不要玩游戏？我带你几把？"

易琛不玩游戏，但是他刚刚粗略看了一下，觉得这游戏还挺有趣的，射击类，男人的最爱。

也怪不得这游戏的热度能在短短几月内迅速攀升，从下属交上来的表格来看，PUBG 分区目前已经是星空 TV 的第一流量大区了。

【1：不用。】

见对方拒绝，喻延也不强求，快速打开地图标记要跳的城市。

……

一天直播结束，洗完澡回到床上已经是半夜一点了。

喻延趴在床上，顺手从床头柜拿过手机来，点开了星空 TV 的直播平台。

他想了想，起身在柜子里摸出了方才打印出来的文件。

今天管理员 03 发了主播扶持计划的规则和注意事项来，上面记着参与本次活动的五位主播的房间号和直播 ID。

  时间匆忙，收到文档时他只是粗略看了一眼，现在仔细一看，心中的疑虑立刻被证实了。

  在他的 ID 旁边，赫然是一行熟悉的字母：XKTVlaoshu。

  是今天那个开挂的。

  他瞧见 ID 的时候就觉得眼熟，碍于当时在直播，也没法确认。

  外挂是每个玩家都深恶痛绝的，喻延也不例外，虽然他直播时没说什么，但心里头还是很反感的。

  他想了想，在手机上输入 XKTVlaoshu 的房间号。

  房间目前还在直播中，房间名是：【新人主播老鼠，接受各种调戏辱骂！每小时都有现金红包抽奖！】

  喻延扫了眼观众人数，忍不住抿了抿唇。

  观众人数足足有一万四。

  抽奖的确非常招揽观众，可惜他的钱包并不支持他用这么奢靡的办法。

  为了专心直播，他陪玩了许久才攒够五位数的存款，也是担心直播赚不着钱，给自己留的一点后路。

  "马上两点了，打完这局就给大家抽奖。抽五百块哈，发弹幕就能抽！"

  男人的声音有些尖细，说话带了些口音。

  游戏界面的右下方还开着摄像头，一个有些肥硕的平头男坐在镜头里，身后是许多 PUBG 的小周边物件。

  老鼠玩的是四排，存活人数仅剩 12 人了。

  喻延忍着困倦，决定把这局游戏看完。

  起初还算正常，能看出这老鼠的确是有几分实力的，不然也达不到主播扶持活动的要求。

  结果就在存活人数变成 5 时，喻延察觉出了一丝不对劲。

  ——这老鼠，开镜就能看到人。

  在决赛圈里找人是十分困难的，大家都会想方设法隐藏自己的踪迹，以免暴露位置被其他存活的玩家集火。

  可是老鼠连续两次开镜，都能精确地捕捉到人，还都是脑袋的位置。

  他还未来得及细想，这两个人头已经被老鼠收入囊中，弹幕立刻飘出一大堆。

  【主播真的牛，一晚上吃了六次鸡了，给力！】

第 4 章

【这居然是新人主播？比那些老主播还要厉害，粉了粉了！点关注，以后我想看的时候就能直接从收藏点进来。】

【老鼠啊，上过亚服前十，很厉害的，据说还是香蕉的好朋友哦！】

香蕉是星空 TV 一位比较出名的主播，常年飘在 PUBG 板块第一页，喻延今天就瞧见过好几次。

喻延皱了皱眉，不知道是不是他的错觉，总觉得这些弹幕彩虹屁吹得厉害，说话的方式还特别奇怪，像水军。

疑惑间，对方第三次开镜，又捕捉到一个头盔，并迅速爆头击杀。就在此时，忽然响起枪声，老鼠的游戏人物挨了子弹，血当即掉了一半。

老鼠毫不犹豫站起身，换枪开镜，红点瞄准镜精确地瞄到了对方的脑袋，几枪按出，再次爆头击杀！

锁头挂！（指游戏里锁敌人头的外挂）

开挂了！

喻延忍不住在心里骂道。

且不说这人还穿着吉利服——他的位置在老鼠的右后方盲区，就算听见枪声，老鼠也绝对没办法在第一时间就能瞄准对方的脑袋！

成功吃了鸡，老鼠嘿嘿一笑："这鸡我都吃腻了，没意思没意思，开个奖啊。老规矩，发弹幕的就能参与抽奖，抽到黑子不算哈。"

这话一出，弹幕上登时飘满了赞美之词。

其中一条弹幕在里面显得非常格格不入。

【主播开挂了吧？半决赛圈连续四次开镜都是头？这还不是实锤？今天我看别的主播直播的时候，还看到你决赛圈连着用 M4 红点爆头三个人，太假了……】

"你看的哪个主播的直播啊？"老鼠看了眼弹幕，语气不屑，"不是我太假，是你看的主播太菜了吧？以后来看我的，包你爽翻天。"

【也是个新人主播，叫 yanxyan】

"哦，他啊……我知道他。他说我开挂？"老鼠挑了挑自己粗大的眉毛。

他在亚服排行榜和合同上见过这个人的名字。

他咧开嘴，笑了，五官都皱到了一起去，"你以为他是怎么从亚服第一掉到这么后面去的？就是因为……太菜啊。"

【哈哈哈哈哈哈有理有据！】

【yanxyan 是谁啊？没听说过，一被杀就说别人是挂，逗得很。】

【老鼠威武霸气！】

被嘲笑的当事人在床上打了个哈欠，慢吞吞地关掉直播间，钻进了被窝里。

然后冷静地在心里把 XKTVlaoshu 这个 ID 丢到了记仇名单中。

第 5 章

一觉睡醒，喻延进厕所洗漱完出来，门响了。

喻闵洋一身西装，手里拎着两杯豆浆，几个肉包子和油条站在外面。

"刚醒？刚好，一块吃个早餐。"

喻延愣了愣，赶紧让开让对方进来。

喻闵洋进来后，四处看了看。

他不是第一次来这儿，但仍是对这儿的环境不满意。

房里倒是不乱，就是太小，说是一个家，更像是一个房间。处的位置也不好，楼下净是一些三无小店铺，他实在是担心侄子的饮食问题。

因为一向是一个人吃饭，家里准备的饭桌特别小，一个人用绰绰有余，两个人就显得有些挤了。

"谢谢。"喻延接过早餐，放到桌角，"桌子有点小，您委屈点坐。"

"不委屈，多小没坐过？"喻闵洋小时候也是穷过来的，不过家里和睦，过得也不苦，他大大方方一坐，"我上班前来看看你，吃完就走。"

他看到电脑桌上的耳机松松散散放在桌上，又问，"昨晚又打游戏到半夜了？"

"没有，挺早就睡了。"喻延咬了一口肉包子，"好吃。"

"好吃就多吃点，我买了很多。"喻闵洋顿了顿，慢悠悠把此行的目的道出来，"小延，叔叔家里今年也装修好了，两层楼，二楼有一间空房间，你这边环境一般，离市区也不近，不方便，干脆收拾收拾东西，搬到叔叔家去。"

"不用了叔叔。"喻延想也不想便拒绝，"我这住得挺好的，而且我平时直播，也会吵着你们。"

"你一个人住着我也不放心啊。"

"我是个成年男人,有什么好不放心的。"喻延笑了,"叔叔,您真的不用担心我,我自己过得挺好的。"

喻闵洋一噎。

许是小时候营养没跟上,虽然过了猛蹿个子的年纪,喻延身材还是比较瘦小,不矮,但手臂和腰身都极细,再加上白白净净的皮肤和秀气温和的面孔,让他看着就想把所有好吃好喝的都端到这小侄子面前。

世界上不是只有女孩才会招人疼的。

喻闵洋又劝了几句,没用,最后只能起身。

"那我就去上班了,你有什么需要就给我打电话,一定要打。"

喻延应好,把人送到了楼下。

"叔叔,以后找我就给我打个电话,我过去找你,这边路窄,你开车也不方便。"

喻闵洋走后,喻延原地伸了个懒腰,才慢悠悠转身上楼。

打开电脑,发现卢修和已经在线上等他了,他头像刚亮,对方就立刻发了条信息过来。

你卢大爷:你终于醒了!

喻延看了眼时间,才九点,回道:怎么了?

你卢大爷:别提了!都怪我今天醒得早,还手贱点开直播间,最后又傻子似的去别的直播间捡经验,才导致自己碰到件特恶心人的事,我都气了两小时了!

你卢大爷:我都要憋不住了,刚准备给你打电话!

喻延:你说。

你卢大爷:昨天你碰到的那开挂的,你还记得不?

喻延眉头一挑,顺势登录上直播账号,安安静静地等他下文。

你卢大爷:我点的,刚好就是那人的直播间!那主播叫老鼠!我进去的时候刚好听到他在埋汰你,我还以为我听错了呢!

你卢大爷:好像是知道昨天排到你的事儿了。他说你菜,心态还不好,还说你就是一陪玩的,街上随便一抓没准都是你老板……

叮咚,不同于QQ的提示声响起,是直播账号里的消息。

管理员03:yanxyan你好,接到其他主播举报,平台怀疑你有诋毁、诽谤其他主播的嫌疑,现要暂封你账号一小时,观看直播回放录像核实情况。

喻延皱眉,看了眼时间,这已经是四个小时前的信息了。

第 5 章

027

yanxyan：哦，查完没？

管理员 03：查完了，你的直播间已经解封。

yanxyan：嗯，我要举报。

管理员 03：什么？

喻延进入老鼠的直播间，目前尚未开播，估计是休息去了。

他一眼没多看，直接复制了对方的直播间号码，给管理员发了过去。

yanxyan：他举报我什么，我就举报他什么，你核实去吧。

管理员 03：……

另一头，卢修和的消息已经刷了屏，全是沙雕表情包。

喻延：行了，打游戏吗？

卢修和：？

卢修和：不是，你怎么一点都不生气啊！

喻延：生气啊。

卢修和：那气呢？

喻延：憋着呗。

卢修和：就算你是我的上分爸爸，我也要说，喻延你太尻了。

喻延：……那不然呢？

卢修和敲键盘的手就这么稳住了。

是啊，那不然呢。

PUBG 不同于其他游戏，没有竞技场，也没有 SOLO 模式，所以这游戏内的互撕最多也就是打游戏时的对喷，多的没了。

唯一的办法也就是狙击，盯着老鼠的直播间，跟他一起开游戏。但游戏玩家众多，两人想排到一局游戏并不简单，就算真排到了，估计也认不出人来。

喻延打开游戏，又发了句：玩吗？

卢修和闷声，乖乖进了游戏房间。

"你不开直播啊？"卢修和的声音传来。

"开，先打一小时练练手感。"

……

打了一个小时双排，卢修和释然了。

他原本还担心喻延听了那事儿后会心情不好，影响操作。

是他想多了，今天的喻延见神杀神，枪声响彻 G 港，竟然比平时打得还要凶悍。

喻延喝了口水，开了直播。

关注了的主播开直播后，在线观众都会收到提示，很快就有百来人进了房间。

【居然提前开播了，惊喜！昨天看完你直播，连做梦都梦到在打游戏……可我根本没买 PUBG 啊！】

【今天会抽水友一起玩吗？】

【咦，主播游戏房间里的是谁啊？妹子？】

卢修和游戏人物跟喻延一样，是个女性，不过喻延是个黑人光头女形象，而卢修和就不一样了——皮肤是最白的那一个档位，脸是最好看的那个五官，上身一条黑色紧身衣，下身一条超短黄色格子裙，性感得很。他游戏 ID 叫 Niludy，乍一看挺俏皮，实际上就是"你卢大爷"……

"是我朋友，平时一块玩的。"喻延看了眼自己的主播经验条，"如果今天主播等级能升到 3 级，就抽一天的水友打游戏。"

这话一出，首先把这一百多个观众的今日免费礼物给骗到手了。

一声滴滴，卢修和发了 QQ 消息来。

你卢大爷：我是不是别开麦了啊？会影响你直播吧？

喻延根本没避讳，直接当着观众的面给打开了，对话内容大刺刺地显示在直播页面中。

"不影响，他们更不喜欢看单机。"喻延说完，关掉对话框，径直开了游戏。

卢修和："……我这不是害羞吗？"

三分钟后。

卢修和的声音响彻直播间："这人居然绕后搞我！延延快来救我，救我啊！"

喻延正在他隔壁楼："我只有手枪。"

"什么枪对你来说重要吗？就算你只有一个平底锅……不，只有一个镰刀，都能把所有人干趴下。"卢修和道，"爸爸，快来，这人要过来补我了！"

【哈哈哈哈这声爸爸叫得太真情实感了。】

【马屁拍得真好，一看就是练过的。】

喻延握着小手枪蹲在阳台，对他的马屁无动于衷。

他的手枪是 P1911，也是许多玩家心目中最差的一把手枪，载弹量只有七发，手枪又极其考验玩家的操作，如果七发子弹内没有解决敌人，就非常棘手了。

敌人出现在他的视野中，手上拿的是一把 AKM，如果正面对点，只要对方有一点点技巧，他的胜算都非常小。

第 5 章

029

【别救了,不然估计第一把就要落地成盒了。】

弹幕刚出来,躲在阳台的游戏人物忽然站了起来,然后开镜——因为没有捡到瞄准镜,所以开镜这个操作就显得非常鸡肋,准确率也更不容易控制。

砰!

喻延找准时机,立刻开枪,随着枪声,敌人身上不断冒出血,对方快速反应过来,不断起跳企图躲子弹。

四秒后,屏幕下方出现一行白字——

【你以 P1911 击杀了 Orzbieshanibb】

【666 神枪手!】

【这是真的有点厉害,这枪准头超低的啊,我平时捡都不捡……】

【感觉主播还是不够狠心啊,这换是我拿一把 1911,别说是救队友了,我还得跑得远远的躲起来。】

"没办法。"喻延把人补死,跑上楼去扶倒在地上的卢修和,语气戏谑,"一声爸爸,一生爸爸。"

易琛打开直播间的时候,刚好就听到了这句话。

此时他正坐在车里,准备前往星空 TV 分部开会,原本安安静静的车厢忽然冒出这么一句话,惹得助理都忍不住从后视镜看了自己老板一眼。

副驾驶座上的星空 TV 负责人立刻开口问:"易总,您在看直播?"

易琛随手插上耳机,挂了一边在耳上,神色淡淡:"点错了。"

是点错了 APP,结果刚进客户端,就看到右下角有个红色的 1 字。

强迫症让他点了过去,发现是昨天看的那个小主播开播了。

"这样……"负责人说完,又过去两分钟,发现老板还在看直播。他顿了顿,又问,"易总,您在看哪个主播的直播呀?"

游戏里,喻延又是一波秀操作,半管血从楼上跳下来,并在空中跟人杠了一波枪。

那个被他击倒的敌人开了全屏麦克风:"发生了什么??神仙??"

喻延也不急着补死他,他打开全屏麦:"星空 TV 直播间 6969323,性感小主播,在线教对枪,无需报名费,学不会拉倒。"

车内。

易琛把对话尽收耳底,嘴角不自觉扬了些许,声音如常。

"一个性感小主播。"

"……"负责人脸都白了。

哪个不长眼的在大白天就开始播擦边内容了？！

第 6 章

当今年代，电竞行业迅速发展，已经成了投资上不得不重视的一块领域。

直播平台也就成了一大块肥肉，短短几年内窜出许多直播 APP，大大满足了电竞粉的需求。

而在直播业内，要论人气最高的平台，自然就是星空 TV。星空 TV 自三年前拔地而起，因为背后靠山够强大，资金充足，一来就大肆招揽人才，一路发展到如今，高人气主播十个里就有五个在星空 TV。

可就算如此，星空 TV 也不过是易达集团旗下一个小小的分公司，他们的大老板这还是首次亲自来公司参观，平时都是他们整理好资料，然后给负责人一连送到老板面前。

虽然平台高层和各项负责人已经做好了十足的心理准备，但当老板真正来到他们面前时，心中的紧张感立刻就到了顶峰，尤其是女性。

无他，他们老板气势实在是太足，一米九的身高加上精致又深邃的五官，往那一站，就自带一股气场。

"易总，您好……"等候许久的高层很快回神，立刻迎了上去。

易琛的脚步却停也不停："会议室在哪？"

"啊？哦……就在前边！"

"嗯，通知开会。"

会议室里，冷气十足，平时嫌空调制冷不足的员工们此刻都止不住自己手臂上的鸡皮疙瘩。

易琛坐在主位，安静听了许久，在听到某项方案时顿了顿："主播扶持计划？"

"对，这是我们今年刚刚启动的新计划，目前正在第一次实验中。"负责人立刻解释，"因为现在新人主播时常被打压，能冒头的越来越少，所以我们特地拟出了这个计划，也是想亲自培养新人主播，合同上的条规也很严格，不需要担心有跳槽等情况。目前我们只招纳了五位主播，以后会慢慢扩大范围的。"

每个行业都有一些不为人知的小秘密，主播这一行也是，大家都不想被抢了饭碗，其中一些猫腻内行人都清楚，打压现象又不可能完全杜绝，只能另觅其他方法。

易琛忽然想起，他昨天看的那个主播，似乎也是个新人？

"名单在哪？"

负责人翻翻找找，马上把名单拿了出来，是昨天的直播数据分析。

易琛接过来看了眼，果然，在上面看到了"yanxyan"这个ID。

昨天的直播数据里，yanxyan 排在第二。

他眼皮微抬，第一名的数据竟然比 yanxyan 要高上几十倍。

他看着 XKTVlaoshu 这个 ID 前面标记的星号，问："这个符号是什么意思？"

"啊，这个……"负责人面色变了变。

易琛抬眼看他，眼底黑黑沉沉的，把负责人看得心慌，只得坦白。

"其实这位是我们平台一个大主播的亲戚，之前在大主播那边露过脸，自带一些人气，而且开播以后数据也非常好看。"负责人道，"……所以我们打算趁热打铁，提前给他发放推荐位。"

易琛眯了眯眼。

说得好听，简洁了说，就是这活动刚开始两天，第一名就内定了。

他挑了挑眉，没说什么。就在负责人松了一口气时，男人忽然有了动作。

只见他抬起手，慢条斯理地从西装上衣口袋里拿出一支钢笔，打开，在纸上轻轻划了两下。

那个星号被他涂黑，推了回去。

"你现在是项目负责人？"

负责人一愣："不，是小张……"

被点到名的员工立刻坐直了身子，刚想说话。

易琛言简意赅："换一个。"

小张的脸登时就僵住了。

易琛连个余光都未给他，稍稍侧目，毫不避讳地对身边的助理道："查，看有没有跟那个新人主播有利益挂钩。"

第 6 章

033

就算数据再好，放在第一流量直播平台还是不够看，又有什么资格被内定？

助理立刻记在自己的会议记录里："好的。"

会议气氛立刻又往下降了几度，之前对易琛还存有一些幻想的女员工，此刻恨不得把脸低到地板，以免自己也被大老板关注上。

"休息一下，我吃个午饭。"

一局游戏结束，喻延把外卖放到面前，握着鼠标喃喃问，"最近有什么剧很火吗？打发一下午饭时间，大家一块看个剧？……《澜妃传》？宫斗剧？我一个大男人，看这个不太好吧。"

说话间，他已经打开了《澜妃传》第一集。

【嘴上说着不要，手倒是挺诚实的。】

【大男人？我不信，你开视频！】

【这个剧有毒，完全就是《种马皇帝妃子录》，女主被冷落了65集，最后15集出来发展一下感情就成皇后了，什么鬼……不过还是有看点的，每个妃子的演员都很美！】

喻延今天中午点了一份螺蛳粉，臭味熏遍整个房间，闻得他食指大动。

他开了二倍速，慢悠悠地吃起粉条。

如同观众所说，第一集便出现了足足六个美貌妃子，且各个戏份都很足。

"演员阵容是挺豪华的。"一个著名女星出场，喻延吞下粉条，随口道。

【我也喜欢她！】

【明明娴妃更好看！！你们这些大猪蹄子就喜欢胸大的！】

【马上要到静嫔入浴了！尺度炒鸡大，也不知道怎么过审的！赤鸡！】

很快，剧情就来到了弹幕上说的入浴环节，女演员香肩全露，肤如凝脂，配上烟雾缭绕、颜色鲜艳的布景，十分活色生香。

是真的挺赤鸡的。

【啊啊啊啊啊鼻血！！】

【她靠这一幕，狂捞一波直男粉丝啊！微博直接涨了十几万粉！！】

【滋溜滋溜滋溜——主播是闭麦了吗？怎么没反应？】

看到弹幕在 Cue（提到）自己，喻延吞下一大口粉条："我在吃螺蛳粉呢，特别好吃。"

【？？？】

世纪网缘

034

【这是你一个正常男人该有的反应？？】

【开视频吧，我现在是真的不信你是个男人了。】

喻延笑了笑，很配合道："这不行，我可不是低俗主播。"

因为是一部主打宫斗的电视剧，男主到第十七分钟才姗姗来迟。

喻延吃到了尾声，看到男主穿着龙袍，鼻梁高挺，目若朗星，气势磅礴地出场了。

"这个男主是哪个男明星？弹幕有人知道吗？"他边说边掏出手机，打开微博准备去给男演员贡献一个关注，"是新人演员？感觉之前没见过。穿上龙袍的气质真好，这个制片人眼光不错。"

【？】

【？？？】

【小老弟你怎么回事？】

喻延一顿，才发现自己好像暴露了什么。

"我开玩笑的。"他轻咳一声，视线下移。

就在这时，一行小字出现在直播间的聊天界面上。

[1进入了房间。]

他仿若见到救星，立刻岔开话题："欢迎1来到我的直播间！"

易琛："……"

书房里，易琛把直播音量关小，打开台式电脑，调出之前看到一半的表格。

他工作时一向怕吵，但不知为什么，昨晚听着这个小主播的直播，整个人的心神都很放松。而且他对这个游戏的内容十分感兴趣，虽然玩法比较单一，但看主播用干脆利落的方式把敌人一个又一个干掉，他偶尔也会难得地激动紧张。

喜欢枪械，喜欢刺激，喜欢胜利的那一刹那，就是男人的天性。

"老板来了，不吃了不吃了。"喻延说着，三两下把面前的螺蛳粉收拾干净，"嗯？我三级了？"

他打开设置，果然，抽奖的选项已经点亮了。

"那就抽两个水友来一起吃鸡吧。"

第一次用抽奖这种高端操作，喻延研究了好几分钟才研究明白。他设置的是发弹幕就能参与抽奖，直播页面立刻被弹幕牢牢覆盖。

60秒后，获奖观众出炉。

房管一顿操作之下，很快把观众的游戏ID发给了喻延。

两个水友进入游戏房间，界面上站着四个女性角色，均是不同的肤色。

第6章

巧的是，水友们的名字都很俏皮，都有用字母和符号拼凑起来的可爱颜文字，甚至穿的都是一样的黑色齐臀小短裙。

【据我网恋多年的经验，这两个水友必是妹子，说错了我许某现场退出网恋界。】

【楼上收徒吗？？】

【惊现网恋大手……】

喻延没多说，直接进入了素质广场，水友的位置分别是1、2号。

"1号2号可以说话吗？"

男女都行，他只希望别抽到说不了话的水友，那直播效果会大打折扣。

1号："我可以的。"

甜甜的少女音，都要掐出蜜来。

2号："可以。"

慵懒的御姐音，让人听了就想躺平。

得，"直男网友最喜欢的女性声音TOP2"齐活了。

直播间瞬间沸腾起来。

【不会吧！主播运气太好了吧！】

【1号小姐姐网恋吗？我给你买新的小裙子！】

【我喜欢2号小姐姐！】

【我可以！我都可以！！】

喻延打开小地图："大家想跳哪？"

1号："我都可以诶。"

2号："想玩儿刺激一点的。"

"好的2号小姐姐，那咱去P城。"卢修和刻意压低声音，装出低沉的嗓门，"我会保护好你的。"

好的，知道你比较喜欢御姐了。

喻延随意在P城某座房子上标了个点："那就跳这吧，尽量往我标的点跳，集中一点比较好打。"

第7章

虽然提前叮嘱了，但是落地的时候喻延看了眼，1号都快跳到街头去了，而他标点的地方则靠近街尾。

"抱歉哪……"1号声音有些慌，"我跳伞有点点笨。"

"没事。"喻延连着进了两个房子，连一把小手枪都没捡到，怕影响脚步判断，没有多说什么。

【主播搜房子是真的快。】

【……我第一次知道我原来是晕3D的，这镜头晃得我脑袋疼，主播到底是怎么看清东西的？】

【我看过职业选手的第一视角，主播搜房速度比很多职业选手都快……】

喻延没看弹幕，终于在第四栋房子摸到了一把SCAR-L。

"小延，你找到枪没啊？"卢修和问。

"嗯。"

"快来！"卢修和声音紧张，"我这有脚步声，人挺多的，我一个人怕打不过。"

喻延提起枪："来了。"

见他走近，卢修和道："就在我旁边，你听到没有……"

"嘘，我听脚步。"喻延道，"看见了，就在你旁边的绿顶房。"

刚说完，对方也已经发现了他，两个枪头立刻从窗户冒出来。

喻延一个转身，躲到房子里，但还是不小心中了两枪。

好在之前的房子里虽然没枪，但药物充足，他立刻给自己打了个急救包："等我打完这个包，你绕后，我假装跟他们打正面，你从后面偷袭。你脚步声尽量轻点。"

卢修和一听，兴奋极了："得嘞，我一定把他们安排得明明白白——2号小姐姐，离我们远一点，免得不小心被发现了。"

2号小姐姐淡淡地嗯了声："放心，我不会过去的。"

喻延没说话，他鼠标轻动，在心里算了算对方刚刚开镜的位置。

然后趁对方不备，立刻探头扫射——

【yanxyan 以 SCAR-L 击杀了 gongxzie】

对方的队友反应过来，迅速回敬了几枪，但他回身快，子弹尽数打在了墙上。

喻延："还有一个。"

卢修和此时还蹲着，一步分作两步用："好！我马上要到后门……"

话还没说完，又是接连不断的枪声响起，很快，右上角再次跳出一行小字。

【yanxyan 以 SCAR-L 击杀了 jinzxj1132】

耳麦里响起好友的声音："全死，你去舔吧，给我留点556子弹。"

卢修和："……"

卢修和："你看我鬼鬼祟祟绕后几分钟都没走到别人后门的模样是不是觉得我特蠢？"

喻延语气同情："别这么说自己。"

卢修和："靠。"

一号虽然跳伞的位置不对，幸运的是跳的那几栋楼居然一个人都没有，加上她搜楼速度不快，这边都打了几波架了，她才刚进行到第三栋楼。

二号小姐姐的技术显然要比一号好一点，在几波团战中也贡献了自己的力量，拿了一个击杀。

两分钟后，一号跑出房间："我现在来找你们……"

话音刚落，喻延耳边立刻响起了枪声，然后就看到左下方的队友状态变成了红色。

一号："啊——啊！我被人爆头了……"

喻延刚想说话，就听见二号忽然笑了一声。

不知是不是他的错觉，总觉得这声笑里带了不少意味。

果然，下一秒，二号开口了："不会玩，你就好好待在房子里嘛。"

御姐音配上懒懒散散的语调，里头的嫌弃几乎都快溢出来，"太远了，可能还有人架你……很难救啊。"

【实不相瞒，一号这种萝莉小菜鸟，我一个能打十个。】

【其实这种就是别的游戏里的典型上分表啊，一开口我就看出来了。】

【啊？一号小姐姐挺好的啊，不就是一个游戏失误而已……】

【就知道直男喜欢一号这一款，实际上不知道开了多少数值的变声器。】

"……抱歉。"一号的声音变低了许多，带了一丝小心翼翼，"不用救我了。"

"我看到狙你的人了。"男生声音温和，不紧不慢道，"你找个地方藏好，躲房子后面吧，我马上到了。"

一号愣了愣："……不用了，如果你也被狙倒了……"

喻延没再说话，黑人光头女很快穿过几道枪声冲到她身边，然后弯腰扶她。

【主播看上一号了？】

【没意思没意思。】

【能不能快点结束啊？不想听这个女生的声音，耳朵发麻。】

"大家别这么说。"喻延这才注意到弹幕上的节奏已经被带得飞起，他倒不介意，轻轻笑了声。

然后把注意力放回游戏，语气自然地开玩笑道："可爱的姑娘做什么都能被原谅。"

【主播这声笑，有点点苏……】

【说得没错！玩把游戏而已，你们这些人都要把人骂哭了，键盘侠这么多的吗？】

【……居然有点被撩到！】

【走了，没意思。】

"……谢谢。"一号被拉起来，小声地道了声谢。

"没事。"喻延瞥了她手上一眼。

乖乖。

"一号，你手上这东西真好看。"他语气真诚，"能让我摸一摸吗？"

一号愣了愣，很快反应过来，把自己手上的枪直接丢到了地上："可以，你拿去用吧，反正……我也不会用。"

M24，八倍镜，消音器。

这是什么神仙配置？

枪摸到手，喻延卡着位看视野，顺利找到方才狙击手的位置，开镜，小小调整位置。

砰——

【你以 M24 击杀了 diyijushen45】

"好了。"他道，"你继续搜这块吧，我去那边搜，顺便摸摸他的小盒子。"

第 7 章

"等等。"一号叫住他,"我,我这还有个快速扩容弹夹,你要吗?"

喻延:"……你三栋楼搜出了这么多东西?"

"啊,不是。"她有些不好意思,"我第三栋楼还没搜完。"

喻延忍不住看了自己那把搜了四座房子后好不容易才找到的SCAR-L,只觉得心酸不已。

有一把大狙在手,喻延专程挑高楼搜,并趁人不备,又收了三个人头。

二号似乎是发觉喻延并不顺着她的心意走,也不像之前那么活跃了,卢修和跟她说了几句话,她都是爱理不理的。

喻延压根不清楚女生之间的较劲,他捧着SCAR-L和M24,成为P城里最勤快的那一位清洁工。

"前面还有一队,不知道还剩多少人。"喻延道。

【你怎么知道?透视?】

"我怎么知道……我眼睁睁看着他们跳下去的,其中有个穿着校服裙,裹着黑外套……还戴了红围巾,我舔的包里没有这套衣服,这不是还有队伍是什么?"喻延轻描淡写,"我这人吧,特别爱钱,还比较仇富,一开始就记着他呢。"

游戏里,击杀了敌人之后,不止可以拿对方的装备,甚至还能拿对方的衣服。

易琛轻轻敲桌面的食指轻顿,没忍住笑了笑,干脆把表格一关,靠在背垫上仔细看起了直播。

【太真实了.jpg】

【怪不得老子总是第一个被杀,你们这群小穷鬼!】

喻延说的这一套衣服,在游戏里没有五位数都拿不下来,的确是"土豪套装"。

卢修和:"好,一起去。"

两人正往那边赶,听见一号小声问:"我能不能去旁边的野区搜一搜?我看附近的房子都是开过的。"

二号似是故意要跟她作对,特地从街尾跑到街头,把她附近的房子搜了个大半。

"这城这么大你不搜,非跑去野区干什么?去了被杀怎么办,也没人能去救你。"二号凉凉道,"你随便搜搜吧,反正就是个送快递的。"

"没关系,可以。"喻延后知后觉到一些火药味,他道,"如果有人,你再叫我。"

他也不是要帮着一号说话,就是觉得游戏而已,没必要咄咄逼人。换作被骂的是二号,他依旧会这么做。

紧接着,他问:"二号小姐姐,98K要吗?要我就让卢修和脱了给你。"

二号顿了顿，语气终于缓和了些："来了。"

卢修和："喂，你怎么不送你自己的M24？"

"怎么，你不愿意？"

"……愿意，老子当然愿意！"卢修和声音放轻，"二号小姐姐来找我，我丢给你。"

一号嗫嚅道："那我就去了哪。"

喻延解决完这边的人后，一号又开麦了。

"那个，我这好像……空投砸脸了。"

空投是游戏元素之一，飞机每隔一段时间就会送来一个空投包，落点随机，里面会有平时捡不到的稀有枪械和三级防护装备，空投包里的物品有限，先到先得，所以它每次降落的地点基本都能引起一波酣战。

"是吗？"喻延愣了愣，他刚刚是有听到飞机的声音，不过当时在忙着攻楼，也没想过去看。

"嗯，好像落挺久了，红烟都没了。"一号道，"是大菠萝，你要吗？"

大菠萝，M249，空投里才会有的枪，足足能装一百发子弹，有着长效的持久性和强大的火力输出。

"你这是什么运气……我来了。"喻延舔完这个包，笑了声，"有了这个，车子来一辆我就能炸一辆。"

【这是开场自带空投包吗？一来先是把几乎满配的M24，现在又是空投砸脸？】

【一号这怕不是开了物资挂吧……】

【得了吧，就一号这操作，会开挂也不会是开物资挂啊，哈哈哈。】

【我总觉得一号的声音特别耳熟。】

喻延说到做到，拿到大菠萝后不到十分钟，立刻就把一辆试图入侵P城的跑车给扫爆了。

他压枪极稳，能看出也非常熟悉车子的移动速度，子弹还时不时打到驾驶座上的人，屏幕上不断冒绿血。

【你以引爆载具淘汰了HUMXIZ11】

喻延收镜，看到弹幕里的疑惑，哼笑一声，答道："为什么不跳车？他不敢跳车，他一进来就被我扫了半血，跳车就是死，还不如赌运气看自己能不能冲过去，所以……在他的引擎声在我耳边响起的那一秒，他就已经是一个盒子了。"

第7章

【……牛。】

【666666 我觉得这主播要火！我亲眼从一百个观众看到了七千个观众，就两天！！】

喻延抬眼一看，他的直播间居然真的破了七千个观众。

……可是他记得在这局游戏开始之前，直播间的观众才堪堪过四千，途中也没有任何推荐位，怎么会突然多了三千个观众？

还未等他反应过来，直播间里的弹幕数量忽然骤升——

【真的是团团的游戏 ID！团团你怎么会在这里！】

【……团团居然在跟别的男人打游戏，我死了。】

【许团团给我滚回去开自己的直播！】

【据说刚刚又有黑子趁机黑我团？有本事再出来一次？爸爸好好教教你弹幕礼仪？】

喻延："？"

他刚想问，就看见原本在吭哧吭哧奔跑的一号小姐姐忽然停下了脚步，半响，麦克风图案亮了起来。

"你们怎么都找到这来了，别刷屏，别打扰到这个主播小哥哥。"甜美的女生降了两个调子，去掉之前刻意的伪装，比之前那甜腻腻的调要顺耳了许多，"我就是点错房间了，进来看到在抽奖，就想着重在参与……结果就被抽上来跟小哥哥打游戏了。"

喻延还没弄清楚情况，卢修和的 QQ 消息就马上弹了出来。

他想了想，用手机打开。

你卢大爷：不会吧！这个一号居然是团团！！

喻延：……团团是谁？

你卢大爷：？！

你卢大爷：星空 TV 娱乐版块热度前三名的一个女主播啊！你居然连团团都不知道！兄弟我现在是真看不起你了！

"别刷屏了，我打完这把就开直播。"弹幕刷得太过分，进入直播间的人也越来越多，一号道，"小哥哥，不好意思啊，给你添麻烦了。"

喻延回到游戏里："……没事。"

"小哥哥好像是个新人主播，技术很好的，人也很慈祥，你们看一会就知道了。"一号还在继续，"大家觉得 OK 的话，可以给小哥哥点个关注喔。"

喻延一噎。

很慈祥?

二号从此就像是麦克风坏了,再也没说过一句话。

托了团团粉丝奔走相告的福,游戏结束后,喻延直播间人数直接暴涨到了一万八。

界面退回到游戏房间,团团说:"那我就先走了,小哥哥,下次有机会再一起玩。"

喻延加上对方的游戏好友:"……好。"

团团走后,直播间人数慢慢下跌,最后落到了一万这个数字上。

虽然不比游戏时高,但喻延已经满意得不能再满意了,他今早起来的时候给自己定的目标是五千观众,现在已经远远超过了这个数字。

他回过神来,继续点开抽奖页面:"说话算话,今天抽一整天的水友。我用大号带。"

易琛坐在电脑桌前,若有所思地看着弹出来的抽奖页面,脑海中还是小主播扫车的场景。

还有扫爆车后,小主播猖狂又嚣张的语气,明明是目中无人的腔调,却让人讨厌不起来。

反而还挺可爱的。

两分钟后,易琛随手打开 Steam(游戏平台),找到 PUBG(绝地求生)这个游戏,犹豫片刻,点下了旁边的下载按钮。

第 8 章

下午，易琛又回总公司开了个小会议，回来时游戏已经下载完毕。

他打开游戏，到注册时随便填了个ID，然后下意识点开了收藏着的直播页面。

"好了，六点了……我去吃个晚饭。"小主播的声音很快响起来，"今天要跟家里人下馆子，可能得晚点回来……尽量在八点前开播。"

说完，没多久直播间就关闭了。

易琛关了网页，随便查了查游戏按键，玩法什么的他看了几回直播，自觉已经懂了一些。

不就是捡枪，击杀，舔包（游戏术语，玩家拾取被主杀者的物资）吗？

这还不简单。

直到进入游戏。

飞机轰鸣声吵耳，他调小音量，按照印象中yanxyan经常跳的地图一隅，果断跳了下去。

一分钟后，他还飞在天上。

易琛皱眉——那小主播平时跳伞有这么慢吗？

好不容易飞到了城市上方，他还没来得及看清城市分布，下面就已经枪声不断了。

易琛操控鼠标，刚要落地。

只见一个敌人站在某座房顶上，想也不想就朝他开枪！

砰、砰——

界面忽然变灰，易琛还未反应过来，页面上就跳出一行字——下次一定会吃鸡！

"……"

他在空中被人打死了？？？

他脸上出现一丝少有的愣怔，许久都没关上页面。

回想易琛人生这二十六年，跳级是日常操作，到最后同班同学人均大他四岁，然后顺风顺水继承了祖上的雄厚产业，接手公司短短几年，集团发展蒸蒸日上，他只用半年时间就让那群老头子全部闭了嘴。

——简而言之，不论何事，他的人生中从来没有过"失败"两字，一次都没。

而现在，他居然输在了起跑线上？！

是个男人都不能忍受自己一开局就以这么狼狈的姿态变成盒子，于是易琛面色如常，继续开了下一局。

他改变了战术，决定挑房子少的地方跳，这回终于有了搜东西的机会。

谁想才搜完一个小野区，在去往下一栋大房子的路上，他的身边忽然响起了此起彼伏的轰炸声，紧跟着，地图上自己所在的区域莫名其妙变成了红色。

他没来得及反应，"轰"的一声，页面变灰，一行字跳出来——

"下次一定会吃鸡！"

"……"

他沉着脸，打开某许久未用的社交软件，从为数不多的好友里找出一个沙雕鸭子头像，截图，发送。

1：没人开枪，我是怎么死的。

然后他看见对方网名后面出现一瞬间的"对方正在输入……"

只是迟迟都没收到回复。

正当他不耐烦之际，手边的电话响了。

"哥！"易冉声音急切，"你QQ被盗了！你有没有放什么重要文件在上面啊？"

易琛只觉得太阳穴隐隐发疼。

"我不会把文件放在其他公司名下的社交软件上。"他道，"还有，我的QQ没有被盗。"

"怎么可能！你Q上刚给我发了个吃鸡截图……"易冉顿了顿，然后问，"……哥，是你自己在玩？"

三分钟后。

"你这个情况，是被轰炸区炸死了。"易冉解释，"随机地点，会对某一块红色区域进行轰炸。"

不过被炸死的概率不大，只要不是太倒霉，基本都不会被炸死——当然，这话他可不敢说出口。

"哥，你来玩游戏怎么也不告诉我？我带你玩儿啊！我贼强！"

易琛不大相信自己这个堂弟："真的？"

"真的，我还敢骗你？我玩这游戏大半年了。"易冉道，"我现在刚好在玩儿，你把你游戏 ID 发我，我加你。"

他当然知道易冉在玩这款游戏，隔三岔五就能在朋友圈看到他发游戏的截图，不然自己也不会选择来问他。

易琛犹豫片刻，还是把自己的 ID 发了过去。

很快，两人进入到一个游戏房间。易冉道："哥，你这穿得也忒寒碜了，我给你买套衣服咱再开始吧？"

易琛看了眼易冉的游戏角色。

红围巾，牛仔裤，黑外套。

……似曾相识的服装。

"不用。"他道，"开。"

易冉开的是双排，不等易琛开口问，他就先讲解起来："哥，你跳伞的时候按 W 会飞快一点。我们跳上城区吧，人不多，房子多，安全一点。"

"嗯。"

这次终于顺利地跳了下去，他看了一下，包括他们俩一共有三个队伍，的确不多。

"哥，你安心搜房子，听到脚步声就跑。"易冉自满道，"我把人杀光了你再出来舔包。"

易琛没搭理他，自顾自进了身边的房子。

一阵枪声响起，屏幕左下角的队友血条标识霎时间就暗了下去。

易冉："……这人阴我——"

易琛才刚走到第一个房间："你死了？"

"失误、失误！"易冉辩解道，"那人落在二楼阳台，然后在房间里一直没动过，结果我就被阴了！"

三分钟后，易琛死于手榴弹。

易冉："再来一局，哥，我一定好好表现。"

第二局，易冉为了证明自己，跳了 P 城。

结果两人才刚刚落地，再次死于非命。

"哥,失误、失误！我没捡到枪！"易冉声音弱了弱,"再来,这次我们去野区。"

第三局,两人终于在游戏里存活了十分钟。

结果就在前往下一个野区的途中,易冉被人一枪爆了头。

第四局、第五局、第六局……

别说吃鸡了,易琛基本上就没活着走出过跳伞降落的地点。似是运气不好,他们就算是跳野区,也总有那么一两个队伍紧跟在屁股后头。

易冉："哥……"

易琛："玩了大半年？很强？"

"这是运气不好……"易冉道,"真的,我平时不是这样的——你看我敢骗你吗？"

"你是不敢骗我。"易琛凉凉道,"你只是没有什么自知之明。"

喻闵洋又给侄子夹了块鱼肉："吃点鱼,别光吃菜,不然又该营养不足了。"

喻延："谢谢叔叔。"

"小延啊。"对面坐着的中年女人笑得和蔼,"婶婶说的,你好好考虑考虑。我呀,大字不识几个,就是厨艺还行。你如果愿意搬进来,我每天都给你做喜欢吃的,不会委屈你的。"

这是喻闵洋见自己说不动侄子,专程搬救兵来了。

可惜说了半个钟头,对方还是无动于衷。

"不用了婶婶。"喻延道,"我自己住比较方便,你们不用担心我,真的。"

终于是撑过了一场饭局,吃饱喝足,喻延站起身,率先拿过账单,准备去前台结账。

喻闵洋瞧见了,赶紧想拦他："小延,你放着,叔叔结。"

"叔叔,说好今晚我请客的。"喻延笑笑,"您如果要赖,下回我可就不来了啊。"

看着男生离去的背影,中年女人轻叹了声气："你说的对,你这小侄子,的确挺乖的。既然他不肯过来就算了,大不了我隔三岔五熬点补汤给他送去。"

喻闵洋握着妻子的手,这回是终于放弃了让喻延搬到自己家去的念头："……嗯,辛苦你了。"

他们来的是喻闵洋经常下的馆子,小饭馆,菜价不贵,喻延站在前台,看着结账员用计算器一阵噼里啪啦下来："二百五。"

可真是个吉利数字。

算下来也就是那天1老板送的那颗小星星的收益，五百对半，他拿到了二百五。

这账结得一点都不心疼，结完账，跟叔叔婶婶道别后，喻延匆匆赶回了家。

他登陆上直播账号，看到列表里唯一的好友，忽然想起什么。

yanxyan：在？

管理员03：在的，有什么事。

yanxyan：我之前的举报处理得怎么样了？

管理员03：……我们检查过了，他没有违规。

yanxyan：你确定？看过直播回放了？？

管理员03：是的。

yanxyan：那你有没有封禁他的直播间？

管理员03：这位主播一整天都在直播，我们不方便封禁，在热心粉丝那里拿到了全部录像。

yanxyan：我是亲耳听见他在直播间里语言攻击我的。

管理员03：可能是你记错了吧。

他记错才有鬼了。

看着对方敷衍的语气，他明白了，管理员这是压根没打算管。

那当初凭什么封他的直播间？

虽然没有影响到他的直播，但仔细想想，他仍是觉得不爽。

可惜不爽也没用，他现在还没有能跟管理员叫板的底气。

不想给自己添堵，怕影响一会儿的直播质量，他直接关掉了对话框，转身开了直播。

虽然只离开了一个多小时，但观众已经走得差不多了，只剩一百多个人在直播间里挂机。不过他的关注量很高，加上今天承诺要带水友，刚开播就进来了一千多个人。

【快快快，趁现在人少，主播快开始抽奖啊！】

【速度开游戏，别啰嗦。】

【主播总是能排到妹子，被抽上不仅能躺鸡，没准还能跟野生妹子玩游戏！！】

"别急，等我开游戏。"喻延边开游戏边盯着弹幕，很快就被其中一条弹幕吸引了目光。

【这个直播间多少星光值能上管理马甲？上了马甲能插队吗？】

喻延没看明白，顺手截图给了卢修和，问对方这是什么意思。

你卢大爷：就是问你送多少礼物可以上房间管理员的马甲，一点星光值就是一块钱，这么常规的操作你都不知道？插队就是不需要参与抽奖，只要你在带水友他就能直接插队。很多直播间都是2000块礼物上马甲的。

喻延：这样……明白了。

他切回直播间，扫了眼聊天框："老板，我这儿2000块可以上管理，上了管理可以随时插队。"

他和卢修和的对话没有遮掩，观众们全看清楚了。

【恶臭的规则，剥夺了我抽奖的乐趣！！】

【老板们有种别充钱啊！我们公平竞争啊！】

【哈哈哈那个ID问完就跑了！】

【秀完就跑，是条汉子。】

喻延也笑，能有礼物最好，没有他也不难过，毕竟他起初就是冲着星空TV的底薪和提成来的。

他打开抽奖页面："老规矩，抽两个水友……"

话还没说完，他的电脑屏幕忽然落下点点星光，一个异常浮夸的流星特效从屏幕上方飞过，后面紧跟着一行五颜六色的字体——

【1在yanxyan直播间送出一场流星雨，直播间将随机掉落50个星盒！】

第8章

第 9 章

喻延愣了大半天,直到这特效消失,屏幕上开始弹幕刷屏,他才回过神来。

【老板大气!】

【老板您先请。】

1送的礼物是正好2000块的"流星雨",因为价格昂贵,"流星雨"除了能给他带来收益之外,还有另一个加成BUFF:一条全平台广播,收到该礼物的主播直播间会下五十个星盒的"星盒雨"。

星盒里能开出经验值和免费礼物,运气好的还能开到五十元以内的收费礼物,是吸引观众的招数之一。

很快就有不少观众拥了进来,整个屏幕都是"老板大气"。

【主播愣着干啥,赶紧给老板穿衣服啊!】

喻延轻轻啊了声:"马上……"

因为送了礼物,1的账号头像已经出现在直播间的"大星使"榜单上,并且是正中央的首位,也就省得喻延去成千上万个观众里找人。

1的账号上是系统初始默认的小星星头像。

他右键点开对方头像,却没有升为房管的选项,点开资料,还是没有。他去咨询直播平台给他分配的专门管理直播琐事的房管,房管干脆没有回复。

磨蹭了半天,弹幕上都在替1催他,喻延被弹幕感染,心底莫名也有些急躁,连带着声音也低了许多:"稍等,我第一次操作,我去问问……"

【1:不急,慢慢来。】

喻延稍稍松了口气,还想说什么,直播间里的内置对话框亮了起来。

房管姗姗来迟,终于回了一句。

"不好意思，我刚刚去了个厕所……房管需要你在直播后台上，你点开直播间设置，里面有房间管理，你把要上管理的账号 ID 输进去就可以了。"

"顺便说一声，你现在等级还不够，只能增加十个房管，不过等到十五级就能提升上限。"

yanxyan：好的，没关系，十个够用了，我都塞不满。

房管 012：哈哈哈，别妄自菲薄，我相信你哦~

【我怎么感觉主播连房管都是个妹子？】

【妹子房管不是正常操作吗？有些小主播的直播间，房管就是用来调戏的。】

【对对对，我还见过很多把房管拉上麦卖萌的主播！】

【房管小姐姐，在吗，加个微信，在吗，看看照片，房管小姐姐，聊会儿啊，在吗。】

"大家别胡说啊。"喻延打开后台，把 1 的 ID 输进去，"别调戏我的房管。"

另一头的房管小姐姐立刻红了脸。

她是个新人房管，yanxyan 是她第一个负责的主播，原以为自己会轻松得很，没想到这个新人主播实力强劲，刚开播两天，观众人数就破了五位数，吓得她只敢默默封禁踢人，不敢在公屏发一句话。

而且这主播的直播内容，还真的挺好看的，声音也特别温和好听，她自己都经常看入神。

喻延倒是没想太多，管理员马甲刚套上，1 的马甲立刻就变成了黄色。

"好了。"喻延松了口气，把界面切回游戏里，卢修和趁他上马甲的时间里，已经又换了一套衣服。

"好了？"卢修和问，"开呗，你再不开，我都忍不住要再去买两套衣服了。"

"没事，等你没钱就消停了。"喻延顿了顿，"1……老板要来吃鸡吗？"

这话他问过好几遍了，对方回回都是拒绝，后来卢修和私底下也给他说过，说这老板估计是个云玩家（没有游戏或自己不玩的人），不玩游戏，只看直播图个开心。

就在这时，他耳边忽然传来一道敲打键盘的声音。

紧接着，一条弹幕从屏顶路过，因为是直播间的黄马用，所以名称后面还多了一个小小的黄色衣服，特别亮眼。

【1：嗯。】

以为是卢修和那边没有关好麦，喻延没上心，立刻道："好，你把 ID 发给我。"

【老板请立刻把 ID 发在公屏上。】

【打开了添加好友按钮。】

【老板给个好友位，我任劳任怨，能吹能舔！】

【1：Yii11c】

加上好友，喻延迅速发出组队邀请，紧接着，一个穿着初始服装的黄肤男人站到了他的身边。

【老板，这一身衣服不符合你的气质啊。】

【老板是新人玩家吧？商城了解一下。】

见人来了，卢修和立刻开麦，语气十分狗腿："老板好。"

可惜对方丝毫没有动静，游戏人物安安静静站着，名字旁边的麦克风就没打开过。

"那再抽一位水友。"看出老板不大想说话，喻延岔开话题，"好了，发弹幕就可以参与抽奖。"

两分钟后，抽到的水友也快速进入房间。

虽然大家在弹幕里都聊得挺开的，但一到语音里，大多就变腼腆了，卢修和在那嚷嚷："哎这个 ID 我眼熟，刚刚说自己任劳任怨，能吹能舔那个兄弟——"

水友的麦克风亮了好几下，半天才有声音传出："……刚刚是我表弟在玩电脑。"

卢修和："OK，明白的兄弟。"

喻延没多说，径直开了游戏。

跳伞时，他特地分神看了下 1 的操作，果然，1 的游戏人物落地后，慢悠悠地跑到一栋房子面前，两秒钟才开启了眼前的房门。

他们这局跳的是 P 港，有人，但不多，他也就有了喘气的空当："那个……1，你按'='号或者'shift'键加'W'会跑得快一点。大房子的物资一般都比小房子的丰富，周围没什么人的话你可以选大房子进，听到脚步声就叫我。"

对方仍是没有说话，但看对方直奔一栋大房子而去，喻延猜想他应该是听见了。

易琛坐在电脑前，手指按在键盘上，鼠标旁边是已经看完的报表，面色从容。

不知是不是换了队友的缘故，他竟然觉得操作顺手了许多，当然，只是相较于刚刚而言。

方才跟易冉玩了一个多小时，两个人就一直在不断地重复跳伞、跳伞、跳伞……到最后，他都怀疑自己买的是个跳伞游戏。

不得不说，游戏真的很容易牵动人的情绪——譬如在他第六次落地成盒后，他甚至想把年初送给易冉的车收回来。

回顾过去，他还真没哪一刻有过把送出去的东西收回来的念头。

搜到第二层楼，耳边忽然传来一道轻轻的脚步声，易琛捡东西的动作一滞。

紧接着，两声枪声响起，光听声音就知道离他很近。

易琛看了眼自己身边的窗，心底想着不知道从这儿跳下去会不会掉血。

倒不是尿了，只是他现在手上就一个平底锅，连跟人拼命的资本都没有。

刚走到窗前，耳边忽然响起小主播的声音。

"有枪声……1，在你那儿？"喻延扛着一把UZI，上弹，"我来了。"

易琛握着一个平底锅，动也不是不动也不是，想着干脆抱着这个锅冲出去，没准还能敲到人，为击杀出一份力。

就在他犹豫的短短十来秒里，喻延已经来到了他所在的房子楼下。

喻延："我看到他了。"

之前正在对打的两人已经分出了胜负。胜者刚舔完包，便听见了喻延的脚步声，他火速藏到了墙后，迟迟不露头，仔细寻找着脚步声的主人。

喻延在房子另一侧站了一会儿，见对方没有要出来的意思，忽然道："算了。"

正当观众们以为他要正面冲上去时，他突然往后退了一步，然后举起枪，直接对着面前的墙砰砰打了两下——

【？？？】

【按错了？？】

【完了，暴露了……】

开完枪，他甚至还在换弹的时候往外走了两步，出现在了对方的瞄准范围内。

对方很快开镜，可惜喻延回身也快，几枪子弹全落在了墙上。

似是心有不甘，几秒后，对方再次探出头来——

喻延抓准时机，马上右探身，打开机瞄直接扫射！

【你以UZI击倒了wohkzaaa】

他上前把人补死，慢悠悠道："让他来找我，也不知道要找到什么时候，还不如我亲自告诉他。"

"这里有把SCAR-L，1你要的话可以下来舔，我留了点子弹。"

【……我只会敲66666了。】

【主播用UZI居然开机瞄，UZI的机瞄一开跟瞎子有什么区别！】

【所以他是主播，你不是。】

易琛下楼来的时候，对方已经跑远了，他走上前看，对方不止留了枪，还留了红点瞄准镜和一个消焰器，旁边还放了一个急救包。

四人顺顺利利地进入到第三个圈。

"这圈这么小，居然还有 40 人？！"卢修和惊道，"那不是跑两步就得打一回架？"

喻延："往好处想，这一局应该没有神仙。"

卢修和："……行吧。"

这段对话还没过十秒钟，忽然响起一道紧迫的枪声，易琛还没反应过来就中了两枪，血量直接见了底。

喻延比他还快，边开枪边道："伏地魔，75 方向！"

易琛迅速回过神，下意识开枪朝 75 方向的草丛一顿扫射——

【你以 SCAR-L 击倒了 Bespin】

这一行小字出现在屏幕下方的时候，易琛脸上难得地出现一丝愣怔。

这是他第一次在游戏里成功击杀敌人。

虽然是在队友的协助之下，战斗时间甚至没超过十秒，却仍旧让他觉得血脉偾张。

他上前，打开对方的盒子，把里面的配件全部"舔"走，手上的 SCAR-L 直接换成了满配的 M416，另一把枪也换成了 98K。

在喻延的带领下，四人一路厮杀进了决赛圈。

四人分散着趴在地上，存活人数显示只剩一只独狼了。

卢修和："这怕不是个吉利服（容易伪装，避免被其他人发现的服装）吧，怎么半天没找到人？"

刚说完，一道电话铃声在耳麦中响起。

易琛扫了眼来电显示，想也不想便把来电立刻挂断。

喻延道："卢修和，你别开自由麦。"

卢修和一愣："我没……"

"嘘。"怕影响听觉，喻延打断他，"别说话。"

卢修和："……"

盯了半天的草地，易琛觉得自己眼睛都快看疼了，干脆找了棵树在后面躲着休息，想起之前捡到的八倍镜还没用过，他索性装到了 98K 上，并顺手开了镜——

一个大大的人物侧脸就这么赤裸裸地出现在镜内，那人脸颊边是绿色的草，果然穿着一件草地吉利服。

易琛一顿,下意识按下鼠标,一声闷重又动听的枪声响起,回音久久不散。

【你以 98K 爆头击杀了 113selss】

几秒后,页面变灰。

【大吉大利,晚上吃鸡!】

卢修和:"老板威武!老板牛!"

易琛看着灰色的界面,半天才移开视线。

身边的手机再次响起,因为刚刚调了静音,所以是震动模式,来电显示是公司某位老头高管。

"老板给我花钱,还带我吃鸡,惭愧。"小主播在耳麦里道,"继续吧,再抽一个观众……老板还玩吗?"

喻延说完,过了会儿,敲键盘的声音又响了起来。

【1:玩。】

【1 在 yanxyan 直播间送出一场流星雨,直播间将随机掉落 50 个星盒!】

喻延一愣。

【???】

【什么鬼?又刷?】

【老板大气!】

喻延:"不是……1,房管费刷一次就够了,以后都可以随时插队的。"

他还没反应过来,对话框右下角的方框忽然亮了。

是私聊。

【1 悄悄对你说:后天晚上八点,我会上线。】

【你悄悄对 1 说:……?】

【发送失败,对方已经下线】

喻延:"……"

第 9 章

第10章

把信息发过去,易琛轻动鼠标,点下网页右上方的红X,关机,一气呵成。然后起身走到落地窗前,俯瞰脚下的万家灯火,慢悠悠接起了电话。

"嗯。"

"易琛。"那一头的老人的声音不悦,"怎么现在才接电话?"

男人扯了扯唇,眼底闪过一丝不耐,语气如常:"什么事?"

见对方没跟自己打招呼,老人先是做了几个深呼吸,才继续道:"你什么时候有空,我们见个面——你爷爷四年前就跟我说好了,旭河这个项目让我来做,怎的突然改变了项目负责人,你事先跟我商量过吗?!"

"陈伯。"易琛笑笑,"你自己也说了,那是我爷爷答应的,自然是得去找他要,你找我,怕是改变不了什么。"

"你!!"对方差点被他气吐血。

易老爷子早在三年前就去世了,让他去找易老爷子要,这不是在咒他吗?!

"易琛,你这是什么意思!!"

听到对方的大喘气,易琛才渐渐收回笑容,心里觉着气得差不多了,才道:"周日早上八点,明光大酒店。"

挂了电话,男人按下遥控器,窗帘慢吞吞合上。

他单手脱下上衣,健硕有力的身材暴露在空气中,肌肉线条随着他的呼吸轻微地上下起伏。

像是想起什么,他停下脚步,解锁手机。

星空TV身为最大流量的直播平台,自然是有APP客户端的。

"叮——"

待下载提示音响起,他才把手机丢到一边,随手抓过一条浴袍,转身进了浴室。

两声轻叩。

坐在老板椅上的男人头也没抬,淡淡道:"滚。"

不通报就敢来敲他办公室门的只有一个人。

可惜,门开的速度比他说滚的语速还快,穿着一身休闲服装,脚踩众人梦寐以求的名牌球鞋的男生笑嘻嘻地抱着球进来:"哥,我想死你了!"

似是已经习惯了对方这种性子,易琛翻过一页,用钢笔在文件上快速写下自己的名字,语气散漫:"哪位?"

易冉喷了声,快步走到他办公桌前,讨好道:"哥,我这不是一会要去你家里吃饭,想着跟你一块过去嘛。"

"自己没车?"

"有啊,还是你送的呢!"

提起这个,易琛食指和拇指并拢,忍不住轻轻摩挲了一下:"那是腿断了?"

易冉道:"哎呀,哥……"

"说吧。"易琛合上文件,随手丢到一边,"找我什么事。"

易冉一惊,心想自己堂哥莫不是有读心术。

但这不重要,见对方已经察觉到了,他也不再绕圈子,干脆把球往地上一丢,瘪起嘴诉苦道:"哥,你快救救我!我爸把我的卡全冻上了,还趁我睡觉,把车钥匙全拿走了!"

"我现在住在朋友家里,一百多平的房子,放两张床都快满了……身上就四十块现金,连顿饭都吃不起——"

"你又做什么了?"

"我没做什么啊。"易冉唉声叹气,"我、我就是玩了几局赛车。"

易琛冷笑一声:"那你还出息了。"

"就……随便玩玩,不拼命的,也没啥奖金,而且去的山头也很安全,不陡……"易冉道,"哥,不然你借我点钱,我以后一定还给你!"

"你现在回家,就用不着找我借了。"

"我不回去。"易冉像是想起什么,眉头皱得紧紧的,"老头子最近总把那女人带回来,我这回是打死都不回去了!"

想起自家叔叔最近闹着要娶进门的那个年轻女人,易琛轻挑了下眉头。

许久,他才问:"你要多少?"

易冉一喜，用手指比了一个数。

"一会儿我会让人给你一张卡。"

易冉感动得无以复加，只觉得面前的男人背后散发着阵阵金光："哥，你是我亲哥！这么着吧，以后你要玩吃鸡就给我打电话，我绝对随叫随到！！"

易琛终于抬眼，又是一声冷笑。

"我又想了想，你还是饿死吧。"

"他真这么说？"卢修和滋溜吃下一大口面条，含糊不清地问。

"嗯。"喻延往面条上放了些辣椒，搅拌，热气随着他的动作发散开来，"是让我给他留个位置的意思吧？"

"应该是吧……老板就是老板，说话的方式都跟别人不一样！"

卢修和吃着吃着，忽然想起什么，他倾过身子，压低声音道，"哎！小延，我听说啊，QM战队最近在招人诶。"

喻延动作不停，面条里伴着的辣味散发在嘴里，刺激得他止不住吸了吸鼻子："然后呢？"

"然后？我说的可是QM，不是之前那个……那个什么，哎呀名字我忘了，QM可是正规战队，在国内俱乐部的吃鸡分部里，实力怎么也能排上前三，今年还去参加国际比赛了呢！"

喻延点头："那挺厉害的……"

"你还在吃，你到底有没有明白我的意思，爸爸？"

"啊，什么意思？"

"……"卢修和恨铁不成钢，"你倒是去应聘啊！你知不知道现在职业选手多赚钱！"

"不去。"

"为什么？"

喻延喝下一大口汤，半晌，才慢吞吞道："没为什么……这家的汤面还是这么好吃。"不枉他早上七点起床坐公交跑了一趟。

卢修和："……"

吃饱喝足，喻延起身付了钱。

走到店铺外，卢修和看了眼时间："这距离你开播还有点时间，去网吧里打一会儿？"

卢修和家开的网吧就在早餐店对面，喻延在没买电脑前每天都驻扎在店里，后面因为他游戏操作好，每回都能引来围观，变相为网吧招来些许生意，卢老板就不收他的网费了。

"不去了，我怕打忘了时间。"喻延拎着手中的塑料袋，"我去给卢老板送完早餐就走。"

也幸好没留下，喻延在回家路上撞见一起车祸，四连撞，好在人都没出什么大问题，就是挪车比较麻烦，四个人还顶着伤站在路边吵了半天，导致整条路交通瘫痪，车子堵得水泄不通，让人心烦意乱。

回到家，他把出门前放进洗衣机的衣服晾到阳台，便开了直播。

【主播好早，今天也抽水友吗？】

"不抽了。"喻延笑笑，"今天打打单排。"

昨晚老板走后，他又抽了几轮水友，结果均是不太会玩的新玩家。

如果都跟1一样，不说话，乖乖跟在身后也就算了，偏偏都是些不会玩还特别刚（要强）的头铁（倔）选手，几局游戏下来，他几乎不是在救人，就是在去救人的路上。

饶是他脾气再好，这么折腾一晚上，心态还是有些爆炸。

因为是单排，不想花太多时间在搜东西上，他直接选了雨林地图。

目前PUBG一共有三种地图：海岛、沙漠、雨林。

海岛是常见地图，也是大多玩家都会选择的地图，范围大，好藏匿，复杂的地形也给了玩家许多种作战选择，因为有许多野区和遮挡物可以避战，所以对萌新比较友好。

沙漠则是对玩家们的技术有所要求，房子少且分散，野区的物资不多，因为在沙漠中，草丛和遮挡物非常少，可谓是伏地魔的克星。

雨林的玩法就更简单直接了，资源极其丰富，随便进一间小房子几乎都有枪，地图也小，效率很高，基本是跑一会儿就能听见枪声。

雨林地图一出，立刻就取代了沙漠在喻延心目中的位置。

无他，这种开门就有枪，处处都是人的地图，对他这种非洲（运气不佳）玩家来说实在是太友好了……

说话间，喻延降落在训练基地，也是这地图枪战最激烈的地方之一。

喻延跳在了某栋楼房的房顶，他转身打开旁边的房门，果然看到了一把枪。

只不过……是一把VSS。且放眼望去，这房子里也只有这么一把枪了。

VSS，一把自带四倍镜和消音器的狙击枪。

后面这串简介简直一听就让人流口水。

可惜，开发商给你开了一道门，就必定给你关上一扇窗。

简而言之，就是——

我，VSS，四倍镜，消音器，低伤害，低初速，下坠大，打不准。

【今天主播还是没能脱非……】

【呼叫团团小姐姐！！】

【找下一栋。】

【这枪，我上子弹都觉得浪费时间。】

喻延想也没想，上前便捡起来装弹："大家都是枪，哪分什么高低贵贱？"

说罢，他蹲在窗边，对着对面的屋顶开镜，成功捕捉到一个敌人，对方跟他一样，正蹲在柱子后面找人。

他想不想，砰砰就是几枪——

险中几发。

对方冒出绿血，却仍旧坚挺着没死，喻延正准备再接再厉，对方已经缩回去打药了。

喻延："中了这么多枪都没死？……我知道伤害低，没想到这么低，是不是改过了？"

他收镜，等对方冒头。

对方没多久就出来了，并朝他开了一枪，声音沉重，简直就像是炮声。

M24 的声音。

好在这一枪打在了墙上。喻延立刻开镜，再次打中两枪，对方也不甘示弱，两人就着周围轰轰烈烈的战火声，开始对狙。

子弹用完，就在喻延准备缩回来时，只听嘣——的一声，一行白字跳出来，紧接着页面变灰。

【IPZZZZZZZ 以 M24 爆头击杀了你】

【我仿佛看到一辆劳斯莱斯和一辆爱玛电动车在互撞。】

【用时一分二十七秒，主播打中对方八枪，未果，对方打中主播一枪，主播就地死亡。】

喻延："……"

他默默关掉了页面。

下一局，他还是开了雨林，这回他决定跳别墅，别墅中间的房间极大，很少出现只刷一把枪的情况。

他跳在阳台,转身开门——

一把 VSS 静静地躺在地板上,枪沿仿佛还散发着温暖的光芒。

弹幕开始刷屏。

【大家都是枪,哪分什么高低贵贱?】

【大家都是枪,哪分什么高低贵贱?】

【大家都是枪,哪分什么高低贵贱?】

"这是把神枪。"喻延跑到房间里,和 VSS 擦肩而过,头都不曾回,"我菜我不捡。"

第11章

玩了一整天单排，喻延心情终于舒缓了一些，虽然没怎么吃到鸡，但他几乎局局都能击杀五人以上。

晚上，卢修和上线，催他带自己一块玩，马上就有水友撺掇着要他抽奖。

他刚想松口，电话就进来了，居然是就在游戏房间里的卢修和。

不知道对方葫芦里卖的什么药，他犹豫了下，闭麦接了起来。

"做什么？"

"喻延，你今天干脆别抽水友了。"卢修和道，"小瑞和爬爬在线上呢，刚刚他们来找我，说想跟你一块儿玩。"

小瑞和爬爬是以前经常跟喻延一块网吧开黑的朋友，后来他们考上大学，出了省，他就渐渐跟他们断了联系。

"好，你让他们上线。"

很快，四个人物齐活了。

【什么鬼，在直播间待了一天，结果居然不抽水友？浪费我时间。】

【1，走了，没意思。】

【不看滚，找什么存在感？】

喻延对这些弹幕视若无睹。

都说要走，直播间里的人数却不减反增。而且他昨天也算是吃到教训了，虽然前几回运气都比较好，抽到的水友都很有趣，但毕竟还是少数。更多的是水平跟不上，想法却很多的玩家。

昨天甚至还上来一个水友，直接开麦念自己微信号卖东西……

"小延，好久不见啊。"小瑞笑哈哈道，"改天有空一块出来吃顿饭。"

"好。"喻延道,"玩什么地图?"

"就……雨林吧。"

小瑞和爬爬都是射击类游戏的忠实玩家,技术虽然比不上喻延,但比卢修和强得多。

四人落了天堂度假村。

"我这落了两个。"爬爬道。

"我这没人,这里多了一把AK,谁要过来拿。"喻延说完,用手中的AKM把对面的敌人打得原地起飞。

"不要。"卢修和笑他,"只有你这个非洲人会把AK当作好枪,除非98K,M24,其他的都不值得我千里迢迢跑一趟。"

喻延扫了眼地图,心里预估了一下他和卢修和之间的距离,嗤笑:"这六十多米跑起来可真是辛苦你了呢。我问的是爬爬和小瑞,你拿AK……扫起来岂不是能上天?"

AKM这把枪后坐力大,非常抖,不好压枪,技术不过关的玩家经常几十发子弹尽出,枪口直接飞到了天上。

卢修和:"哎,有什么话不能好好说,你非要人身攻击我?"

天堂度假区整个房区不大,没多久,战火就平息下来了。

成功存活下来的是喻延他们队伍。

【主播的挂关一下吧,都开了这么多天了,真不怕翻车?】

"挂?什么挂?"喻延还没说话,卢修和就先开口了,"我告诉你们……我是他现实里的兄弟,他在没开播之前呢,就在我家开的网吧里打游戏,我每天站在他身后亲眼看着他玩儿的,真没开挂。"

【这是在网上,当然你说什么是什么咯。】

"你这人怎么这么不讲理呢?好,你要不信,你亲自来网吧问问,我们网吧熟客可多人认识他……"

"修和。"喻延叫住他,"你别说话,我听不见脚步声了。"

卢修和只能乖乖住了嘴,心里还有些委屈。

喻延知道卢修和是对自己好,但网络上的事情,他也不想牵扯到别人身上。再说了,跟这种人争辩毫无意义,他该不信还是不信。

"嘿,空投砸脸了?!"小瑞一声惊呼,喻延抬头一看,果然,空投箱从天上徐徐落下,落点大约在一百来米外。

这空投不抢就没天理了，四人齐齐朝着空投落点跑去。

"小延，先说好啊。"爬爬道，"大菠萝给你，AWM 给我。"

"不。"喻延操控着人物狂奔，"分玩具是小孩子的行为，我全都要。"

"？？？"爬爬道，"你这人，跑就跑吧，咋还收枪呢？！"

把枪全数收到背后，游戏人物就会跑得快一些，缺点是不能在敌人出现的第一时刻立刻转身反打，在雨林这个地图，除非跑毒，不然很少有人会收枪。

喻延没搭理他，自顾自跑到空投枪前，探头一看，AWM——空投枪，PUBG 第一大狙，要说它有多珍贵——这枪就连子弹都只能在空投里获得，且只有二十发，除非你在别的空投再次舔到 AWM 的子弹，否则待子弹用尽，它就是一把装饰品。

这枪伤害爆表，一旦爆头，就连装备了三级头盔都难保性命，几乎是每个玩家冲向空投前的祈愿。

他想也不想，直接丢弃背上的 98K。

爬爬跑到他面前："发出了想要 AWM 的声音。"

喻延扛着 AWM，装弹："发出了拒绝的声音。"

爬爬："……"

存活人数只剩 12 个人，毒圈进一步收缩，他们在正中央。

卢修和搓手道："很好，这局感觉能吃鸡。"

这时，小瑞忽然道："小延，NE 方向，绿点。"

喻延挪镜望去，只看到大树和草地，其余什么也没看见。

他用的是八倍镜，就算对方藏匿得再好，只要在可见范围内，他就一定能察觉到。

"在哪？"

"树后。"小瑞说完，顿了顿，"他刚刚冒了头，你瞄着，一会就出来了。"

喻延盯了近二十秒，树后面终于有了一点动静。

只见大树的右下角，露出了一抹黑，是三级头的边缘。

喻延没多想，立刻开镜，趁对方又稍稍露出些许，迅速开枪——砰

他的 AWM 没有消音，声音沉闷又响亮。

【你以 AWM 爆头击倒了 XKTVXJGG】

又是主播？

这时，对方的队友火速赶来支援，喻延来不及细想，继续开镜想狙人。

"他们只有两个人。"小瑞继续道，"小延，这个能不能狙死？"

砰！

98K 的枪声响起，在一旁的爬爬率先开枪，他之前玩的游戏里，定位就是狙击手，枪法十分不错，在去年，喻延跟他对狙是对不过的。

【RRRRRui1234 以 Kar98k 爆头击杀了 XJGGDXBB】

"搞定。"

　　喻延松了口气，随意扫了眼屏幕左上方的弹幕助手，这才发现上边的弹幕量惊人，刷新速度快到让人无法看清。

【挂壁主播，自挂城楼谢罪吧。】

【香蕉大军杀到，主播说说，想怎么死？】

【这是个新人，还不露脸，怪不得敢开挂呢，被揭发了关房间走人呗，拍拍屁股一身轻松。】

【刀在手，杀挂狗。】

【香蕉在那草里躲了三分钟了，一动就被你爆头了？主播是怎么看到的？解释解释呗？】

　　看到"香蕉"二字，喻延反应过来了。

　　看来刚刚那个被他爆头的主播就是星空 TV 的吃鸡大主播香蕉。

　　他收回视线，专心打决赛圈："没开挂，我同意开挂封禁。"

【上一个这么嘴硬的主播现在已经被平台封杀了。】

【不明情况的观众可以去香蕉直播间，香蕉现在正在播回放。】

【喜欢这个主播的趁今天多看看吧，没准明天这直播间就没了哈哈哈哈。】

　　击杀完最后一个人，吃鸡页面弹出来，喻延看也没看，直接退回大厅。

　　他抬头看了眼，直播间现在人数高达三万，弹幕上谩骂声一片，一眼望过去，没有任何一个水友在帮他说话。

　　也正常，他才播了几天，有死忠粉才有鬼了。

　　见他不说话，卢修和道："喻延，别理他们，继续开呗……"

　　"你们先玩。"喻延道，"我处理一点事情。"

　　卢修和："哎，你别……"

　　他知道喻延没有开挂，同时也知道，香蕉在吃鸡观众心目中的地位。

　　香蕉从吃鸡这个游戏一开服就在直播，就算不说他是吃鸡第一主播，前三肯定是排得上的。

　　刚刚他看到 XKTVXJGG 这个 ID 的时候就觉得不妙，果然，麻烦这就到了。

　　香蕉就算没亲口推测喻延开挂，只要冷笑一声，都够让喻延的直播间沦陷了。

第11章

所以他虽然不明情况，但还是不希望喻延跟香蕉杠上。

喻延对卢修和的劝解充耳不闻，他当着直播间几万人的面，直接点开了香蕉的直播间。

对方刚好看完一遍回放，顿了顿，对弹幕里的观众道："好好好，再看一遍。"

说完，他重新打开游戏回放，调整到两个队伍相遇的前两分钟。

喻延紧盯着对方的游戏人物。

只见游戏人物跑着跑着，走到一棵树后，猛地趴了下来。

"就是这里，我去厕所放水了……那主播来我直播间了？来就来嘛，告诉我做什么，你们还想让我跟他握个手吗？哈哈哈哈。"

喻延抿唇，继续认真看着。

游戏人物足足在树后趴了两分多钟，没有动过。

他心里一紧。

在这个角度，旁边还有个房子遮挡着，除非是站在香蕉身后或者左侧，不然的确看不到他。

而喻延队伍的位置，是在香蕉的对面山头，正正经经的死角。

这时，游戏人物稍稍挪了挪。

砰的一声枪响，人物被爆头。

"喊。"

香蕉看完，发出一声意味不明的声音，然后关掉回放，"行了，开下一局，不浪费大家时间。"

喻延关掉网页，陷入沉思。

香蕉的怀疑不是没有道理，诚然，刚刚这一幕，如果在山对面的不是自己，他也会觉得对方开了挂。

他当然是没有开挂的。

回想起当时的场景——

"小延，NE方向，绿点。"

"树后。"

"他刚刚冒了头，你瞄着，一会就出来了。"

"他们只有两个人。"

喻延皱起眉来。

小瑞……开挂了？

第12章

　　重回到自己的直播间，谩骂还在继续。

　　【看完了？说不出话了？】

　　【自己都不知道该怎么洗了吧。】

　　卢修和的QQ头像立刻在右下方闪动起来，喻延调整好屏幕，把对话框拉至观众看不见的地方。

　　你卢大爷：什么情况啊，小延……

　　你卢大爷：我去看了那视频，你别说，还真有点邪门。

　　喻延：嗯，我也看了。

　　你卢大爷：可你明明没开挂啊！

　　喻延：我没开挂，其他人就不一定了。

　　你卢大爷：什么意思？

　　喻延：是小瑞告诉我香蕉在树后的。

　　卢修和一愣，立刻回想起来，发了一大串感叹号过去。

　　你卢大爷：你意思……小瑞开了挂？

　　喻延抿唇，在想该怎么回复。

　　他玩了这么久游戏，是不是挂，他看十来秒就能看出来。但是这事放到自己朋友身上，他就不想随口下定论了。

　　毕竟开挂在大多玩家心中，都是十分败坏人品的事情。

　　你卢大爷：啊！小瑞来找我要你的联系方式了……我给不给啊？

　　喻延之前和小瑞爬爬是互加了微信的，一次意外，他的微信被盗，好友全都被删了个干净。因为那段时间大家没什么交集，也就一直没有加回来。

他回了个嗯字。

很快,微信好友那边闪出一个红色的1,他刚点击通过,对方就立刻发了条信息过来。

小瑞:喻延,听说你直播间炸啦?怎么回事儿啊,还玩吗?

喻延:观众们说我开挂。

他盯着对话框,看到上面显示出一排"对方正在输入"。

直到两分钟后,手机才轻轻震了一下。

小瑞:不会吧?不过这也正常,你玩儿得好嘛,他们自己打不出那种效果,当然说你是挂了。

喻延:嗯,刚刚你是怎么看到山对面那个人的?

小瑞:哪个啊?

喻延:半决赛圈,树后,我用AWM爆头的那个。

小瑞:早忘了,应该是看到他跑进树后了吧?

喻延:真的?

小瑞:当然真的啊,不然呢?

弹幕上骂得越来越过分,喻延虽一向乐观,但这么莫名其妙被人用言语攻击了十来分钟,任谁都不会痛快。

他顿了顿,直接问:你是不是开挂了?

对方没了回音。

喻延:我去看了回放,你那个位置根本不可能看到香蕉。

小瑞:神经病啊,没开。你又不是没有跟我玩过,我找人一向厉害。

小瑞:那你呢,你开没开?小延,你该不会是想找我背锅吧。

没想到对方死不承认,还反咬了自己一口。

喻延盯着对话框看了几秒钟,干脆利落地把人拉黑,再抬头时,发现弹幕全都消失了。

【房管使用了全屏禁言。】

【房管012:我们平台抵制所有外挂,如果对主播存有质疑,请直接联系管理员,管理员会查证。在查证结果未出之前,任何辱骂、攻击主播的水友将被禁言三十天!】

页面上干净了,喻延的心里也清静了。

虽然多少有些掩耳盗铃的成分。

他用手机登录上平台的主播页面，给房管发了条私信。

【yanxyan：谢谢。】

那一头，房管小姐姐盯着那些不堪入目的言论，正气得七窍生烟。

"要是觉得别人开挂，那就举报啊！连举报都不点就定人死罪，都是群键盘喷子！"

她刚说完就看到了私信，瞬间就被感动了。

【房管012：没事……这本来就是我的工作！】

喻延没再回复，重新打开游戏。

"继续，打随机四排。"

谩骂一直持续到第二天。

喻延视若无睹，捡起脚边的QBZ，装好弹便冲了出去："没有开挂。昨天会知道树后有人，是队友提醒的，还有什么疑惑，就自己去看我昨天的直播回放录像吧。"

【谁要花时间看你的直播回放？在香蕉那里已经看得够清楚了。】

【大家别上当，看直播回放也会给这个小破直播间加亮度(人气、热度)的！】

【旁边急救包和止痛药不捡？】

喻延出门便撞见了人，刚对了两秒枪，对方的队友及时赶到，两人合力把他击倒在地。

这已经是他连续三把落地成盒了。

"跳刚枪的地方，落地先捡枪，别的都是浪费时间，刚刚那人就在我隔壁，我如果回身捡药，他可能就跑了。"

【主播心态可以。】

【已经举报了，大家想看好玩的主播可以去12312香蕉的直播间，刚枪比这个开挂的精彩。】

【没出结果之前别刷行不行？烦不烦啊？？】

【哟，还有人在维护开挂的呢。】

经过一夜，终于有了几个温和的弹幕，但也很快被香蕉的粉丝针对辱骂，随之总能爆发起一阵争吵。

喻延直接开了全屏禁言，继续匹配游戏："没什么好吵的，说自己举报了的人，安安静静等举报结果就是了。"

第12章

但那群粉丝并不打算消停，采用了另一种办法。

【主播是个透视挂壁送出了一颗陨石】

【开挂好玩儿吗儿子送出了一颗陨石】

【香蕉爸爸教你做人送出了一颗陨石】

陨石是免费礼物，图案是一个又硬又臭的石头，虽然对主播没有任何负面影响甚至还加经验值，但在星空TV，这跟网页文章下面的"踩"没什么区别。

弹幕能屏蔽，但礼物不能，房管也只能眼睁睁看着黑子们用礼物刷屏。

喻延看得心烦，这局索性跳了野区，想安安静静闷头搜东西。

直到头顶上出现一行蓝色的小字。

【大星使"1"进入了直播间。】

书房。

易琛刚看完一个表格，掐着八点进入了直播间。

没想到一进来，就看到正在不断刷屏的石头图案。

他眯起眼，还没明白是怎么回事，私信的按钮就亮了。

香蕉今天直播了吗："老板，你给这主播刷礼物了？这是个开外挂的，昨天被证实了！不信你可以去香蕉直播间看直播回放，直播间号是12312……"

这两天发生的事太多，直到看到这行小字，喻延才想起来八点的约定。

正犹豫着怎么说，对方率先发了私信过来，他赶紧打开手机客户端。

1：玩吗？

星空TV的全屏禁言只有五分钟的作用，五分钟后，需要再次手动禁言。

1这句话刚发过来，禁言的五分钟就到了，弹幕再次刷起无数污言秽语。

还是得解释一下吧，喻延想。

yanxyan：老板，我这出了一点小事故，你现在跟我一起打游戏的话，可能会被无差别攻击。

1：嗯。你开挂？

yanxyan：我没有！

发过去后，喻延就后悔了。

他说什么谁又会信呢，倒不如安安静静等举报结果出来。

果然，消息发出去许久都没得到回复。

屏幕上的游戏倒计时变成5时，喻延抿了抿唇，又敲动手机屏幕。

yanxyan：这样吧老板，您如果介意……就把微信或者支付宝给我，我把礼物钱给您转回去。不过我只分到了一半，所以也只能还您一半。

发完这句话，他把手机翻转后盖在电脑桌上，发出一声不轻不重的闷响。

他之前承受了十多个小时的谩骂，都还能硬撑着打游戏。但一看到1的质问，他就仿佛泄了气的气球，所有名为委屈的情绪终于冲破桎梏，全往心头上涌。

大抵是因为，1是他的第一位观众，也是他第一位老板。

各种意义上，都和其他的水友不同。

这局游戏，喻延打得很激进。

虽然他平时就是刚枪手，但也鲜少这么冲动过。

他清理完别墅一侧，立刻往右侧跑，刚听到脚步声就对地板射了几枪。果不其然，没半分钟，敌人就被他引诱过来了，脚步声越来越近。

一颗手榴弹从楼梯拐角处丢来，喻延根本没想着躲，抱着枪就往前冲，对方也是一愣，立刻开镜跟他对枪。

接连不断的枪声响起，五秒后，喻延成功完成丝血击杀。

【……这也太虎了。】

【看来不只是透视挂，还是锁血挂，呵呵。】

【我第一次见到这种打法，主播能活到现在真的是奇迹。】

【别说，看得是真的很爽。】

喻延一抬手，直接把弹幕助手给关了，专心投入游戏中。

但他朝地开枪的方法实在太嚣张，没多久就被制裁了。

看着灰色的界面，他沉默着拿起手机，准备给1转账，却发现对方并没发来任何号码，只是说了两句话。

1：不用。

1：我刚刚看了回放。

喻延一怔，然后稍稍睁大了眼。

如果他没会错意，这是……相信他的意思吗？

易琛皱眉，又按了两下鼠标，电脑仍是没有反应。

用惯了手提，他书房里的台式电脑已经许久没有更新换代了，刚刚不过是开了个视频回放，就被卡得动弹不得。

回想起来，之前玩游戏的时候也时不时会卡顿。

正想着，私信的按钮亮了起来。

yanxyan：QAQ

yanxyan：太好了。

1：什么？

yanxyan：您肯信我。

易琛觉着好笑，他不过是一个素未谋面的网友而已，信或不信，对小主播来说又有什么重要的。

1：嗯，你播吧，我下了。

yanxyan：啊？不玩游戏吗？我带你。

yanxyan：如果有喷子去加你，你拒绝好友申请就行，我保证过几天就好了！

1：不是。我电脑有点卡，可能玩不了。

这回对方回得极快。

yanxyan：没关系！你跟在我身后，我会护着你的。

易琛仿佛不认识界面上的字眼，许久才慢慢眯起眼来。

……护着他？

这话倒是新鲜。

没得到回应，对方又小心翼翼地发来一句。

yanxyan：您来吗？

半晌。

1：我上号。

第13章

1 刚上线,喻延立刻就把他拉进了房间。

开游戏之前,他想到什么,打开QQ刚想叫卢修和一块来,才发现对方已经给他发了无数条信息。

你卢大爷:……这都怪我,早知道我就不让他们过来了。

你卢大爷:小瑞怎么说?我又看了两遍回放,绝对没错,他一定开挂了!我给他发信息他都不回我了!

你卢大爷:哎,小延,这次真的是我把你坑了,对不起啊。

他打开对话框时没想那么多,这些内容很快被水友们看见,又是一轮攻击袭来,里面还掺杂着"演戏""戏精"等字眼。

喻延:没事,跟你没关系,来打吗?

你卢大爷:……算了,我不去了吧。

卢修和不太好意思。

虽然开挂的不是他,但是他帮忙接的头,也是他开口让喻延带小瑞的,他自己也有责任。

喻延:上号,明早给我送份早餐过来。

别的人他不清楚,但卢修和他还是十分信任的。

在他最落魄的那段日子,卢修和总是找些不着边的借口,就为了请他吃饭,给他留足了面子。就连免网费的事儿,也都是卢修和跑去跟他爸开的口。

虽然对方没说,但喻延不傻,心里都有数。

卢修和一滞,半晌才回复过去。

你卢大爷:别说早餐,你未来一个星期的伙食,我包了!我现在上!!

三个人开了随机四排。

素质广场 60 秒，那位随机排到的队友先说话了。

四号："唉唉唉，喂喂喂，有人吗？"

喻延道："有。"

四号："兄弟，玩儿得怎么样？"

飞机很快起飞，飞机轰鸣声太大，喻延稍稍把耳麦拉开。

"很强。"

四号："……好的，那咱们跳军事基地？还是 P 城？"

"跳 Zharki 吧。"

"Zharki？"四号愣了愣，"兄弟，你不是说你很强吗？"

Zharki，地图左上角的城市，位置尴尬，十有八九得跑毒，房子资源也不多，别说养一个队伍，运气差了，就连一个肥的都养不起。

好处就是……没几个人会飞这里。

"一号是个新人，照顾一下。"喻延语气温和，让人听了很难拒绝。

但四号仍是不太情愿，他想了想，问："三号，你也想跳 Zharki 吗？"

一号二号一听就知道是双排的，他如果拉到三号这一票，没准还能改变一下局势。

卢修和："我爱 Zharki。"

四号："……"

于是事情就这么愉快地定下来了。

航线离 Zharki 并不近，得跳高伞才能勉强飞得到。

四号飞着飞着，发现："喂，一号你怎么就开伞了？"

"二号你也开伞了？兄弟你到底会不会玩啊，你连跳高伞都不会？"

"我看到车了。"喻延道，"我去接他。"

四号看了眼易琛的位置："别去了，他离你十万八千里，你去了还怎么搜东西？他这不是不会跳高伞，是连普通的伞都不大会跳吧……"

说话间，喻延已经踩上了路边的两轮摩托车，摩托车是游戏里速度最高的陆地载具，不过速度越快，危险越大，操作难度也很高，特别容易翻车，萌新大多都不敢开。

喻延熟练地把车速飙到最高，笑了声："那不行，他就是落在 N 港，我都得去接。"

这还是易琛今天进直播间以来，第一次听见小主播笑。

记得上一回来时，对方还是很爱笑的，操作之余，还总是跟观众们聊天。

想起今天的弹幕，易琛嘴角的轻微弧度稍稍往下挪了半分。

小主播来得很快，他骑着摩托车，风风火火停在了他身边。

"来，上车。"

易琛上了车，随手拿起旁边的咖啡抿了一口。

"1。"小主播忽然道，"你按一下 V。"

待嘴里的咖啡味弥漫开来，易琛才反应过来对方是在叫自己。

1 这个称呼，还真没那么好习惯。

他点下 V，游戏瞬间变成了第一视角。

不得不说，这款游戏的视觉效果非常好，身边不断往后倒退的一草一木和坐在车上的震颤感都充分体现了出来，刺激之余，还让人头晕目眩。

就在这时，车子忽然冲到一个高高的滑坡上，摩托车失去控制，直接飞到了半空中——

然后漂漂亮亮地来了一个三百六十度的空中翻转。

【666 求教程！！】

【这算什么？我都能做到，装什么啊。】

【爱看就看，不爱看就出去，在这骂天骂地的，香蕉粉丝素质就这么差？】

喻延没在意，他抄近路，没有开在大路上，每逢能够翻车的高坡就来一下，很快就到了 Zharki。

卢修和和四号都在城头搜，喻延直接开车到街尾。

"你在这下车，我开去城中间搜，一会跑毒了来接你。"

卢修和终于难得开了麦："小延，你来的路上有没有看到别的车？"

不出所料，Zharki 并不在安全区内，他们再一会儿就得跑毒，如果想要搜得再久一些，就必须得找一辆车。

"没有。"喻延道，"这没什么固定刷车点，不过圈不远，你们可以跑着去。"

卢修和："你那儿不是有辆摩托吗？你把我带走，我们去路上找车，找到了再回来接他们……"

喻延冷静地打断他："毒圈要到了，你差不多可以跑了。"

卢修和："……"

仍心怀内疚的卢修和此时并不敢有任何反驳，认命地扛着枪跳下楼。

第 13 章

喻延搜到第四个房间的时候，就已经浸入在毒圈里了。

好在第一个圈，不疼（没掉太多血）。

"我们再搜一会，一会嗑个包就行。"

搜完最后一间房，他重新开着小摩托车，载上 1 就往安全区冲去。

"喂……"还在苦苦跑毒的卢修和看着疾驰而过的两人，酸道，"你开慢点，一辆小破摩托，就不怕被人扫了……小延！！"

他突然抬高音量，喻延只觉得耳朵都被喊疼了。

"怎么了？"

"你快，快看你的直播间！"

听见卢修和这副语气，喻延心里一沉。

他该不会又被封了吧？

一朝被蛇咬，十年怕井绳。他把车停在一处较为隐秘的地方，道："等我一下。"

说着，他迅速切换到直播间页面，见自己直播间还存活着，这才有心思看别的。

他的直播页面已经完完全全被弹幕淹没了。

【这是什么？！】

【星空 TV 这是什么操作？新出的机制吗？】

【第一次见……】

【我用手机客户端看的，这告示条突然横在我屏幕上方，特别显眼……】

【刚刚那群骂人的呢？不见了？】

【这一定是 BUG 了，或者是主播自己设置的，星空 TV 根本没有这个机制好吗？】

喻延茫然抬头，紧接着眸子微微放大，也愣住了。

只见他的直播间上方，挂着一个黄底黑字，十分显眼的通知栏——

【管理员 03：经多方查证（主播录屏回放、PUBG 举报机制），星空 TV 主播 yanxyan 在 7 月 25 日的直播中并未使用任何违规外挂，举报无效。】

第 14 章

喻延不太清楚星空 TV 的举报机制,他刷新了好几遍网页,这个公告栏还是高高挂在自己直播间上方,看来不太像是系统 BUG。

弹幕上还在刷,但风向显然与之前不同了,除了满屏的问号外,甚至还冒出许多帮他说话的。

喻延扫了一眼就匆匆返回游戏。

"怎么样小延,你问了吗?是不是 BUG 啊?"卢修和道,"我还是第一次看到这种情况,太牛了!"

喻延回神:"没问,先打游戏。"

四号听出了点什么,疑惑地问:"二号是主播?哪个频道的啊?我天天看直播,怎么认不出你声音。"

"我不是主播。"怕队友有什么骚操作,喻延否认道。

卢修和跟着打岔:"那啥,你赶紧进圈吧,你都吃毒了。"

喻延看了眼他和 1 的血量,确保他们能够撑到进圈,便再次发动他的小摩托。

卢修和他们已经在野区某处小房子等着了,喻延把摩托车开到房子自带的仓库里,跳下车:"那个……"

易琛下了车,站在原地没走,想看看小主播要说什么。

喻延起了个头,没再说下去。

他是想问对方有没有急救包来着,但想了想,就算问了也得不到回答。

于是他走到易琛的游戏人物面前,啪嗒丢下一个急救包和两瓶可乐,转身便上了楼。

第二个圈很快刷新,他们在地图的正中心。

四号："哈哈！这圈刷得可以！我们就在这楼上埋伏吧，没准趴着趴着就吃鸡了呢？我去把房间门都关上……哎！二号你去哪？？"

"P城。"喻延从右侧往下绕，头也不回。

四号不明白了，他非要跳Zharki就算了，好不容易刷了个好圈，却要去P城？

这个时间段，P城估计架都打完了，生存下来的那个队伍必然是带着一身宝藏的，他……带个AKM和S12K去凑什么热闹啊？

"你别去了，那肯定被人搜完了！"

"我知道。"

"知道你还去？！到时候人还在城里，你这不是去送死吗？"

【这个四号好烦啊，爱玩玩不玩走。】

【四号把嘴给我闭上！】

喻延也觉得这四号有些啰嗦："卢修和，来吗？"

卢修和："哎，爸爸，我在路上呢。"

喻延下意识看了眼地图，发现1居然也紧跟在卢修和身后。

他忙道："1……一号，你就在房子里等我。"

"我会给你带好东西回来的。"

易琛走了两步，顿了顿，果断转身往回跑。

他第一次被套上"需要保护"的标签，试用了十来分钟，感觉还算良好。

【主播的彩虹屁放得满天都是。】

【我要有钱我也要当主播的老板！我也想要躺着等好东西！】

【老板说回去就回去？太没有血性了吧？】

【你懂什么啊，这叫能屈能伸，所以别人是老板，你不是。】

两人分头行动，主要不是搜东西，而是想先找找存活下来的玩家位置。

卢修和："我这边门都开过了，没人。"

"我这也没有。"喻延经过三个堆在一块的盒子，头也没回，"去城尾看看，小心点。"

【主播舔包啊，看看有没有什么好东西。】

"不。"喻延挂上一副霸道总裁的语气，"我从来不舔别人舔过的包。"

【？？？】

【还演上了？】

【记住你这句话，男人。】

弹幕哗啦啦飘着，喻延抱着枪，在不远处的房子二楼看到了一抹一闪而过的灰白色。

"我看到人了。绿顶楼二楼，二级头。"

"我也看到了。"卢修和道，"怎么说？攻楼吗？"

"攻楼？"喻延笑了声，"先不说里面到底有多少人……别人刚血洗一座城，舔过的盒子比你身上的配件还多，你拿什么去攻楼？烟雾弹？"

卢修和："……"

他刚刚在 Zharki 晃悠了大半天，一个手榴弹没捡着，而攻楼，没有手榴弹基本就等于是去送死。

"那怎么办？"

"有倍镜吗？"

"倍镜？"卢修和像是听见什么笑话，"那是什么？用了能回血吗？"

"……"喻延看了眼自己空空荡荡的倍镜栏，又问，"基础镜呢？"

"红点有一个。"

"给我，上面的盒子，我分你一半。"

卢修和一听，忙不迭把红点瞄准镜丢了下去。

喻延很快捡起，转身进了身边的楼。

【这楼门开的，被搜过了啊。】

【你该不会是想在这楼上跟人打吧？】

观众的疑惑很快有了答案，只见游戏人物扛着把 AKM，噔噔噔地跑到这栋楼的最高层，朝方才看到敌人的方向打开了瞄准镜。

【你确定没在跟我开玩笑？这么远，谁打得到啊。】

【这红点一开，我就什么都看不到了，连别人露没露头都看不清楚。】

【主播拿的是 AKM，对面还卡在窗户的角度，怎么跟人对？算了吧，回头是岸。】

"不回头，我能对。"

说完，他敏锐地捕捉到再次暴露在视野中的灰白色头盔，想也不想便朝那头开枪。

激烈的枪声响起，对面连着不断掉绿血，枪声维持的时间甚至还不到三秒——

【你以 AKM 淘汰了 ZEI-KU】

吃鸡的击杀机制也是有讲究的，如果你击杀的敌人还有队友，那么系统会提示"你以XX击倒了XX",如果没有队友,则会直接显示"淘汰"。

这波操作一出,立刻又爆发了一波弹幕。

【牛……这要不是有那张公告挂着,我是真的不信。】

【那公告算什么,等官方解释出来吧,已经有人去举报了。这主播就是开挂。】

【这么强,不去打职业可惜了。】

喻延松了口气。

看来他们运气好,对方只有一个人,如果敌人队伍的人数在三人或以上,他其实没有什么把握。

他直接跳下楼,直奔盒子而去。

卢修和跟在他身后吭哧吭哧地跑着,好不容易走到盒子那边,打开一看——

没有配件M416和S12K正躺在里面静静地看着他,一颗子弹都不剩,还有喻延刚刚身上的一级套。

最过分的是,这人连个手榴弹都没给他留下。

"不是说好了盒子给老子留一半的吗?!"

喻延踩上车库的三轮车,理直气壮道:"我反悔了。"

"当着几万人的面,骗我一个小红点,你脸红不脸红?!"

"脸红的,还给你。"喻延把红点瞄准镜往地上一丢,然后在地图上标了个点,"自己过来拿。"

卢修和痛心疾首,悲泣:"……真真是世风日下、人心不古!"

喻延不搭理他,骑着小三轮慢悠悠回到了那个小破野区。

易琛看着小主播的图标离自己越来越近,越来越近——直到在自己面前站定。

然后一言不发就开始丢东西。

他打开物品栏,粗略看了一眼,是小主播平时玩游戏时常用的小配件,应该都是好东西。

正准备捡,键盘前边的手机忽然响了起来。

那个盒子很肥,喻延把扩容、子弹和基础镜丢下后,又丢了两个急救包。

对于新手来说,急救包应该是最好的东西了吧。

丢完后,他转身就走,准备去阳台看看能不能抓到几个移动盒子。

"什么事。"

属于成年男人的声音从他的耳麦中传出来。

低沉,成熟,有磁性,还带了些慵懒。

不是四号的声音，更不是卢修和的声音。

喻延的指尖下意识一顿，游戏人物也跟着停了下来。

"周四……"男人顿了顿，像是在回想什么，继续道，"下午有会议。"

"回来？这么快？"

"知道了。"

对方似是不知道自己的话已经响彻直播间，仍镇定自若地说着。

卢修和："什么声音啊？谁在打电话？"

喻延："你闭嘴……"

可惜他阻止得太晚，男人终于察觉到什么，声音停了下来。

半晌。

"我一会跟你说。"说完，就听见手机放到桌上发出的闷响。紧跟着，易琛问，"你们听得见我说话？"

卢修和："听得见听得见！不过老板，为啥我这没显示你名字旁边有麦克风啊？"

易琛挑眉："我没开麦克风。"

卢修和："那？"

【啊啊啊这声线，我死了！】

【这怕不是哪家CV吧……】

【是故意的吧？还说什么有会议……装大老板？】

【他是直播间的黄马啊！主播没禁言用户，老板又没关自由麦，说话当然听得见了。】

"这样吗？"卢修和道，"那小延，你一会记得关一下老板的自由麦。"

喻延根本没心思去听卢修和在说什么。

怪不得他之前总听到一些窸窸窣窣的小声音……

易琛缄默，把配件装上枪就准备走。

却见前边已经跑到阳台的小主播忽然一个转身，再次朝他跑来。

随着几声丢东西的清脆特效，他面前又多了几样东西。

八倍镜，医疗箱，肾上腺素。

观众们就这么眼睁睁看着喻延把这些宝贝犹如垃圾般丢到地上。

【？？？】

【怎么，消极游戏？】

第14章

【刚给了两个包，现在又给医疗箱……】

【八倍镜也给老板？太拼了吧？那你用什么？】

喻·究极体声控·延闷头道："我，我比较强。"

刚说完，耳中传来一声低低的笑，还伴着些许气息声。

……喻延觉得自己的耳郭都快烧起来了。

"你拿着吧。"易琛道，"给我有些浪费。"

小主播在他面前傻站了几秒都没反应，就在他转身欲走时，又听见一声清脆的"噔"。

他的面前多了一把 M24。

"没事……绷带和四倍镜够用了。"许久，喻延憋出一句，"这个你拿着。"

易琛更觉得好笑，问他："那你用什么？"

"我……"喻延想了想，"……我去拿卢修和的 Mini14。"

弹幕：【？？？？？】

卢修和："？？？？？？"

第15章

喻延是个十足十的声控，不过相较于其他声控而言，他就显得比较……不，特别挑剔。

小时候他最喜欢用收音机听一位播音员念电台来信，一听就是四年，风雨无阻。后来那位播音员离开后，收音机就被他丢在角落积灰，再也没用过。

再然后就是某部国外动漫的配音演员，是他路过音像店时无意间听到的，回家之后就把那位CV（配音演员）所有配音过的动漫全看了一遍，那些动漫至今还完好地存留在他的电脑上，可惜CV老矣，配不了男主音，转行配大叔去了。

还记得喻延听到那位CV大叔音的第一秒，他险些没把耳机捏碎。

……

他刚刚差点一哆嗦，把背包都脱了给他。

卢修和："你不要做梦，我是不会给你的。"

喻延缓过劲来，丢完东西转身就走，背影看上去仓皇得很。

【由不得你说不。】

【现场对枪，谁赢归谁。】

【你们这是在欺负人啊！】

端游版吃鸡和手游不一样，子弹打到队友身上就是真实伤害。

卢修和一抖："你该不会想谋杀亲儿子吧？"

"……没有，大家别胡说，我从来不杀队友。"喻延顿了顿，"前提是我的队友没有背着Mini14。"

半分钟后，卢修和把Mini14丢在地上："……你背上怎么只有一把枪？你刚刚丢M24时，没顺手把老板那把背来？"

喻延当时光顾着跑了，哪还有心思等老板丢枪。

"他背的 S686，我寻思着你也不会用。"

卢修和："……真是谢谢你了，我现在一点儿也不觉得愧疚了。"

"那就好。"喻延无视掉他话里的委屈，子弹上膛，头也不回地离开了卢修和的视线。

"S686 我丢在原地。"易琛打开物品栏，把小主播丢下来的东西一一捡起装上，"不会标点，你自己过来拿吧。"

喻延没想到易琛还会开口，开镜的视角傻傻固定了两秒，才慢吞吞移动起来。

卢修和："哎我来了老板……"

四号："有人！NW 方向，石头后面！"

喻延挪动视角看去，很快捕捉到石头旁边的三级头。

他开镜，瞄着对方的脑袋，但没有急着开枪。

【开枪啊，傻着干吗？】

【主播不知道在干什么，走路也是断断续续的，估计手头在忙什么吧？没开视频太不方便了。】

【开挂的人是不敢开视频的，因为你们看不到他压枪的动作。】

"对面三级头，三枪才能打死。"喻延道，"他在移动，不好打头。他都带着三级头了，手上八成是把好狙，他们山头又比我们这房子高，对狙我吃亏，得偷。"

【头一回见你怂了。】

喻延继续瞄着："我不是怂，如果是刚枪，我拿把手枪都不怕。"

立刻有人说他吹牛。

【……看了几天直播的表示他还真不是吹牛。】

对面的敌人显然没有发现他们，只见那三级头盔走了两步，忽然停住了脚步——然后掏出了一瓶可乐，开盖，喝。

喻延当即就准备按下鼠标，谁想耳边忽然响起一阵激烈的枪声，四号抱着他的 AKM，带着一个全息瞄准镜，抢在他跟前对着对山石头就是一阵扫射。

一枪未中。

对方察觉到这边，立刻挪动位置，躲回了石头后面。

四号："哎？我好像中了一枪。"

喻延："没中。"

"中了，我都看到血了！"

【哈哈哈哈哈哈睁眼说瞎话我就服四号。】

喻延也懒得跟他争辩这个："你没倍镜，就别跟被人对枪了……"

砰！

身边的人猛然倒下——四号被对面山头的人用98K一枪爆了头。

喻延想也不想，转身便往房子里跑。

四号马上叫了起来："你别跑啊！拉我一下！"

"你爬进来。"喻延道，"他在上面架着，不好拉。"

四号啧了一声，慢吞吞往里爬，可惜还没到房内，再次被对方用狙打死了。

四号："我都说让你拉我一下，你要没跑，我早就起来了。"

喻延干脆直接闭了麦，打算用直播间里的语音沟通。

他走进一个易于躲藏的房间，看到易琛蹲在窗边，正在开镜瞄人。

"1，你站这个位置很容易被秒……"

话音刚落，一声闷重枪声响起，易琛已经扣下了扳机。

男人低低报了一句："一枪头。"

有了之前的意外，易琛没再沉默，毕竟这个游戏，还是得说话才最方便沟通。

喻延："……"

喻延！你可以的！你千万不能慌！

"那你在这里……我换个房间。"他道，"两个方向瞄，好找角度。"

易琛："嗯，我这里容易被瞄到？"

"对，你再往左一边点，然后用右探头狙。"

"知道了。"

喻延抱着小Mini，快步朝外跑去。

谁想刚到房间，又是一声枪响。

【Yii11c 以 M24 淘汰了 LACFMM】

"死了。"

都是跟其他玩家一样的用词，怎么从1嘴里说出来就这么好听呢？

卢修和抱着小红点趴在房子的客厅里，张口就是夸："老板你真的是新手吗？这么强？！"

"不是新手，玩几个小时了。"易琛道，"他没看到我，还在瞄阳台。"

喻延赶紧喝了口水，然后才道："那个，1，一起去舔那个包吗？肯定很肥。"

"好。"

卢修和后知后觉站起身来："我也去……"

外头传来摩托车的声响，喻延载着易琛，头也不回道："没有位置了。"

"你！刚刚不是从 P 城开了辆小三轮回来吗？！！"

"是吗？"喻延道，"那你就开着那辆过来吧。"

"……"

一路上，喻延故意避战，绕着毒圈外围走，路上偶尔能听见隐约枪声，就是一个人没瞧见。

右上角的存活人数越来越少，待他们找到落脚点，就只剩下二十个人了。

"我怎么一枪未开就进半决赛圈了？"卢修和道。

这时，四号又开了麦："E 方向有个人！很近！"

四号说话时，喻延已经用红点瞄准了对方："看到了。"

"两个！不不，三个！他们旁边的树还有人，不知道是不是一队的！"

"嗯。"

喻延抬枪就是一阵扫射，成功击倒一个，敌方立刻回击，他走到下坡，装弹，游戏人物弯着腰四处晃动着。

"上来了！他们围攻上来了！"

"左边一个！右边两个！那个倒的没跳击杀！被拉起来了！"

"你上去打啊！你这个角度别人随便扫两下就能爆你头！"

喻延听得头疼："我知道，我都看到了。"

"左边那个露了！过来了！打他！快啊！"

喻延："……"

【哈哈哈哈哈盒子指挥官】

【这么能叨叨，玩儿的时候怎么不见他有多厉害？】

【心疼主播，我把音量关到 10 都觉得吵。】

"这倒没什么。"喻延联合卢修和，把包上来的三个人摁死在草地上。

然后冲上前，快速舔着包，"只是你们听仔细了，这都是四号告诉我的，不是我开透视。"

"实际上，你们如果愿意打开我之前的回放，拉到 76 分钟，你们就会发现昨天跟今天是一个情况。"

【喷子只能看到他们想看到的，没用。】

【那些带节奏的 ID 都不见了诶，怎么回事？】

弹幕基本上已经彻底干净了，喻延没有多说，毕竟具体情况，他还得等直播结束再去跟管理员沟通。

刚舔完包，忽然听见一阵车声传来。

"有车！"

车上的人显然也已经发现了他们，车声戛然而止，三个人跳了下来。

喻延扫了眼地图，脱口而出："1你快跑到树后，他们那角度能瞄你——"

可惜他还是说晚了，对面跳下车后，首先就集火把易琛给击倒了。

喻延打开物品栏，看了眼自己身上的烟雾弹。

卢修和："怎么说，救不救啊？"

他们所在的地方是一片空旷草地，如果过去救，必然得挨枪子。

易琛："不用救我。"

喻延只思考了几秒钟，便作出决定："嗯，救不了……卢修和，把饮料吃满。"

易琛很快就被对面补死了，他点开观战，靠在垫子上，慢条斯理地看了起来。

喻延掏出一颗手榴弹，正准备拉引线。

"对面的，是言小言啊？"尖锐的男声响起，对面的敌人居然开了全屏语音。

这声音……是那个开挂小老鼠。

估计是哪个水友同时在看两个直播间，看到同样的击杀信息，就去给老鼠报了信。

"真是。"卢修和忍不住小声嘀咕了一声，"冤家路窄……"

喻延没应，拉开手榴弹的引线，一直专心地盯着对面。

"我知道是你，听说你开挂被锤了？兄弟，夜路走多了，撞到我香蕉哥了吧？"老鼠语气不屑，话里的讥讽不加掩饰，话里话外像是还不知道那张管理员公告栏的事，"该。"

星空 TV 签的五位主播里，就数这个 yanxyan 最难缠，起初还好，后面不知怎么的，热度居然都快赶上他的直播间了，自然也就成了他目前最强劲的对手。

老鼠："我刚杀的那个是他直播间老板？真的吗？唉，老板有钱是有钱，就是眼睛瞎了，给这玩意儿砸了钱。我这几枪就算是给你吃个教训了……想学枪法就来我直播间啊老板，随时等你。"

喻延敛下眼皮，眸底跟着沉了沉，并不急着反驳。

他拿出手榴弹，拔掉引线，沉默着数秒，然后毫不犹豫地朝某处草丛丢了过去。

Boom！随着一声爆炸，一行白字显露出来。

【你以破片手榴弹击倒了 Langyan99】

喻延:"还有两个,你去包左边的。"

卢修和那头气得拼命砸键盘:"行!"

喻延掏出烟雾弹,朝面前的草地丢去。白雾迅速升腾起来,形成了一个掩护罩。

【老鼠挺厉害的,主播别冲动啊,用狙吧不然。】

喻延抱着AKM冲进了雾里,很快闪到了一棵树后。

老鼠近在咫尺。

只见他再次掏出烟雾弹,朝右边丢去。

老鼠立刻开枪,对着白雾里就是一阵盲扫。

喻延在心里数着——35、38、40……

就在此时,他毫不犹豫往外冲,直接冲出白雾,精准地找到了老鼠的位置,开启基础镜就是一阵扫射,枪枪都能收到绿血回馈!

老鼠方才子弹用尽,现在还在换弹,被突如其来的进攻吓了一跳,他立刻换成了另一把枪,盲开镜,稳稳瞄中了喻延的头盔,结果刚开了一枪就熄了火——

【yanxyan以AKM击倒了你】

这场战斗结束得太快,水友们还没来得及反应,就见喻延再次抬枪,干脆利落地把老鼠给补死了。

老鼠的游戏人物骤然倒地,身边多出了一个盒子。

喻延往前两步,走到了老鼠跟前。

就当观众们以为他要舔包的时候,他忽然换弹,再次瞄准老鼠的头盔,干脆利落地打出四十发子弹——

老鼠的"尸体"就随着子弹不断的颤动、抽搐,最后头上的二级头被喻延生生打至消失。

【刺激哈哈哈哈哈!】

【素质极差哈哈哈哈!】

【内容引起舒适。】

老鼠从没受过这样的羞辱,他的声音从另一个玩家的麦克风里传了出来:"你——"

"你以为你开挂有用?"

没想到对方这么直接,老鼠先是一愣,立刻哽着嗓子反驳:"老子没开挂!"

"知道你为什么这么菜吗?"喻延冷不防,又对地上开了一枪。

他的声音比之前都还要冷上几分,"因为你的废话太多了。"

第 16 章

老鼠黑着脸,以最快的速度退出死亡界面。

呼,耳边清净了。

但是耳边清净了,眼前却被上帝遮住了帘。

【老鼠,你退了之后yanxyan还说了一句"不服就狙击我,我打到你服"。】

【那个,我怎么觉得这yanxyan有亿点牛……】

【开挂当然牛,都被香蕉锤了好吗?】

【香蕉算什么,你们去yanxyan直播间上面看看,那里挂着一个管理员发的公告栏呢。】

"公告栏?什么公告栏?星空没有那破玩意,别瞎说。"看着自己直播间人数慢慢减少,一看就是跑去yanxyan直播间看所谓的'公告栏'去了,视频里的男人五官都皱到了一起去,表情烦躁。

【我回来了,真的有!第一次在星空TV见到这种东西……】

有了这种弹幕,直播间的人数增减幅度愈大。

老鼠气得忍了许久才没爆粗口,要不是在直播期间辱骂词汇过多可能会被封号,他早就问候yanxyan水友(主播的粉丝)家人一百遍了!

"别在我直播间提其他主播。"老鼠直接把那个水友踢出了房间,"我知道你们就是为了让我去那主播的房间,在故意骗我。有意思吗?"

老鼠虽然是新人主播,但他在进军主播界之前做足了功课,自问对星空TV了解极深。

平台想赚钱,对于被内涵开挂的主播,除非被官方封号,不然平台并不会对主播有任何处罚;同时平台也在乎声誉,为避免意外和后患,更不会有任何澄清举动。

正想着，直播助理忽然走到他身边，在朝他不断地使眼色。

他还没反应过来，对方就举起了一块字牌，上面写着："换话题！！"

老鼠一愣，投去疑惑的眼神，对方却抬起手指，又在字牌上点了两下。

"……行了，别说了。房管，谁再提别的主播就直接踢出去。"老鼠愤愤低头，右键一点，直接开启了全屏禁言，"这两把打得不好，发五百红包，老规矩，送礼物就能抽，送得越多，中奖概率越大。"

礼物立刻刷起了屏，老鼠松了口气，用上厕所的借口离开了电脑桌前，赶紧把助理拽到门外，烦躁地问："到底怎么回事？！"

"哈哈，爽！"卢修和绕边把老鼠的队友给偷死，乐得要命，连带着声音都高了几个分贝，"你看那货刚刚说的是人话吗？！你早该硬气点了，人善被狗欺啊小延！"

喻延认可地点头："嗯。"

如果是嘴上挖苦挖苦他，他还不至于动气，毕竟被黑子骂了两天，他都快要麻木了。

谁想这老鼠居然还想挖他老板？

是可忍孰不可忍。

老鼠队伍的包很肥，几个包舔完，连卢修和都摇身一变成了大富翁。

但这人吧，一旦穷惯了，突然富起来还是很不习惯的。

他捧着手里的AWM只觉得烫得发慌，走了几步，还是忍不住了："小延……不然我拿AWM换你Mini14呗？"

喻延："不用，你拿着。"

【有了AWM还要个啥Mini14，能不能有点出息？】

【刚刚还威胁着要杀人夺枪，现在却连AWM都不要了？？】

"决赛圈，我不喜欢用狙，个人习惯。"解释完，他捕捉到不远处一个正在移动的人物，抬枪探头就是一阵扫射，从观众角度来看，枪头的后坐力微乎其微。

击杀信息跳出，弹幕数量迅速增多。

【主播的枪仿佛没有后坐力。】

【从老鼠那过来的，主播看起来好像没老鼠厉害。】

【前面的从哪儿看出来的？我没记错的话老鼠不是才被主播打死鞭尸吗？粉丝说话一点都不脸红？】

【有一说一,如果这主播真这么强,怎么可能还窝在这小破直播间?不去打比赛?】

"大家别用片面的视角看我。"枪声暴露了位置,喻延屏息装弹,不敢有任何懈怠,语气却还是慢悠悠的,"等你们看到我平移压枪扫车的时候,才知道我到底有多强。"

另一头,易琛已经摘下了耳机,开着音响,慢条斯理地在解领带。

听见这句话,他没来由笑了一声。

嘴皮子也挺强的。

把人补死,游戏人数只剩下 6 个人。

游戏音效寂静了半分钟,喻延抿唇:"我感觉还有个满编队。"

卢修和一愣:"不是吧?"他还觉得这把吃鸡希望很大呢!

"没枪声,没脚步声,没人。"

圈已经很小了,他的视野能看清小半个圈,如果其他人不是一个队伍的,必然已经撞上了。

话音刚落,左侧忽然爆发出枪声。

卢修和:"我看到人了!"

喻延赶紧道:"等等,别开枪……"

可惜他还是说晚了,卢修和已经探出头去,开枪把人击倒。

与此同时,枪声也完完全全暴露了他的位置,无数子弹朝他飞来,几乎是刚跳出击杀信息,卢修和就同时被击倒在地。

卢修和:"我!"

"他们在引诱我们出去。"喻延趴在地上,给自己打了针肾上腺素,把能量补满,"救不了。"

"我知道,你别来救我了。"卢修和懊恼地啧了声,"哎,怪我,没忍住。"

"没事。"

大多数人在决赛圈看到敌人,会开枪是下意识反应。

要不是心里清楚这是个满编队,他也会开枪。

对方似乎很有耐心,卢修和爬到了树后躲着,敌人也没有要上前来补死他的意图。

卢修和看着自己的红血量渐渐变少,道:"完了小延,我这没跳击杀。"

意味着刚刚他击倒的人已经被队友拉起来了,现在局势是 4 打 1。

第16章

"没关系。"喻延反倒松了眉头。

弹幕里现在全是云指挥，都在教他该怎么打这场决赛圈。

他打开背包看了眼，四个手榴弹。

还好，刚刚在老鼠的包里舔了几个，不然他现在连还手的机会都没有。

"大家坐直，看好了。"他掏出手榴弹，拉开引线，"教你们怎么丢。"

"如果一会儿没炸到，那你们就当我没说过。"

他朝卢修和刚刚报出来的方向偏右，丢去一颗手雷。

Boom——

没有跳出击杀信息。

【无事发生。】

【全员生还。】

喻延："往敌人的大概方位丢，在你们丢出第一颗的时候，第二颗一定要快，距离嘛……就比刚刚丢的远一点。"

说话间，第二颗手榴弹丢了出去。

爆炸声响起。

【你以破片手榴弹击倒了HUMI666】

"然后第三颗，就等十秒钟。"他说话语速不快，十秒后，他再次拉开引线，"圈边界在左边，所以这一颗，我们丢在第二颗的右边……大概这么点。"

手榴弹以设置好的弧线丢出去。

【你以破片手榴弹击倒了SHIJINSHIZHU】

【666】

【听到了吗？？快点记笔记！】

【这是什么原理？有大神可以解释一下吗？】

【第四颗呢？】

"这方法只有在决赛圈管用，你们看着学，如果没炸到人，那是你们没学到精髓，不怪我……"

说话间，两个游戏人物忽然出现在了他的视线里——对方被炸得忍无可忍，准备直接2包1了。

"第四颗就不用学了……决赛圈，1打4的情况下，你八成是丢不出第四颗手雷的。"

说完，他快速探头，打开红点瞄准镜就是一阵扫射！

可惜对面三级头盔甲，血是哗啦啦直冒了，就是不见倒。而对方也早就知道他的方位，两把大菠萝上来完全不讲道理。

水友还沉浸在这短暂的枪战里，就见主播的页面骤然变灰。

"下次一定会吃鸡！"

【一顿操作猛如虎，终于吃上鸡屁股。】

【你会丢个屁的雷，这么小的圈，对面的人一看就都在斜坡下面，你第一颗雷还能砸丢？】

【1打4，打成这样已经可以了，你行你上啊。】

喻延扫了眼弹幕，没回应，他已经尽力了，这游戏不比其他游戏可以装备碾轧，对面四个人，就是人人拿把地上捡的小步枪，他的胜算都很小。

"兄弟牛！"卢修和道，"不吃鸡也牛！"

返回到游戏大厅，看到1的游戏人物后，卢修和想起什么来，"对了，小延，你记得闭掉老板的自由麦。"

喻延是真想坐公交去把卢修和的电脑给关了。

"不用。"男人的声音由远转近，"我自己关。"

然后喻延就这么眼睁睁看着黄马甲前面那个麦克风的绿色按钮嗖的一下，消失了。

易琛坐回电脑前，看到直播页面的右下角有个小小的信封在闪烁。

他挑眉，摁下左键打开。

【管理员03：易总您好！您账户的可使用余额已调至最上限，如果您有任何需要，请随时通过右下角的信封联系我，十分愿意为您效劳。】

他的账号是助理注册了给他的，没想到对方似乎是会错了意，直接把他的用户名交给了星空TV分部。

"玩，播到晚上十点。"小主播的声音再度响起，只听他停顿了一下，然后问，"1……老板你还玩吗？"

易琛直接关掉了这条私信。

半响没得到回复，喻延这才想起对方已经关了自由麦，又道："玩的话，就直接……"

"玩。"

只见Yii11c旁边的小喇叭忽然闪了闪，游戏人物紧跟着变成了准备就绪的姿势，"开吧。"

第16章

093

第17章

正要开游戏，卢修和问："小延，你收到那个四号的好友邀请没啊？"

喻延下意识看了眼屏幕右侧："不知道。"

他的ID就放在直播页面里，许多水友见到有游戏空位都会来加他，好友申请都是一闪而过，他压根没仔细看。

说完，他直接点了匹配，几乎是瞬间就进了素质广场。

"行吧，那我也拒绝。"卢修和道，"这次跳哪？"

喻延看了眼地图："防空洞？"

卢修和："怎么去那……行吧。"

等了一会儿，看老板没什么异议，喻延才在防空洞上标了个点。

几秒钟过后，随机匹配到的三号队友说话了。

"哎？怎么去防空洞呀……"是个女生的声音，她的呀字拖得极长，带了些许撒娇的意味，"我是路痴哎。"

防空洞一共有好几个出口，里面是连着的通道，通道内地形错综复杂，很容易跟队友分道扬镳。

【又是个妹子？主播这是什么运气，我们玩的是一个游戏？】

【妹子咋了，我还不想排到女的呢，基本等于三打四。】

【前面的脑子不好？女的怎么了，没女的能有你？】

【防空洞都能迷路？有玩过50个小时吗？完了，感觉主播这局带了两个萌新。】

卢修和轻咳一声，语气深沉："没关系姑娘，我在呢。"

喻延笑了声，没接茬，落地之后发现1就落在自己身边，而卢修和和三号还飘在天上。

　　他刚刚在游戏大厅偷偷看了眼1的资料,的确只玩了几个小时,短短十来把,跳伞就已经掌握得比六百个小时的卢修和要好了。

　　两人一同进入通道,一进去就看到放在许多杂物上面的M16A4。

　　喻延的游戏人物顿了顿,错身准备走。

　　"你拿。"易琛看出对方想把枪让自己的意图,直接道,"比较有用。"

　　话音刚落,身边就非常应景地响起了激烈的枪声。

　　防空洞落的人不多,但也不表示没有,喻延犹豫了一下,捡起枪:"好。"

　　三号忽然小小声地"哇"了声。

　　卢修和:"怎么了?"

　　半晌,女生才继续说话。

　　"没有……"她道,"一号的声音真好听,是配音演员吗?"

　　紧跟着,队伍语音里十分尴尬的安静了一分钟。

　　"不是,哈哈。"卢修和打了个圆场,然后问,"你们那边有人吗?"

　　"我这没有。"喻延道,"枪声在右边,过去的时候小心一点。你捡到什么了?"

　　被抢怕了的卢修和想也不想:"老子才不告诉你!"

　　喻延捡到M416,两把枪算是齐了,他看了眼子弹数,自觉够用了,便直接朝方才的枪声来源处跑去。

　　"你们先搜,我去把右边的人清了。"

　　"哎,一起啊。"卢修和道,"我来了!"

　　这一局跳防空洞的人不少,算上他们起码三队,喻延刚走到另一个通道,就被躲在杂物后面的敌人给埋伏了一波,中枪残血。

　　卢修和这才赶到:"人呢人呢,人在哪?"

　　"对面,东西后面。"喻延问,"你有药吗?"

　　"有急救包。"卢修和顿了顿,又补充,"只有一个。"

　　"不可能。"喻延睁眼说瞎话,"我看到你捡了三个。"

　　"拉倒!我就捡了两个,你哪只眼睛看到我捡了三个了??"

　　【套路成功!】

　　【主播真的贼哈哈哈哈】

　　喻延笑了:"你都给我,等我把人清完,还你四个。"

　　卢修和:"?"

第17章

卢修和:"你当我傻还是怎么的?我再蠢也不可能在同一个坑里跌倒两次!"

十秒后,喻延捡起地上两个急救包,把血补回75%。

卢修和来得及时,对面杂物后的敌人估计是没跟队友在一起,这么大半会儿过去了,都不敢上来攻他。

喻延道:"我先上去,你在后面跟。"

"没问题!"

说完,喻延想也不想就冲了上去,对方当即开枪还击,无数子弹朝他飞来,他的血条立刻被打至红色。

只见他的游戏人物迅速起跳,射击的方向随着动作往下摆——

【你以M416击倒了KKKUNZI17】

丝血取胜。

他上前把人补死,问:"你是不是一枪没中?"

卢修和:"怎么可能呢?"

"我都看到了。"

"……"卢修和反驳,"还不是因为你挡在我前面,我怕误伤,那就不好了。"

几乎是把人补死的同时,喻延立刻打开对方的盒子,把里面所有物品舔得干干净净。

还挺肥。

卢修和紧跟而上,傻眼了。

"你是魔鬼吗?东西呢?"

"他没什么东西。"丢下这句话,喻延头也不回地转身离开。

"急救包也没有?你不是要还我4个吗?"

"一个都没。"喻延脸不红心不跳,"我只舔到了十个绷带,你要吗,分你八个。"

卢修和:"好兄弟!"

【哈哈哈哈哈哈哈我笑昏了】

【明明在刚刚的盒子里舔了三个大包哈哈哈哈哈】

【感天动地兄弟情!】

喻延一路向右,果不其然遇见了两支队伍,不过两支队伍之前已经来过一场大战,剩余人数都不多,他没花什么力气就把人全清光了。

"那个,"三号问,"人都清完了吗?"

喻延:"还不知道。"

"可以先来接一下我吗?"三号委屈道,"我迷路了。"

这时,左侧忽然又响起一声枪响。

就一声,之后再无声音,也不是狙的声音,十有八九是走火。

声源是左边,喻延看了眼地图,1就在左侧的位置。

"你自己随便走走,看到洞就先出去吧。"喻延想也不想就往左侧跑。

"可我听见了枪声,我不敢动……"

"那你就在杂货后面等会,一会再出去。"

"……"

【???】

【这个时候不应该是立刻冲到妹子身边吗?】

【主播太直男了吧,先去把妹子带上,再去杀人啊。】

说话间,喻延已经跑到了1的面前。

"我听见了。"易琛道,"脚步声,前面。"

喻延一愣,应了声好:"我去看看……"

"等等。"

清脆的一声,地面上多了一把AKM(缩写AK),"你比较喜欢用这个枪吧。"

他见小主播直播时,看到这个枪基本都会揣到决赛圈去。

喻延的确喜欢用AKM,虽然后坐力大,但对他并没有什么影响,加上伤害很足,两枪就能打掉三级头,到后期还能把AK当狙用,非常适合他这种非洲人。

他看着地上的AK,有些傻眼:"对……怎么了?"

"给你。"

喻延仿佛没听懂:"啊?"

他这声下意识反应发出的声音听起来有些傻,易琛听笑了:"要吗?"

【主播M4几乎满配,还要什么AKM啊!】

喻延:"要!"

"……那我拿了。"他快速捡起地上的AKM,把M4直接丢在了地上,"这个还差个枪头,你先拿着。"

"好。"

【???】

【什么玩意?老板这是骗枪的新套路吗?】

【其实AKM真的比M4好,技术好的都喜欢用AK。】

第17章

喻延压根没心思看弹幕，抱着 AKM 就冲到隔壁防空洞，几枪把敌人给解决了。

到了半决赛圈，飞机轰鸣声响起，喻延开镜一看，刚好看到正在徐徐降落的空投箱。

"砸脸了，走走走，这空投不舔不是人。"卢修和激动大喊。

空投落得位置十分友好，就在毒圈的边缘，再多十来米就是圈。

这个时候已经快刷下一个圈了，大家都基本忙着跑毒占位置，这空投他们拿得毫不费力。

喻延第一个到达空投箱旁边，只看了一眼便转身跑了。

卢修和："你该不会又舔完了吧？好歹给妹子留一点啊。"

三号："没关系，我不要也行……"

【啥叫不要也行……0杀的移动盒子要来干啥。】

卢修和跑到空投箱旁一看："咦？小延，狗杂你都不捡？？"

狗杂，GROZA，被称作是进化版 AKM，相对于 AK 来说伤害更足，同时，后坐力也更大，新人基本都不会捡。

"不捡。"喻延舔唇，"……AK 挺好的。"

"好啥啊好，平时舔得比谁都快……快来捡，就靠着你吃鸡呢。"

"不用了。"说完，喻延像是想起什么，"1，你要玩儿狗杂吗？空投枪，伤害很高的。"

"我也不用。"易琛道，"你给的这把枪挺稳的，我先适应适应。"

砰——

一声枪响，紧跟着是三号的声音："啊啊啊！！有人在狙我！"

话音刚落，三号就被击倒在地。

喻延找了棵树当掩体，开镜找人："你们在空投旁边停留得有点久。"

"抱歉啊。"三号压低声音，有些委屈，"四号，能扶一下我吗？"

卢修和想也不想："来了！"

结果才跑了两步，又是一声枪响，卢修和也被对岸的人狙倒了。

"我……"

三号："你怎么也不躲着点跑啊？那个，一、二号……能拉我一下吗？"

喻延找到了对岸人的位置，开枪，没中。

"你那位置不好拉，对面两个人架着。"

"没事，你绕着跑嘛，或者跳起来跑，就没那么容易被狙倒了。"三号吊着嗓子,"那一号能来吗?"

没得到任何回应。

喻延抿唇,没再多说,冷静地等对方露头。

对方显然也是个高手,知道喻延在瞄他,也不急着露,就躲在树后等着跳击杀。

三号最终还是流血致死,她唉了一声,嘟囔:"算了,不拉就不拉吧。"

这时,对面终于露了头,喻延立刻开了两枪,把他的三级头给爆掉了。

与此同时,身边传来一声枪响。

【Yii11c 以 M416 爆头击倒了 Lucifer_88】

1 趁着他打掉对方头盔的空档,在另一个角度及时地补了一枪。

"Nice!"三号道,"一号小哥哥好厉害!"

喻延原本也想说什么,却被三号给堵了回去,他抿唇,继续开镜。

易琛:"这两枪漂亮。"

喻延愣了愣,没忍住扬起嘴角:"你那一枪也漂亮。"

"一号小哥哥,出去后加个好友吗?"三号锲而不舍,继续道,"以后一起玩呀。"

【三号至于么,二号大腿不抱,一直骚扰老板干啥。】

易琛却仿佛没有听见三号的话,问:"还有一个人在哪里?"

喻延:"……旁边的石头后面?"

"好。"

"喂?"没得到回应,三号问,"听得见我说话吗?我麦坏了?"

易琛:"不加。"

"……"三号没想到自己会被拒绝,许是觉得掉面子,她干笑着道,"为什么呀?"

"你太吵了。"

说完,易琛顿了顿,声音里带了几分戏谑,"而且……我只喜欢跟二号一起玩。二号出去加个好友吗?"

喻延被 CUE 得猝不及防,再加上耳机的强大环绕效果,他手一抖,砰——地一声,走火了。

"……"

"加。"

第17章

第18章

三人打组排（组团一起打游戏）到晚上十一点，还是卢修和先问："小延，你还不下播啊？"

喻延这才发现已经到下播时间了。

"……不然再播会？"

"行啊，那继续。"

易琛看了眼腕表，意外地挑了挑眉。

游戏时间果然过得很快，他再过半小时有一个海外视频会议。

"你们玩，我还有事，先下了。"

喻延点匹配的动作顿了顿，忙道："好。"

说完，他像是想起什么，赶紧打开手机客户端。

yanxyan：之前刷的流星已经够了，你想来玩就随时私信闪我，我给你插队！

yanxyan：别再砸礼物了。

易琛丢礼物的动作只停顿了两秒，而后继续点下"赠送"按键。

直播间又砸下一阵流星雨。

喻延："……"

【老板大气！】

【老板凭借一己之力，撑起了整个直播间。】

【这是发展成长期老板了？每次来都送，老板顶得住吗？】

1：没事。下了，你慢慢玩。

喻延还处于傻眼状态，就见对方的ID瞬间变灰，立刻下线了。

卢修和："老板在吗？缺不缺腿部挂件？本科毕业的那种。"

卢修和话音刚落，易琛的游戏人物紧跟着也离线了。

"哇，1真的壕，每次来都砸流星雨，多来几次，咱岂不是发了。"卢修和道，"小延，来吧，继续。"

喻延回过神来："算了，今天就播到这吧，明天再玩。"

卢修和："？"

【？？？】

【不是说再播一会吗？】

"播了一天，眼睛有点累。"喻延径直关掉游戏，"明天吧，抱歉。"

他的直播时间在一众主播中算是很长的了，从早到晚，除了中间的吃饭时间会休息一会儿外，基本都坐在电脑桌前。

所以观众们也没再为难他，弹幕里刷出一串"888"。

正准备下播，直播间里忽然又出现一串亮眼字符。

【秋天不会来了送出了一颗小星星】

看到这个熟悉的名字，喻延顿了顿，半晌才道："谢谢秋天不会来了的小星星。"

刚说完，对方就在聊天频道里冒了泡，因为在星空TV里送的礼物比较多，他的ID甚至还是彩色的。

秋天不会来了：小言哥，居然真的是你！我看外面的ID是yanxyan还不敢认呢，开播大吉啊！

"谢谢。"

弹幕上立刻刷出一堆吹捧老板的人，秋天似是习惯了这种场面，继续在公屏跟他聊天。

秋天不会来了：客气，你要下播了？

"对。"喻延道，"想吃鸡的话，明天来我带你？"

秋天不会来了：好啊，明天再说吧，我现在有点事儿跟你说。我们一会QQ聊？

想起对方之前邀请他来直播时，他还拒绝了，现在被人当面撞见，还是挺尴尬的。

喻延犹豫半瞬："……好。"

关了电脑，见对方还没发消息过来，他果断抓起衣服先去洗了个澡。

出来时，秋天果然找来了。

秋天不会来了：小言哥，在？

喻延：在的，你要说的是什么事？

第18章

秋天不会来了：哈哈，我就是好奇，之前你不是说你不想开直播吗？

喻延只得硬着头皮解释：其实在你跟我提这事之前，我就已经给星空TV寄了简历了。

秋天不会来了：这样啊，那你也可以跟我说一声嘛。之前跟我们一块玩的那两个妹子还天天找我打听你的事呢。你放心，一会我就去告诉她们你在开直播，明天她们保准来直播间给你刷礼物！

喻延：不用不用，我只是来吃底薪的。

秋天不会来了：你这才开播几天，粉丝都破四万了，主播关注也有七千多，吃底薪？？你在逗我。

秋天不会来了：现在那个主播扶持计划里，应该就你的数据最好看了吧？

喻延回复的手指一顿。

秋天是怎么知道主播扶持计划的？

这项计划是星空TV的新尝试项目，因为不知道效果如何，平台甚至连APP内的宣传页面都没有，观众自然不可能知道。

他想到哪问到哪：你知道这个企划？

秋天不会来了：当然知道，我都在星空TV混多久了。对了，你和那个1老板是什么关系啊？

喻延：……主播和观众的关系。

秋天不会来了：真的？这么舍得给你送礼物啊？那你来星空TV，就没提前做一些准备吗？

喻延：什么准备？

秋天不会来了：哎，算了，我跟你直说吧，咱俩一块玩了这么久了，也不绕那些圈子了。

秋天不会来了：你还记得之前我跟你提过的，让你开直播的事吧？那是我帮一个朋友问的。因为他提前知道这个企划，想安排一些自己人进去拿推荐位，肥水不流外人田嘛。我那个朋友就是香蕉。

喻延：……

秋天不会来了：现在跟你一块打擂台的那个老鼠，就是香蕉安排进去的，你应该听说过他吧？他数据也不错，不过大多都是用红包堆起来的，红包一停，观众能跑大半……我说偏题了。我现在就是问问你，还有没有要跟大主播合作的想法。香蕉的影响力你应该也知道，他带上你打一局游戏，你的粉丝绝对蹭蹭蹭往上涨。到时候你跟老鼠可以搞个双排或者固定队，配合好一点，也挺吸粉的。

喻延：不用了。

秋天不回来了：想清楚了？你再考虑考虑啊，不要你多少分成，主要就是想打造一个主播圈子……

秋天铆足劲，还想继续劝。

喻延：我今晚刚跟老鼠来了一场激情对骂。

秋天不会来了：？

喻延：最后我还鞭了他的尸，把他头盔给鞭没了。

秋天不会来了：？？？

喻延看着这几个打问号，忍不住打了个哈欠。

喻延：没什么事的话，我先去休息了，明天如果要玩游戏……直接进直播间找我就行。

他粗略回复完，也不等对方反应便直接关掉了QQ。

下午，易琛刚出公司就直接回了易家老宅。

老宅此时灯火通明，从窗外望进去，都能看出里面有多热闹。

"阿琛！"穿着优雅长裙的中年女人见到他，立刻放下手中的酒杯迎上去，嗔骂，"都提前跟你打过招呼了，怎么还是来这么晚？"

"妈。"易琛道，"会议过程出了些麻烦。"

"去，跟你爸打个招呼，他可是专程从国外给你带了礼物回来。"

"好。"

易琛一走进书房，就看到父亲正背对着他，正在鼓捣画框。

听见声响，易父立刻回过头来："回来了？快来，我跟你妈去看日出，顺手给你画了幅画，你看看，喜不喜欢？"

易琛看了眼："喜欢。"

"喜欢就好。一会吃完饭你记得带回去，找个地方挂起来。"

把画整理好后，易父才走上前来，拍拍他的肩："走吧，出去跟人打招呼。"

易琛笑容敛下几分，面上却不显。

易家世代经商，一代比一代有出息，到了易父那一代，企业就已经做得很大了。可惜易父对经商并无任何兴趣，反倒更喜欢鼓捣艺术，再加上易母是位出色的舞蹈家，两人结婚后，易父就生出了放弃继承公司的念头。

易琛就是在这个时候出生的。

第18章

恨铁不成钢的易老爷子把所有希望都寄托在这个孙子上，易琛也没有辜负他的期望，成了易家最年轻的当家。

可惜，易家亲戚旁支多，谁都想上来分一口，一口不够，甚至还想把易氏吞了。

易父对此倒无所谓，甚至觉得，就这样把公司交给别人，一家人搬到世外桃源过悠闲日子，也挺好的。

易琛心里却清楚，身为公司直系继承人，就算你想当个撒手掌柜，其他人也不会如你的愿。

处于弱势地位任人摆布，还不如站在高处，让所有人都畏他三分。

于是，易老爷子一去世，他便独自一人撑起了易达，并在短短几年内以强势的手段平定了家族内乱，把自己的父母牢牢护在了身后。

走出房间，亲戚们似有若无的目光一道道落在他身上。

易琛早已习惯，待他一个个应付完，已经临近散场。

"都这么晚了，今天干脆就在这住下吧。"易母道。

"不了，晚上还有会要开。"

易母："你说你……钱是赚得完的吗？还是身体最重要，少熬夜。"

易琛应好，跟父母道别后便离开了老宅。

谁知到了家门口，发现里头的灯是亮着的。

助理跟在易琛身边久了，知道他不轻易带人回家，更不用说把房门密码告诉别人。于是问："易总，需要我跟您一块进去吗？"

"不用。"易琛抬脚离去，"你回去吧。"

他打开家门，从门边拿过一把长柄伞，神色戒备。

"兄弟，拉我一下拉我一下——意外！我网络用的是4G热点，太卡了！没办法，我不知道我哥家的WIFI密码啊！"

听见门响声，坐在沙发上的易冉探头，跟易琛对上了目光。

"……别，别拉我了！我哥回来了，你们先打着啊！"

易琛把雨伞丢到一边，眉头微拧："你怎么知道我家密码。"

"上回你输密码的时候我不小心看到了。"易冉道，"真的是不小心！不是故意的！"

易琛走进书房，顺手解开西装纽扣："滚出去。"

"别啊哥，收留我几天，就几天！"

"钱花完了？"

"不是，我现在没法去开房，我爸拿着我的身份证到处找我呢。"

"那你就去大街上睡。"

"哥……"易冉拼命挤出几滴眼泪，紧紧抱着他的手提电脑，"你知道我爸那神经病，不让我玩车玩表也就算了，还天天逼着我去结婚，我都要被他逼出抑郁症来了。"

想起自己叔叔刚刚在老宅里暴怒的模样，易琛动作未停，轻嗤："你要抑郁症，这世界上也就没正常人了。"

易冉还在绞尽脑汁想着，该怎么样才能装得再可怜点，只听啪嗒一声，一个手机落在了他面前的玻璃桌上。

"就三天。"易琛拿着浴袍，言简意赅道，"滚去客房睡。"

易冉眼泪瞬间褪了回去："好的哥！我爱你哥！"

进了浴室，易琛脱表时顺带看了眼时间。

十点。

洗完澡上线，还能跟小主播玩一把游戏。

易冉没想到对方这么快就松了口，正准备高高兴兴地开下一局游戏，面前的手机忽然响了一声。

他下意识看了眼，发现是一个推送信息。

【星空TV：尊敬的大星使1，您关注的绝地求生主播yanxyan正在进行"水友抽奖"活动，点击进入。】

易冉瞪大眼，来来回回仔细看了三遍——

主播？

大星使？？

水友抽奖？？？

游戏里，朋友在催他："易冉你好了没？准备啊。"

"……我先不玩儿了！"

"怎么，你哥改变主意，要赶你了？"

"不是——"

易冉像是发现了什么惊天大秘密，他盯着浴室的门看了大半会，确定里面的人一时半会不会出来后，才凑到电脑前，压低声音，八卦道——

"我哥不知道看上哪个女主播了，才玩了两三天游戏，就给人砸了好多！！"

"那点钱对你哥来说算什么……"

"你语文老师平时没教你怎么抓重点吗？我想说的是钱的问题吗？啊？"说到最后，易冉忍不住了。

"不行，太刺激了！我得去看看这女主播到底是何方神圣！"

第 19 章

易冉进入直播间的时候,主播正在玩 PUBG,看这形势,像是被人攻楼了。而主播这边……只有他一个人还活着。

"小延,还有一个人!就剩一个了!!"卢修和的声音响彻直播间。

"我看到了。"

"那人还想攻上来——丢雷了又丢雷了!!你躲一下,躲一下再对!"

喻延忽然收枪,转身就往屋里跑。

【怎么跑了?】

【攻楼的三个人,你都打死两了,这尿得没道理啊。】

"没怕。"只见他打开设置,直接把队友给屏蔽了,"卢修和前几天被路人传染了,很吵,我听不见脚步。"

说完,一阵急促的脚步声响起,不远,但听起来不是在室内发出的声音。

喻延挑眉:"他不上来了?"

【这个故事告诉我们:不会丢手榴弹就千万别攻楼。那队丢了起码五个手雷了吧?一个没砸中,什么破技术?】

【主要是刚刚第一波攻楼的时候,被主播反杀了一个,对面吓着了不敢直接冲了。】

【都栽两个队友在你手里了,还攻什么哈哈哈哈】

把队友语音屏蔽后,耳边终于清静许多。喻延扫了眼弹幕,余光扫到窗户外正准备逃命的敌人,想也不想便翻窗跳下楼。

"不攻了?我不允许。"

说完,游戏人物从天而降,枪头朝下的动作十分熟练,开枪的动作干脆利落,几乎没有一丝迟疑，就算是在空中，他的枪还是压得很稳。

对方估计也没想到他就敢这么跳下来，等吃了枪子后才反应过来，刚准备掏枪，就已经被击倒在地了。

同时，喻延的屏幕立刻跳出一行白字。

【你以 AKM 淘汰了 HUMIYADA】

【7 次击杀】

易冉抱着手提坐在沙发上，见到这一波操作，又是目瞪口呆。

这还真是个神仙……

他下意识点上一个关注。

【哈哈哈哈哈我不允许！】

【主播太强了我的天！】

【主播什么时候能开竞猜？我以后就来你这稳定理财了。】

竞猜是直播间玩法之一，每个玩家可以通过签到、充值和其他特殊办法获得星光币，星光币可以用来参与竞猜，赢了就能获得更多的星光币。

竞猜的项目由主播来定，吃鸡主播的竞猜项目通常都是"能不能吃鸡"、"能不能五杀"之类的。

喻延道："竞猜……我看看，得十二级才可以。"

【十二级？那 1 老板再来几次就够了。】

【话说这几天怎么没看见老板？移情别恋了？】

【没有没有，我偷偷去看过老板的专栏，老板的献星榜上只有这个主播！（好像暴露了什么）】

还能看别人的专栏吗？

喻延没忍住，多看了这条弹幕几眼。

1 的确好几天没来了，以至于水友们提起之后，他总是下意识去回想，那天四排他有没有什么做不到位的地方？

好像也没有啊……1 临走之前，甚至还给他刷了个流星。

"喂喂喂？听得见吗？哈喽？"卢修和的声音传来，"兄弟，你太不够意思了吧，连自己人都屏蔽？"

喻延回神，道："你的声音把脚步声都盖住了。"

【1：这直播间多少星光值能上马甲？可以包车不？】

这行弹幕刚出现在头顶，喻延的眼神就立刻被勾了过去。

但是很快又收回了视线。

这个1的ID是彩色的，跟秋天一样，是星空TV贵族级别的观众——不是他认识的那个1。

"2000上黄马，带水友时可以随时插队。"

他才刚说完，浮夸的流星特效就跳了出来。

新来的1十分豪爽地给他丢了流星。

【这……这难道是1老板的大马甲？】

【不可能，1老板怎么会问多少钱上马甲？】

【我倒觉得八成是，不然哪有这么巧的事。】

【不管是不是，说一句老板大气总是没错的！】

"谢谢1的流星。"喻延看了几眼弹幕，顿了顿，问，"现在要上车吗？末班车。"

"啊？还玩吗？"卢修和适时插嘴，"你不是还有20分钟就下播了吗？"

喻延："多播一会也没事。"

【1：玩。】

【1：不过我这还有个人，行不行？】

喻延看到对方在公屏说话后，原本期待的目光登时就灭了下去。

1平时跟他聊天，基本都是用私聊。

"……可以，我这也是两个。"

易琛穿着一身睡袍走了出来，见易冉戴着耳机，他走到桌前，拿起手机，漫不经心地扫了他一眼："在这傻坐着干什么？"

易冉很坦诚："我不敢瞎进你房间。"

"那你进我家的时候倒是痛快。"易琛停在他面前，话题一转，问，"快毕业了，有什么打算？"

易冉嘿嘿笑了声："游手好闲，浪几年再说。"

"来公司吧。"易琛道，"我给你安排个职位。"

易冉的笑容在脸上僵硬地停留了几秒，很快恢复正常："别，哥，我是真做不来，公司那边……你管着就好。"

"再说，那些老头太烦了，我可受不了。"

要说易家谁最有资格跟易琛争位置，那就是易冉了。都是易老爷子的亲孙子，易冉不过是比他小几岁，同样深得易老爷子的喜爱。

但是易冉自小就皮，还皮得特别厉害，专挑那些不会捅出大娄子却特别糟心

第19章

的事儿干，没少挨他爸的打。起初那些老头子还期望着培养易冉跟他争上一争，最后演变成一看到易冉就直摇头。

半晌，易琛收回目光："随你。"

易冉笑了声，语气恢复如常："哥，我们打两把吃鸡？"

易琛："不打，我一会有会议。"

"这样啊，那行吧……我还专程给这主播送了礼物，拿了开黑位呢。"

易琛没说话，转身就准备进书房。

沙发上的人把耳机一拔，电脑里的声音传了出来。

"为什么不露脸？……因为摄像头坏了。坏了几个月了，一直懒得买，对，主要是没钱。"

易琛的脚步顿了顿。

"我是技术主播，脸不重要……1，你好了的话直接把 ID 私信发给我吧。"

私信框闪了起来，喻延点开一看，愣了。

【2：NIRANGG-1】

许久他才反应过来，是方才那个老板改了用户 ID。

……不过把 1 改成 2 的意义在哪里？？

把人拉进来后，喻延解释："抱歉，你改了 ID，我一下子没认出来。"

游戏里，老板的麦克风标识闪了起来："我经常改名的，没事，你以后就靠着我的彩虹色酷炫 ID 认我。"

喻延："……"

【我怎么觉得听这语气，也不像是另一个 1 啊？】

【肯定不是啊，声音都不一样。】

【新老板一点都不矫情不做作，简单粗暴，我喜欢。】

"能等五分钟吗，他在开电脑了。"

喻延："好。"

趁五分钟的空档，他起身去泡了杯咖啡。回来的时候游戏房间里已经是四个人了。

他没多看，赶紧开了游戏："不好意思，刚刚去泡了杯咖啡。"

直到进入素质广场，他才发现左上角的弹幕助手刷屏刷得特别厉害。

【老板，我想死你了！】

【原来两个老板是朋友,怪不得名字都是一样的。】

【啊啊啊!激动得我马上把耳机戴上了!】

?

喻延还未反应过来,耳边就猝不及防地刮起了一场听觉风暴。

"没关系。"

男人的声音跟以往一样,低沉醇厚,还带了些散漫,"跳哪啊,小主播?"

第20章

喻延知道为什么新老板要把名字改成２了。

他心头一跳,还沉迷在'小主播'这三字里,下意识抬手,把耳机上的音量开关调大:"跳,跳……"

"跳机场!"

易冉用"方便沟通"这个借口成功转移阵地到了易琛的书房,并顺利连上了家里的WIFI。

他在刚玩游戏的时候就经常在APP上找陪玩,也是直播间的常客,花钱就是上帝,他已经习惯了做队伍的指挥官。

喻延哦了声,问:"1,你想跳哪?"

易琛:"随你。"

"那就机场。"喻延标了个点,"跳C字楼吧。"

卢修和问:"几号楼?"

"1号。"

易冉落地一看,忍不住赞叹:"哥,你居然会跳伞了!"

易琛眼皮轻跳:"把你的自由麦关了。"

可惜为时已晚,两人的对话通过易冉的耳机麦克风清清楚楚地传到了直播间里。

【两位老板居然是兄弟!】

【哈哈哈哈看来1老板真的是个新手。】

【这件事情告诉我们,钱不是万能的,再有钱的人也要从跳伞学起。】

【等老板躺着吃鸡,你就知道钱是不是万能的了。】

喻延把注意力收了回来,快速转身翻窗进入1号楼。

世纪网缘

"小延，你那有枪没？"卢修和道，"我这楼顶一排过去的镰刀和锅铲，是让我下乡种田去吗？"

易冉："哈哈哈哈，种田……你挺有意思的啊哥们。"

"那是，老板，等你深入了解我，你会发现我还能更有意思。"

"有枪，M16。"喻延捡起枪，看了眼地图，想也不想就往楼上走。

一开门就看到地上静静躺着的98K。

他并不急着捡，而是到窗边，把楼下一个正在跑着的敌人几枪打倒了。

"1，你来隔壁，我这有把98K。"

易琛看了眼地图，发现小主播不知什么时候已经到他身边的房间来了。

他捡起地上的冲锋枪，道："你拿着。"

"你过来拿。"喻延道，"……你的狙比我厉害。"

【？？？】

【现在的主播为了钱真的是什么话都能说得出来……】

【这波彩虹屁我给十分！】

易冉道："哎哥，你不要我要，我马上来拿！"

易琛走到喻延面前，把98K捡了起来："滚。"

刚跑到房间的易冉啧了声，刚想说什么，就听见一阵脚步声在四周响起。

"哥，有人！你快跑！"

话音刚落，一直站在他们身边默不作声的喻延忽然回身翻窗而下。

十来秒后，激烈的枪声响起，易冉还没来得及下楼查探情况，世界就安静下来了——

"跳这楼的死完了。"喻延舔完包，换弹，"这包里还有点东西，你们搜完楼来舔。我去清二号楼，小心点，对面楼顶有人。"

卢修和道："我跟你一块去！"

易冉咂舌，把语音调成了按键说话，然后问坐在对面的人："哥，你看的这主播玩得这么6……该不会是个挂吧？"

易琛像是想起什么，忽然笑了声。

"上次说他是挂的，被他按在地上打了四十枪，头都给爆没了。"

"……"

"有什么话不能好好说，你非要说得这么血腥干什么……"

易琛抬眼，这才想起问："你怎么知道我在看他直播？"

第20章

易冉赶紧解释:"这真是个意外,你手机刚刚弹出 APP 的推送,我就不小心看到了。"

易琛点开手机,果然看到一条推送。

砰——

"我!"易冉一声轻喝,还未反应过来,就被对面楼的人给狙倒了,"我一直在动,这都能爆我头?哥,快扶我一下……"

易琛蹲下把人扶起来。

"让我看看是谁——"

易冉狠话还没放完,对面又是一枪,他再次被爆头,中枪倒地。

"……哥。"

易琛盯着匍匐在自己脚边的人,想到什么,也不急着拉了。他话锋一转:"你脖子上那条红色围巾多少钱?"

"我买的时候几千吧。"易冉察觉不对,"怎么了?"

"拉你可以,一条围巾。"

"……"

"不是,哥,你要想要就跟我说,我给你买,你先把我拉起来。"

易琛:"爬过来。"

再次被拉起,易冉赶紧躲到死角去,也不敢说什么跟人对狙的话了:"哥,你那有没有急救包什么的……"

身边的人却已经头也不回地出了房间。

"你已经成年了,懂事一点,不要总想着索取。"

"???"

清完机场,喻延看到易冉在角落待了近十分钟,终于忍不住开口:"二号是掉了吗?"

"不是,我一直被人狙着,不敢动。"易冉像是见到了救星,"你把楼顶那人杀了吗?"

"卢修和狙死了,机场应该没人了。"

"好样的。"易冉终于站起身,"你那有急救包吗?"

喻延打开自己的物品栏。

两个急救包,两瓶可乐,十个绷带。

"只有绷带,要不要?"

【？？？】

【老板他骗人！】

把绷带都给了易冉，几人一块朝圈内跑去。

连过两座桥，喻延找了圈中心的房子停了下来。

易琛抿唇，游戏视角不确定地固定在某一点："我刚刚好像看到空投了。"

喻延把车开到两栋房子中间藏好："在哪？"

易琛："黄点山头，没有红烟。"

话音刚落，他就看到自己三个队友齐齐朝黄点方向跑去，步伐十分整齐。

喻延回头看了眼后头两人，脚步未停。

卢修和忍不住了："你收枪就算了，能量是什么时候打满的？！跑这么快？"

游戏人物能量条过半，不止能恢复血量，还能起到加速跑作用。

喻延不答，又跑了几步后，他突然掏出枪，指向左侧："等会，那边好像有个人。"

原本在他身后疾跑的两人不疑有他，马上就停住了脚步，开镜在左边大草原里看了大半天。

卢修和："哪呢？没看到啊。"

易冉："我也没看到。"

易琛噙着笑，背着枪慢悠悠地从他们两身后跑过，直奔小主播的方向而去。

喻延顺利跑到空投前，打开物品栏，几秒舔完里面的三级套。

"哦？那可能是我看错了吧。"

【心好脏！】

【这要不是个大腿，早就吃队友枪子了。】

易琛刚走到空投包前，就听见丢东西的声音。

地上多出了一个三级头。

"1你戴着……一会跟人对狙用。"他像是想掩饰什么，就连声音都压低了几分。

易冉反应过来，跑上去："给我留点！"

两人赶到的时候，只剩下喻延换下来的残破二级套了。

"不是，这主播怎么这么不敬业啊？好东西是要给老板的，这种规矩他都不知道？"易冉嘟囔着抱怨，却还是紧紧跟在喻延身后，"哥，你说他过不过分……嗯？"

"你头上怎么是个三级头？"

易琛看着自己身上那黑乎乎的头盔，嘴边还轻轻扬着。

第20章

小主播这种不带任何掩饰的讨好,在他这居然莫名的受用:"他给的。"
"?"
易冉被这不公平待遇给气着了,他气呼呼地打开列表,想把他们之前换下的二级头捡起来。
谁知道卢修和动作比他还快,冲到他身侧率先捡了起来,噔的一声,地上的二级头秒变一级头。
看着卢修和离去的背影,易冉更委屈了:"怎么,老板也分三六九等是吗?"
"我丢的礼物比你少,所以你用三级头,我只能用这绿油油的一级头是吗?"
易琛道:"是的。"
"……"
喻延浑然不知两位老板之间的对话,回到了之前挑好的房子里。
卢修和:"小延,你看看房子里有没有二级头,我这二级头破损得厉害。"
是时候了!
易冉抓准时机,出声道:"你那还好呢,我这戴了个一级头,还是个绿的。"
"这样吗?"喻延顿了顿,"老板,不然你过来我这吧。"
这还差不多。
易冉赶紧抱着枪跑了过去:"来了来了。"
到了房子里,只见喻延提枪,指着地上的头盔:"这有个黑色的一级头。"
?
敢情我千里迢迢跑过来,就为了换一个颜色?
噔。
易冉弯腰捡起地上的黑色头盔:"……行吧,谢谢。"

一局游戏结束,喻延 11 杀,吃到了一个鸡屁股。
带着一个新手的情况下,能吃鸡屁股已经十分不错了。
"烟雾弹捡少了,不然应该能吃鸡的。"喻延说完,问:"还玩吗?"
易琛:"不玩了,有点事,你不是也该下播了?"
"啊……对。"喻延顿了顿,"那下次再玩?"
"嗯。"易琛道,"你先别退游戏。"
喻延一愣:"怎么了?"
"等等。"

"好。"

他等了许久,直到观众们都刷起了问号,对面才终于出了声。

易冉:"咳,那个。我刚跟我哥打赌,输了个红围巾。你把你账号给我,我进商店给你买个。"

"……"

"不用了,我对这些不是很在意。"

易琛:"给他,放心,他不敢盗你号。"

喻延赶紧道:"不是,我不是担心这个……"

"你私聊发他。"男人语气随意,声音不紧不慢的,"去,我好不容易给你占到的便宜。"

给他占的便宜?

1为什么要帮他占便宜?

喻延被这句话弄得晕乎乎的,下意识就把自己的账号私聊发了过去。

五分钟后,喻延那穿着一套原始服装的游戏人物,戴上了一条违和的红围巾。

"我也下了,小延。"易冉学着卢修和,叫了他一声,"我们加个微信?方便我以后上车插队。"

"好。"喻延应完,一道灵光闪过,下意识脱口,"那1要加吗?以后玩游戏可以提前跟我说一声……我会给你留位置。"

第 21 章

关了电脑,喻延洗了澡便躺到了床上。

他握着便签,上面写着两个号码。

打开微信,发现上面有许多消息,一眼看下来都是初中同学拉的无数个讨论组。

一个游戏打得好的男生在男生堆里的待遇不会太差,尤其喻延性子还好,在上分带飞这种事几乎是有求必应,所以即使他毕业后鲜少和同学来往,别人拉讨论组的时候也总记着他一份。

他没急着看群消息,而是径直点开加好友的界面。

然后看着纸条上的号码输入进去。

确认三遍。搜索。

一个黑色的头像跳了出来,准确来说是一片夜空,空荡荡的,挂了一轮圆月,连带着旁边的数字 1 都清冷了许多。

嗯,没输错。

喻延翻转身子,用手肘撑在枕头上,点下添加按钮,一个界面弹了出来。

他规规矩矩地把自己的游戏名打了上去,发送。

就在发送的同一时刻,他的手机轻轻震动了下。

他一愣,返回一看,原来是初中的讨论组刚好有人在 @ 他。

【所以说啊,都这么久没见了,趁这次放假,好好聚一聚?你们应该都来吧。@喻延,小延怎么不说话?】

喻延打开手机键盘,刚准备打字,又是一行字跳了出来。

【李航:在直播呢吧,你以为他还跟我们一样,有寒暑假啊?所以说穷人孩子早当家,我们都该学着点。】

这话里说的并无不妥，但当着当事人的面说出来，就总觉得不太对味儿。

见气氛不对，群里霎时间安静下来。

喻延点开李航的资料，果然，对方已经把他删除了。

【喻延：是啊，所以可能去不了了。】

他的话刚发出去，群里忽然就炸了。

那些潜水在窥屏的女同学们一股脑发了好多个表情包出来，把两人的对话顶到了上头。

【小延！！一块来吧！时间方面我们可以配合你呀！】

【就是，我毕业后都没见过你了，你还记得我吗？】

就连那些不爱用手机打字的男同学也冒了泡。

【是，时间无所谓，看你方便】

【聚完我们去网吧玩一会，很久没五黑了】

【在哪直播？哥们去给你砸礼物捧场！】

喻延握着手机，心里头满满涨涨的。

虽然不知道李航是怎么知道自己在直播的，但他也不打算深究这个，既然同学们都这么说了，那他如果再拒绝未免太无情。

【喻延：行吧，不用顾虑我，你们定好时间，我请假也会过去的。】

发完这句，手机再次震动了一下。

头顶上跳出了1的对话框。

好友请求通过了！

他登时顾不上初中同学讨论组了，商议时间地点这事儿他一向不参与。

他点开1的对话框，对面安安静静的，除了加好友的那句系统信息之外就再没了动静。

喻延犹豫了一会儿，指尖在手机键盘上一顿操作。

老板你好，我是yanxyan。

删掉。

明天玩吗？

删掉。

抱歉啊今晚没吃到鸡。

删掉。

……

第21章

易琛坐在老板椅上，敛眼盯着键盘边的手机，食指不轻不重地敲打着桌面，因为力度控制得好，几乎没发出什么声音。

手机上开着一个对话框，上面不断显示"对方正在输入"，他却迟迟都没收到消息。

这都过去十分钟了，小主播是在写作文吗？

"易总……"视频那头的人说话速度越来越慢。

他老板自会议开始到现在，就似乎一直没在听。

易琛懒懒抬眼："说完了？"

"啊，不是，还没有。"男人轻咳一声，继续汇报美国分公司的事。

半小时后，分公司负责人终于汇报完毕，长吁了一口气。

每周的例行汇报，总让他有种上战场的感觉。

别看他老板年纪不大，但在商场上的处事作风简直跟之前的易董相差无二，上一位分公司一把手就是因为在汇报方面做得稍稍马虎了一些，隔天就被辞退了。

虽然他知道这其中还有别的问题在，但这事一出，还是搞得整个分公司人心惶惶的，不敢有半分懈怠。

他忽然想起什么："对了易总，您之前说，要安排一个人来分公司里……"

"取消吧。"

"啊？"

易琛抬手，退出了视频的全屏页面："我不喜欢重复。"

"好的！我明白了。"

"嗯，辛苦。"

撂下这句，易琛挂掉视频通话。

喻延单手托着手机，姿势已经变成了正面朝天。

他眯着眼，困意席卷上来，继续敲打着手机。

……谢谢围巾。

删掉。

到底有什么好纠结的？打个招呼不就完事儿了吗？

喻延也很想这么爽快，但是……他还有些私心在。

也不知道1喜不喜欢发语音。

每天听自己直播间的回放真的很羞耻，而且听了大半天，还几乎都是卢修和的声音。

世纪网缘

120

但是一般和陌生人聊天，没人会用语音吧？

喻延打了个哈欠，眼神随意一瞥，视线刚好停留在左下角的麦克风图标上。

自己发语音的话，对方没准也会回一条语音呢？

动作比反应要快，等他回过神来，发现自己的拇指已经按在了说话键上。

"那个，1……"

才说了几个字，他的念头就打住了。这都半夜十二点多了，发语音过去，1可能也不方便听。

他叹了声气，刚点下取消发送，就觉得手上一空——

砰！

一百七八十克的手机直直砸到了他的鼻子上。

"嘶——"疼痛来得猝不及防，喻延几乎是瞬间就清醒了，猛然倒吸了一口凉气，忍不住用气音嘟囔了句，"疼……"

他刚想揉揉鼻子止疼，就听见手机发出一声怪响。

拿起一看——也不知是哪不小心触到了语音键，他居然发出了一条2秒钟的语音！！

他几乎是想也不想就马上点了撤回。

就在撤回的那一秒，他看到对话框头顶出现了一行小字：对方正在讲话。

喻延还处于傻眼状态，就见屏幕上蹭蹭几声，1发了好几条语音过来。

"疼？哪里疼。"

"看你输入了半小时，还以为你在写小作文……"说到这，男人的声音顿了顿，而后忽然笑了："还玩儿撤回？"

喻延双手捧着手机，腾地坐直身子！

"不、不是，我刚刚手机不小心掉到鼻子上了……"

发完这句，他继续，"……我也没写小作文。"

"那你开了半个小时对话框，是打算说什么？"

喻延没想到自己的小动作全被对方发觉了，耳朵跟着了火似的，烧得厉害。

两分钟后，他找了个蹩脚的借口。

"我就是想谢谢你的围巾。"

易琛拎起咖啡杯走到厨房，开水冲净，慢悠悠地点开语音。

脱离了声卡和麦克风，小主播的声音更干净了，他的声音有些温软，让人听了就觉得舒服，跟在游戏里杀伐果断，气势十足的形象丝毫不沾边。

第21章

121

"你认错人了？"易琛轻笑，"围巾不是我送的。"

这回对面回得特别快。

"没有！我没认错人！"

半分钟后，又来一条。

"那不然……你帮我转达一下谢意？"

易琛挑了挑眉，他还从没当过别人之间的传话筒。

不过听小主播这小心翼翼的语气，他居然不太舍得拒绝。

客房里，易冉被子盖至头顶，呼噜声打得震天响。

但是门外的敲门声更响，生生把他从梦中拽了回来。装死无果，他烦躁地一把掀开被子，气势汹汹地走到门前，结果一看到来人就蔫了。

"哥，这大半夜的，做什么啊？"

"小主播托我向你转达谢意。"

"？？？"

见他一脸懵，易琛提醒道，"围巾。"

"还有，你的呼噜声要是再这么大，就抱着被子去外面的保安亭睡。"

待人走后，深夜的冷风往脸上一糊，易冉才回过神来——

不是，我不是把自己的微信号给那主播了吗？！用得着你大晚上敲门来给我转达谢意？

还有，呼噜声要我怎么控制？让我把自己闷死对吗？

第22章

次日，喻延醒来时天已经大亮。

虽然他的直播时间是中午十一点，但他平时基本都是八九点就起床了，偏头一看，现在居然都已经十点半了。

他忙起身洗漱，早餐是没时间出门买了，干脆订了个外卖，便赶紧坐到电脑前。

省去吃早餐这个步骤，时间就宽裕多了，等他上线时还有时间去看看私信。

他对直播平台许多操作还不是太拿手，所以私信设置一直没有屏蔽陌生人，每天都能收到几十条私信。

数量不多，他能全部看完，不像前几天，因为被质疑开挂，有成百上千个私信来骂他的人。

点开一看，却发现管理员03也给他发了私信。

他曾经私信询问过对方公告条的事，却被对方含糊其辞地敷衍过去了，只说是平台近期的内测功能，之后两人就再没交流过。

【管理员03：星空TV第三届主播评选大赛正式开始接受报名！报名时间为7月29日至8月03日，评选时间为8月04日凌晨0：00至8月18日晚上23：59。详情请点击→】

后面紧跟着是一长串网址。

主播评选大赛？

这有点涉及他的知识盲区，好奇心使他点了进去。

活动简介足足有二十来条，喻延直接跳过，把进度条拉到了奖项那一块。

活动简介这么多，奖项自然也不少，且分为两类，一类是整个平台主播均参与竞选的大奖，一类是各游戏分区主播才能参与角逐的奖项。

大奖有"年度最佳主播奖""年度人气主播奖"和"年度新人奖"。

这三个奖项里，就连台阶最低的"年度新人奖"，要求也是在平台直播三个月以上、一年以下的主播才可以参与，所以喻延直接忽略这几个奖项，继续往下拉。

终于找到 PUBG 分区，三个奖牌明晃晃的挂在网页上。

"最强击杀王""吃鸡王""勤奋家"。

三种奖项里就吃鸡王的评选方式最笼统，不是指游戏时间内吃鸡最多的主播，上面给的解释是"以人气、热度、观众数量为评判标准，最终结果由官方评出"。

最强击杀王这个称号听起来就威风凛凛，评选要求自然也是三个奖项中最高的——官方会依据数据筛选出一部分主播，主播们在比赛的十五天内依照人气评选出获奖者。

最后的勤奋家则是完全按照主播直播有效时间来评定，临时抱佛脚也不行，官方会结合主播之前的直播情况来当作参考。

喻延觉得这一个奖项他倒是可以沾沾边，虽然开播时间不长，但他每天的直播小时都保持在 12 小时左右，简直就是良心主播。

他刚看完奖项介绍，卢修和的消息就过来了。

你卢大爷：【网页链接：星空 TV 第三届主播评选大赛正式开幕！】

喻延：我在看。

你卢大爷：想好参加哪个没？

喻延：……我这才刚开播多久，感觉哪个都沾不上边。

你卢大爷：别啊，好歹先报个名嘛，就算评不上，拿拿参与奖也是好的！

还有参与奖？

他把网页拉到最末，果然看到了参与奖：每位符合条件且参与报名的主播，在活动结束后都能得到"万家灯火"礼物一个。

万家灯火是星空 TV 的付费礼物，一百块，减去平台分成，相当于只要报名参加就有五十块可以拿。

白来的钱不嫌少，五十块够他吃一天外卖了。

你卢大爷：看好了？想好参加哪个没？

喻延：嗯……"勤奋家"吧。

你卢大爷：这个奖项就算了，别想了，你拿不到的。

喻延：为什么？

你卢大爷：你不知道吗？吃鸡频道有个主播，雷打不动每天从早上 9 点播到晚上 11 点，都坚持半年多了，就连生病都吊着针水直播呢！你比得过人家？

喻延：……比不过比不过。那算了，打游戏吗？

那五十块他也不是非要拿。

你卢大爷：你去参加"吃鸡王"和"击杀"啊！那些大主播肯定会去竞争全平台奖项的。

那二十多条规矩里，其中一条便是报名了全平台奖项的主播就不能参与分区奖项评选，也算是给其他小主播一些机会。

喻延：这两个奖项只有官方筛选出来的主播才能参与。

卢修和一看，嘿，还真是。

这一长串的规矩下来，谁会仔细去看啊，他在心里吐槽道。

你卢大爷：这平台还真麻烦……不是，你这么强，官方要是没把你筛进去，那一定是黑幕！

喻延笑了，正准备开直播，私信却再次亮了起来。

管理员 03：yanxyan，恭喜您获得角逐 [PUBG 分区吃鸡王] 奖项的资格，请尽快在报名时间内向平台提出报名申请，过期作废。

"……"

他点开奖品页，看了一下 PUBG "吃鸡王"的奖品。

这么一看他就惊了——不得不说，星空 TV 背后的公司确实财力雄厚，不过是一个分区的小奖项，奖金就高达二十万！外加还有三次分区的小首页推荐。

二十万是什么概念？现在线上的小型职业比赛，冠军奖品也就是二十万，再去掉公司分红，再在几个队友之间除一除，真正到手的也就几万块。

他忍不住往上滑了滑。

年度最佳主播，奖品一百万，一周首页推荐。

……他真的是飘了，居然连年度最佳主播的奖品也敢看。

五十块的参与费，他可以不要。

但二十万的奖金……就算是只有百分之一的可能，他也想去竞争一下。

如果真的拿下了这二十万，他就能眼都不眨，把自己心心念念的小电驴和新款电脑配件带回家了。

他果断点击了网页上的"我要报名"，把自己的账号 ID 和登录密码输了进去。

【抱歉，你的报名申请未通过。】

他皱眉，以为是自己弄错了什么步骤，又重新申请了一遍，却还是收到这样

第22章

的提示。

无奈下，他把这个弹窗截图给了管理员 03。

管理员 03：你好，本活动仅限视频主播参与。

喻延一愣。

yanxyan：可是网页上没这条规矩。

管理员也很想吐槽：不开摄像头还能获得参赛资格的主播，也就只有你一个人啊喂！

管理员 03：活动举办期间，直播平台首页会多出一个 [大赛专区]，直播中的参赛者直播间会随机显示在专区内。我们平台的规矩是，不开摄像头的主播，无法进入人工首页推荐。

这是什么规矩？

喻延不太明白。

yanxyan：开摄像头能让你变得更强吗？

管理员 03：……这是平台防止录播的其中一个举措。其实你不用有什么顾虑，观众们对男主播的长相要求不高。而且开了视频后，也能小幅度地消除一些水友对你的误解。

这管理员 03 说话的本事倒是厉害，话里的意思无非就是：你不用担心长得丑会掉粉，以及压枪的动作可以打破无后坐辅助挂的谣言。

yanxyan：……我考虑一下。

话题到这里就基本结束了，喻延卡着 11 点开了直播，一进游戏就看到了自己脖子上的那条红围巾。

别人的红围巾戴起来都特别有格调，到了他这——人物一身白 T 白裤，乍一看，脖子上就像是扯了条红领巾似的。

【主播算我求求你了，给自己买套衣服吧！】

【丑成这样，进游戏很容易被集火的。】

【主播应该是为了搞怪才穿初始衣服的吧？】

"不是，我是真的因为穷。"喻延十分坦然，"这个游戏我从开服玩到现在没买过任何东西。"

【……太惨了。】

【闻着伤心听者流泪，送你个万家灯火，去给自己买钥匙开盒子吧】

每个玩家在游戏结束后会获得一定的游戏币，游戏币可以用来兑换宝箱。

但是没有钥匙，就无法开启宝箱，宝箱可以换，钥匙却只能买。

直播间里霎时间收到许多收费礼物，虽然大都是些十到五十块的小礼物，但凑在一起数量也不少了。

喻延失笑："谢谢大家的礼物，不过我对衣服这些不是很讲究，这样就挺好看的。"

【你要参加主播大赛吗？】

"还不知道。"喻延道，"不过就算参加了，也只是重在参与。"

刚说完，游戏忽然弹出一个界面——TOTttt12- 邀请你组队。

喻延还没回想起这是谁，弹幕就已经给了他答案。

【团团！团团居然邀请你一起打游戏！】

【啧，我怎么进个游戏主播的直播间都能看到她？能不能在自己的娱乐版块安心待着，别出来恶心人了。】

【有点印象，是那个声音很甜，运气贼好的小姐姐吗？】

【对对对，是她。】

今天卢修和有课不能来，喻延这反正也就一个人，干脆点了同意，画面一闪，他的游戏界面骤然多出三个人来。

……三个游戏人物均是女性，还都穿着清一色的黑色皱褶超短裙和黑色吊带紧身皮衣。

【以我网恋多年的经验来看，这三个全都是妹子，不是我就地退出网恋界永不出山！】

【出现了，网恋大手又出现了！大哥带带我！】

其中一个人开了口："团团，这就是你上次说的小哥哥？"

"对，特别厉害的，连我都能带得动呢。"说到这，团团甜甜笑了一声，"还特温柔。"

"真的？小哥哥在吗，说句话？"

网恋大手说得没错，这是三位女玩家，喻延甚至怀疑这三个姑娘全都是他的同行。

她们的声音都干净通透，一听就是用了价格成千上万的好声卡，把他这折后228块的声卡碾压到了地里去。

第22章

127

第23章

他半晌才道："……没有这么夸张。"

"哇塞，我不该叫你小哥哥。"其中一个妹子道，"你听起来年纪比我小啊，成年了吗？"

"成年了。"喻延问，"玩吗？"

团团忙道："玩的，我马上开。"

刚进入游戏，外卖就到了，喻延拿外卖回来，就见自己的游戏人物站在素质广场上，正在被三个小姐姐围着群殴。

一号："小弟弟，你怎么不说话，我们跳哪？"

二号："端游也太不近人情了，怎么不学手游出个跳伞跟随啊，我总是飞得比别人慢，天天死在天上，烦都烦死了。"

一号："小弟弟，你这身衣服也太丑了吧，叫声姐姐，我给你买一套漂漂亮亮的。"

团团道："行了你们消停一点，他都被你们吓得不说话了。"

"……"

饶是他之前当过陪玩，也从未见过这阵势，"抱歉，刚刚拿早餐去了，你们想跳哪都行，标点吧。"

团团道："挑人少的地方行吗？我们都不太会玩。"

"好。"

最后选择落在了 Zharki，喻延边算着开高伞的时间，边吃油条边慢慢飘着。

过了一会，他发现不对——左下角的队友标志前头并没有降落伞的标志。

他问："你们没开高伞吗？"

一号问:"开高伞是什么?"

二号:"不知道。"

团团:"我百度一下。"

一号:"别浪费力气,百度了我们也学不会。"

"……"

弹幕早就笑疯了。

【这几个小姐姐怎么这么搞笑哈哈哈】

【废话,三个全是娱乐主播,其中两个还是情感电台的,给她们一个舞台她们能给你搭一曲相声。】

【我想起1老板好像也不会跳高伞!】

易琛一进直播间就看到了自己的ID出现在弹幕里。

今天难得没有会议,他看完资料后,顺手就打开了直播网页,这还是他第一回用公司办公室的电脑打开与工作无关的东西。

他是这个直播间的大星使,进入直播间会有提示,但因为弹幕刷屏刷得太厉害,提示很快就被刷到了顶上,几乎没人看见。

"没事。"喻延话里带了些无奈的笑意,在地图上标了个点,"往这里跳,这里是固定刷车点,我们开车过去吧。"

于是就这么定了,快到标点地区,只听一号忽然喊了起来:"哎呀我飘过了、飘过了——前面有三个人,好像是一个队的!怎么办!怎么办!"

"真的假的?别怕,姐妹来了!"二号当即操控着伞往一号那飞去,"小弟弟你快过来!干死他们!"

喻延正咬着油条,此时操控着鼠标键盘也来不及拿下来,只得含糊不清地应:"来嗯……"

团团:"你说话声音有点小?"

"窝在嗯柚条……"

"啥玩意?"一号一落地就往后跑,身后三个人想也不想,立刻跟在她身后追着,"你姐姐都被追杀成这样了,你还在吃油条?!"

"你快来!我要是能活着走到Zharki,立刻以身相许!我们来一场轰轰烈烈的姐弟恋!"

"……"

屏幕上,喻延拿原本在奔跑的游戏人物忽然慢下了脚步。

【？？？】

【我笑死哈哈哈哈哈！！】

【主播原本还冲得挺快的，听到这话犹豫了哈哈哈】

一号逃命急切，一直紧盯着喻延在地图上的位置："你怎么回事儿小老弟？"

喻延这才回过神来，继续疾跑起来："……来了。"

易琛实在没忍住，一声笑从嘴角逸了出来。

他觉得小主播就像是误入了盘丝洞的唐僧，隔着屏幕都能感受到他的手足无措。

一号跑着跑着，终于见到了队友。

喻延径直冲过一号，朝她身后的敌人脸上就是一拳！

对面立刻想还手，却被他转身躲过，其他人陆续赶到，一号见自己队友齐了，登时也不尽了——平时开枪她们不会操作，打拳谁还不会呢？！

"让你追我，让你追我！"一号边挥动拳头边嘀咕道。

"让你打我姐妹……哎呀！"团团才挥了两拳，就被对面两个人联手锤死了。

喻延抽出空道："没事，你爬远点，他们要来帮队友，不敢追着补你……"

话还没说完，一阵甜腻腻的声音响了起来。

"小哥哥、小哥哥……"团团打开了全屏语音，声音柔弱又委屈，"别杀我行不行，我还想玩呢……"

"哇，这招你都敢用。"一号道，"就不怕对面是个妹子，锤你锤得更狠。"

"是妹子我也能拖一拖时间嘛。"团团说完，继续打开全屏麦克风，"呜呜呜你们两个人打我一个，是不是太过分了啊？"

【学会了，就差个萝莉音了。】

【这些女主播平时都这么逗的吗？？】

直播间的人数越来越多，三个女主播的粉丝全都闻讯赶来，弹幕被刷得满屏都是，基本全被"哈哈哈"和"？？？"占领了。

可惜对方无动于衷，仍旧一言不发地追着她们打，几个妹子对趴下和起跳的躲避方式还不是很拿手，立刻就被对方打倒了，只剩下他和团团还苟延残喘着。

好在喻延也趁这时间里打倒了两个，就在他准备朝最后一个幸存者下手时，身后突然传来了枪声，团团应声而倒，立刻就被对方补死了。

敌人的队友居然扛着枪来了！

喻延一愣，几乎是毫不犹豫地转身就跑。

一号忍不住了，开语音道："打拳就打拳，扛把枪来算什么英雄好汉？！"

世纪网缘

130

出乎意料的，对面居然有了回音。

男人粗犷的声音传了出来："刚刚我们把全屏语音给屏蔽了，你们队伍居然有妹子！！！"

这激昂的语气和不可置信的声调，一听就知道对面队伍里没有女生。

紧跟着，那个扛枪来的也说话了："我晕……不好意思啊，之前不知道。"他的枪口仍对着喻延。

团团："哇，你们太残忍了，我还求了好半天呢！"

那人语气遗憾："唉，是我们没缘分。"

枪声再次响起，喻延中了一枪，游戏人物只剩下最后一丝血。

他想也不想，脱口而出，声音被他压得又细又柔："等，等一下——小哥哥……"

【？】

【？？？】

弹幕直接爆炸，一整个屏幕都是问号。

喻延当作没看见，继续捏着嗓子说话："她们跟你们没有缘分，我，我跟你们有缘分呀！你别射我了……"

【真·绝地求生？】

【……牛哈哈哈哈哈】

【主播是个狼人！】

易琛："……"

他的笑已经根本掩不住了，跟着弹幕的水友们一块发起了问号。

这柔柔弱弱，又不会太嗲气的声音一下就击中了扛枪哥的心脏！

"我？哎……小姐姐你别跑，我不打你，我不打你……"

"那你别追我呀。"喻延道，"我都残血了！"

"不是，小姐姐，我给你急救包，你别跑！"

"真的？你不给你队友？"

那粗犷的男声立刻表示："我不要，给你用！"

三个女主播皆是一脸震惊。

一号赞道："……不是，你这变声器用得挺溜啊。"

"不是变声器，是原声。"喻延吃下那个急救包，继续开全屏麦克风问，"小哥哥，有饮料吗？"

那两人也不知道谁去找了辆车来："暂时没有，你上我们车，我们带你去找！"

第23章

喻延面无表情："好哒。"

三人坐到了一辆车上。

"妹子，你这身衣服有点奇特啊。"

喻延："小裙子穿腻了……不好看吗？"

那两人顿了顿。

"好看！"

"特别好看！"

二号感慨道："……大妹子，你这睁眼说瞎话的功夫比我还厉害呢啊。"

喻延叹了声气："生活所迫。"

"咱们去哪，妹子？"

"都可以呢，只要有房子就好。"

那人在某偏远野区标了个点："那我们去这吧，周边的城市肯定都被人搜了，我们就一把枪，去了肯定完蛋！主要是你如果倒了，我们俩还拉不了。"

喻延："好的呀。"

【主播我求求你别说话了，我在上课呢，快憋死了。】

【呀、哒、呢拿捏得十分准确，老衲佩服。】

【以后我不网恋了。】

喻延道："刚刚跟她们学的。"

团团："我的直播间号码是18881，一会来缴学费。"

"……好的。"

那人标的野区有点远，但安全，三人一路从草地飚过去一个人没瞧见。

路上，扛着枪的人忽然说话了："妹子！"

喻延咽下油条："嗯？"

半晌，男人含蓄地说了句："你能唱首歌来听听吗？"

喻延："……"

第24章

【哈哈哈哈哈笑昏了我不行了！】

【我舍友临死前想听yanxyan唱歌。】

【我就说少了点什么，主播每次直播都不开背景音乐！】

喻延干笑一声："我不会唱歌呢。"

"怎么可能！"男人道，"现在没有哪个女生是不会唱歌的。"

喻延："……"

喻延没有撒谎，他真的不会唱歌。

虽然在声线上占了优势，但他是一个标标准准、彻头彻尾的音痴，幼儿园到小学三年级，他能凭一己之力把整个班带跑调还不带喘气的。

四年级后，班级歌唱比赛就再没了他姓名。

弹幕还在刷，水友们甚至激动得刷起了礼物。

他垂死挣扎："我真的不会，小哥哥……"

那位在开车的大哥道："那你随便哼两句也行啊，来呗！"

喻延还想拒绝，他的队友忽然开麦了。

一号："唱嘛，唱个歌而已，有什么不好意思的！"

二号："就是，你看水友们，各个嗷嗷待哺的。"

"……"看着疯一般刷起来的弹幕，喻延忽然有了一种骑虎难下的感觉，"不是，我真不会唱歌，我没一首歌是不跑调的。"

团团道："你可以唱简单一点的，《学猫叫》会吧？"

【学猫叫可以！】

【女主播别掺和行吗，谁想听这破歌啊？】

【我听主播的声音像是要哭了哈哈哈哈】

【上一个在我面前唱这首歌的已经被我打死了。】

易琛看着哗啦啦的弹幕，忽然兴起，打开某音乐软件，搜了下《学猫叫》。

进度条拉至高潮部分听了两句，他抿唇，喉结不自觉动了动。

这歌雷得他汗毛直立，但他又莫名的想听小主播唱的喵喵喵喵喵，这是什么奇怪心理？

见弹幕这么疯狂，礼物刷得他甚至连水友的名字都看不清楚，喻延心一横——

唱首歌你会掉一根头发吗？不会。

为了观众，一切都是值得的。

"唱是可以唱……"他道，"不过你们说的那首歌，我不会。"

【没关系！你会哪首唱哪首！我完全不介意！！】

【你就说你会唱什么？】

游戏里，那两个人还在催。

"想好了吗？给点游戏激情啊妹子。"

"行吧。"喻延道，"你们等等，我开伴奏。"

"嘿哟！"开车的人惊喜道，"连伴奏都会开，还说不会唱歌？来吧来吧，我准备好了。"

喻延打开尘封多年的音乐软件，快速滑动播放列表直到最末，然后双击点开伴奏。

他动作太快，水友们都还没来得及看清是什么歌，就迎面迎来了听觉暴击——

"6，66，归零，222……"一个机械的女声响起。

游戏里两人："……"

水友："…………"

主播的声音虽柔，里面却毫无感情："天有多高，哟。"

【？？？】

【？？？？？】

【我垂死病中惊坐起！】

"手有多骚，哟，哟。"

易琛："？"

"我就是，老男刀，麦克接客骚。"

易琛："……"

【求生欲让我取消关注。】

【能唱成这样的,男朋友得跑了五个了。】

【我舍友安详地去了。】

【哈哈哈哈哈你身边的人都举起枪了!快别唱了!!!】

喻延唱得正专注,头顶忽然划过一片流星——

【1 在 yanxyan 直播间送出一场流星雨】

喻延:"……"

喻延:"?!!?!?!"

歌声戛然而止,喻延脑里一个宕机,无数个黑体加粗的念头在脑袋里飞过——

1是什么时候进来的?!

他全都听到了?

……他现在去死还来不来得及?

见他没了声音,游戏里那两个哥们终于缓过神来了。

开着车的男人干笑两声:"哈、哈哈,挺、挺好听的……"

他身边的人惊魂未定地收起枪:"……好听。"

到了地图上标明的目的地,两人以最快的速度下了车。

"我搜左边的房子。"

"那我搜这边吧……"

喻延还在车里傻坐着,久久未动。

【我卡了?主播怎么不动了?】

【被自己的歌声感动了?】

【1老板什么时候来的?哈哈哈哈居然还送了个流星。】

正在搜楼的两个男人用队伍里的语音在私聊。

开车的那个道:"这妹子我不行,干脆杀了专心玩儿吧,我到现在还在起鸡皮疙瘩!"

"别。"另一个犹豫了一下,"……我觉得挺可爱的啊?"

那人懵了,"那你口味还挺特殊。"

在弹幕的催促下,喻延终于有了动作。

他下车,进了栋还没被搜过的房子,捡起地上的M416,装弹,上楼。

此期间,他一言未发。

【这诡异的沉默……让我觉得有大事要发生了。】

第24章

135

喻延刚上楼梯，就看到静静躺在地上的扩容弹夹，他装到枪上，迅速补弹，然后走到了阳台上。

对面两人从楼里跳了出来。

"哎，妹子……"

等他们完全暴露在自己的视野中，喻延毫不犹豫地提枪开镜——

砰砰砰！！

几十声枪声响起，那两人直到倒地了都没反应过来。

"不是？"扛枪的那个懵了，"怎么了小姐姐？是觉得我们刚刚夸得你不满意吗？"

【这位是终极舔狗吧，我佛了。】

【这句话不错，记下来！】

喻延跳下去，趁着补子弹的空档，他恢复原声，悠悠道："抱歉，我是个男的。"

"……"

"……"

两个人似是都傻眼了，半天没说话。

【这种绝望的沉默，我是第二回看到了。】

【屁，上次那个不是直接开喷了吗哈哈哈哈】

就在喻延准备把人补死时，扛枪哥又开了口。

"别，小姐……小哥哥。"他停顿了一下，似是在沉思，终于，他鼓起勇气，"男的也成，是女装大佬吗？不、不然我们加个微信吧？"

喻延："……"

这次，他直接无视了弹幕上那些看热闹的水友，砰砰两枪把人补死了。

身边显示出两个盒子后，他长吁了一口气。

……这一路过来，他付出的实在是太多了。

明明游戏只开始了十几分钟，他却觉得比平时直播了一天还要累。

舔完两人的盒子，他坐上之前那辆车，绝尘而去。

团团试探性地开了口："小言，你生气了吗？"

喻延一愣："嗯？没有。"

【不生气为什么不说话？】

【这录像我保存了，等主播火了之后一定是个黑历史。】

【我发现自从1老板进房间之后，主播就没怎么说话了诶。老板送的流星，

主播也没感谢啥的……】

喻延这才想起来，忙道："抱歉……刚刚太紧张，忘了。谢谢1的流星，谢谢团团的小星星……"他念出方才给他砸礼物的 ID 号，一个个全道了声谢。

一号忽然问："1是谁呀？有人给我说说吗？"

话里的意思，显然是已经开号在直播间里蹲着了。

弹幕里立刻开始科普。

【1是这个直播间的老板，好像从这主播开播开始就一直常驻这个直播间了。】

【这老板不常来，每次来都送流星。】

【老板是游戏新手，他们两打游戏时，主播每回跟护崽子似的啥都给老板。】

"哇哦。"一号一拍掌，"不错！"

二号："是献星榜第一的这个吗？男的女的？"

【男的，声音特别好听！听一声我就腿软……】

【这题我会！老板给主播的绰号是'小主播'！】

二号："什么？"

喻延急得都想自雷了。

弹幕上越聊越嗨，1仍旧稳稳地待在直播间里，就是一句话也不说。

半天，喻延才憋出一句："你们别乱说。"

他走进一栋野区房子，看到面前躺着的枪，终于找到了能够转移的话题，"这是今天刚更新的枪吧？你们想看我打 M4 还是打新枪？听说新枪不太好用。"

【1老板喜欢主播玩什么枪？】

【这么说来，那把 M24 算是他们之间的什么暗号吗？】

喻延："……"

这一局游戏，他基本是走两步就要看一次弹幕，然后被水友们半开玩笑的话闹得头脑发热，发挥严重失常，勉强打野避战混到了半决赛圈，还在神游之际就被人一枪爆了头。

返回到游戏大厅，喻延想着赶紧退出房间，这三个女主播太厉害了，他完全招架不住。

面前的手机猝不及防响了一声。

1：弹幕上说的那些，是什么意思？

喻延：……

1：嗯？

第24章

喻延抖着指头回复：我也不太清楚。

1：哦。

1：歌唱得挺可爱的。

他果然全都听到了吧！！

喻延欲哭无泪，挣扎着想要抢救一下，结果刚敲出一个"我"字，手机上又跳出一条信息。

1：有人私信我，问能不能画我们的同人图。

1：同人图是什么意思？肖像画？画游戏人物还是别的什么？

这群人是魔鬼吗？！

连长相都不知道的人，怎么画同人图啊！你倒是告诉我啊！

喻延：……对，肖像画，你拒绝就好了。

1：哦，我同意了。

喻延：？？？？

第 25 章

三个女主播没开直播，娱乐主播出没时间大多都在晚上，她们的粉丝无处可去，全都涌到了他的直播间来，他的直播间观众瞬间暴涨到 7 万，私信量更是惊人，居然已经涨到了上千条。

但他还是在众多私信中找到了同人图的消息——对方没有得到回复，一连给他发了二十多条私信，在他的消息列表里十分瞩目。

"在吗？我可以画你和老板的同人图吗？"

"看到回我一句行不行？"

"不回就算是你默认了啊。"

因为是用电脑打开的，这几条私信全被水友们看见了。

【同人图都出来了，这是什么鬼才水友？】

【虽然我也很想看同人图，但这说话的方式是怎么回事？不回就算默认？小学生吗？】

喻延立刻回复：不行。

团团问："还玩吗？"

喻延正准备拒绝，QQ 忽然响了一声。

你卢大爷：兄弟你逆天了。

喻延：？

你卢大爷：你直播间现在的热度 21 万，直接显示在 PUBG 分区热度首页了！

没开视频无法上星空 TV 人工首页推荐，但是这种靠着热度冲上去的，平台也不会加以限制。

喻延一愣，虽然他不知道热度是怎么算的，但 21 万……已经是一个惊人的数字了。

正停留在退出房间的鼠标立刻停了下来。

现在一边是热度，一边是命。

"来嘛，我们这局玩雨林，我雨林图很强的，每次都能苟进前十名！"一号见他犹豫，开口催他。

雨林图？苟？

真是噩梦。

"……玩。"

生命诚可贵，游戏价更高，若为热度故，两者皆可抛。

点下准备，团团立刻开了游戏。

谁知过了三十秒，他们几人还没匹配进游戏。

二号纳闷："怎么回事啊？一般不都是秒进的吗？"

"我取消了重新排试试。"团团问，"对了，你参不参加这次的主播赛啊？"

喻延顿了顿，确定对方是在问自己后，才道："还不知道。"

团团却像是对平台操作非常熟悉，直接问："收到系统通知了吗？"

"……收到了。"

"那还有什么好犹豫的？去拿个万家灯火也是好的。"

一号："就是。你知不知道这活动热度多高？因为活动期间观众也有奖励拿，所以那段时间平台流量简直爆炸，我记得去年的那个年度最佳主播……是 LOL 分区的一个男主播吧？他光是那半个月，收到的礼物就比获奖的奖金还要高。"

"……"

喻延喉结动了动，"去年的奖金，跟今年的一样吗？"

"这倒没有，不过差不多，今年就多了 20%。"

那，去年的年度最佳主播，光礼物收成就超过 80 万？

男主播在礼物方面一向比女主播要吃亏，虽然人气高，但是礼物量根本比不上娱乐频道，半个月惊人的礼物……已经很恐怖了。

当然，他们原本也不依靠礼物钱，只能算是一个小外快。

虽然获奖的概率微乎其微，但如果能上首页推荐，就能吸引来新的观众，对他观察期结束后的推荐位非常有利。

喻延心动了。

"奇怪，怎么还没排进去？"团团嘟囔道，"我再开一次。"

结果刚取消准备，喻延的游戏画面一卡，界面里只剩下他一个人。

团团："咦？怎么回事？我看不到你们了。"

一号忙道："我也是。"

喻延直接重启大厅，果然，游戏上显示"服务器目前非常繁忙"。

"服务器炸了。"

【又炸？！】

【我真的服了制作组了，趁现在游戏热度这么高，还不好好修理一下这破服务器，每天炸，日日炸，还玩个屁！】

【游戏体验很差，本来想来看直播，进来才想起服务器炸了，连直播都看不了。】

【等一个服务器道歉。】

弹幕里不是骂就是调侃，不得不说，制作组的服务器实在是不行，这个月还好了一些，上个月绝地求生的官博里每天一条道歉微博，点赞都点不过来。

既然如此，喻延也不用再纠结玩不玩儿下去了，他松了口气："那没办法，我下游戏了……"

最后好不容易把三尊佛请走，他才松了一口长气。

手机轻震一声。

1：主播赛？

喻延：对，平台举办的大赛。

1：哦，你参加吗。

喻延：应该……会参加吧。

他傻等了许久都没收到回复，正准备放下手机，就跳出了信息。

1：我看了下赛规，部分还算合理，可以参加。

喻延一愣，完全没想到对方会为了他去看赛规。

几十条赛规啊，他自己都懒得看。

喻延：嗯……奖品也很丰富。

1：还好。

【主播在干什么？挂机？】

【上厕所去了吧可能。】

"抱歉，刚刚有点事。"他回过神来，道，"对了，我换个服看看能不能玩。"

接连换了几个服后，发现只有东南亚服还存活着。

【东南亚服偷偷换服务器了！】

喻延乐了："应该是。"

东南亚服是所有服务器中的弟弟，是服务器质量最差的一个服，炸房、延迟等问题烦不胜烦。里面的玩家水平也是默认的服务器最低，喻延通常不怎么来这个服务器。

他趁连接的空档，赶紧给1发去信息。

喻延：你来吗？东南亚服，很适合新手。

1：不方便，你玩吧，我看着。

喻延：好。

喻延在东南亚服当了一天的爸爸。

因为亚服炸了，排到的基本都是国人，交流没什么问题，他一个下午吃了四把鸡，状态非常好。

一局游戏结束，弹幕突然出现了一个黄马甲。

【2：小延，我来了，能上车不？】

"可以，你上东南亚服吧。"喻延解释道，"其他服务器炸了，还在维修。"

易冉进了游戏房间，先打了个哈欠，他睡到现在才醒："这破服务器真垃圾。你那朋友不来？"

"他今天一天的课。"

"哦，你们还是学生啊？"

喻延笑："他是，我不是。"

"毕业了？"易冉道，"听声音不像啊，跟小孩子似的。"

"嗯。"喻延顿了顿，"初中毕业。"

"……"

易家二公子从小在温室里长大，周围接触的人成绩一个赛一个，问起这方面的事儿没什么顾忌，没想到不小心就把别人的短处暴露出来了。

他正想说什么，电话忽然响了起来，他低头一看，震惊了——

他哥居然给他发微信了？！

他们作为彼此的微信好友长达三年，只有他单方面给对方发信息，他哥从来都没回复过。

一条都没有！

易琛：玩个游戏，你怎么这么多废话。

"……"

易冉低头一看，果然在观众列表里看到了易琛的 ID。

易冉：不是，哥，你不是在公司吗？

易琛没再回，他把手机丢到一边，盯着面前的弹幕，眸子微微眯了起来。

【初中毕业？有点夸张了吧。】

【这有什么奇怪的，很多主播都是低学历，不然谁会来开直播挨骂？】

【但这也太低了，我看的几个，最少也是高中学历，我还以为只有我爸妈那一代人才有初中学历呢……】

【初中学历招你惹你了？吃你家大米了？】

【现在真的是什么人都可以来做主播了。】

易冉简单一个问题就引发了弹幕上的学历大战。

喻延扫了眼弹幕，轻飘飘道："家庭原因，没读下去，也不觉得初中学历有什么问题。说我没关系，别牵扯其他人，不然封了。不是每个人的人生都是顺风顺水的，学会互相理解吧。"

"就是！"易冉赶紧道，"别吵了啊，这个话题翻篇了。"

房管及时出现，直接开启了全体禁言，并把一些引战的水友全踢了出去，很快就把这场骂战止住了。

见自己给喻延招了这么多黑，易冉有些愧疚，待全屏禁言之后，丢了个流星算是补偿。

因为只有一条礼物信息，那些谩骂的话语还显示在聊天框上，房管正准备清屏，网页忽然一卡——

【1 在 yanxyan 直播间送出一场流星雨】

【1 在 yanxyan 直播间送出一场流星雨】

……

这场流星雨礼物足足刷了十来条，直到把那些谩骂的话全顶到看不见的区域才停下来。

喻延愣住了，半晌，全屏禁言自动解除，成千上万的弹幕袭来——

【主播和老板我都粉了，坑底躺平，静待花开。】

【小小礼物不成敬意，就当是我给你们两个的礼物。】

【如果欣赏一个人，就算你捂住了嘴，遮住了眼，心意也会从你的钱包里倾泻出来。】

第25章

第 26 章

　　流星礼物比较昂贵，有全直播间通告，十几条下来大几万块，十分引人瞩目。虽然星空 TV 流量大，但也不是人人都会一次性给主播砸几万块的，尤其这次的对象还是个名不见经传的游戏男主播。

　　喻延还懵着，眼睁睁看着自己直播间的人数噌噌噌往上涨，上升数惊人。

　　甚至等他回神时，那浮夸的流星特效才进行到第七个，整个网页被渲染得浮夸绚丽。

　　他心上一跳，赶紧拿起手机。

　　喻延：你点错了吗？怎么突然送了这么多礼物？

　　对面没回，连正在输入的字样都没有。

　　易冉也惊呆了，倒不是觉得钱多，在他哥眼里估计连根汗毛都算不上，动动手指还嫌累。

　　他惊的是他哥居然会给一个主播砸这么多礼物！

　　之前那一两个偶尔的流星，他还能说服自己是他哥不懂规矩，想上车玩游戏才投的，但现在显然不是这么一回事儿啊，这还是上班时间呢。

　　"那个，"易冉道，"咱们开呗？"

　　喻延："……好。"

　　他显然不在游戏状态，玩得恍恍惚惚的，好在遇见的敌人似乎比他还晕。

　　他的压枪好几回没控制好，但最后总是能莫名其妙成为对枪中的胜者。

　　【我终于看出了后坐力……】

　　【这放在手游都能拿人体描边大师的成就了，对面居然还打不过！】

　　【你们懂什么！这叫幸福的眩晕！】

玩了一把，两人死在了半决赛圈。

喻延道："先暂时不玩了，晚饭时间，吃个饭再继续。"

"哦，行。"易冉说，"我也饿着呢。"

说完，他瞥了眼献星榜。

得，他哥还在直播间里挂着，头像在众水友顶上，跟尊佛似的。

喻延平时在吃饭时间不会直接下播，毕竟水友就在直播间里摆着，哪怕只是下播十分钟，也会流失非常多的人气。他通常都会开个综艺或电影，趁吃饭时间用二倍速观看，顺便跟水友聊聊天。

易冉走后，他顺口一问："大家想看什么电影？"

弹幕立刻刷起了片名，他却没心思再去挑影片，打开视频软件的首页，随手点进一个电影就开全屏挂着了。

因为担心自己平时直播忘了时间，他跟几家外卖商家订了长期订单，一周五天，每天到了约定的时间对方就会给他把外卖送来。现在还没到他们约定的外卖时间，喻延躺倒在身边的床上，因坐了一天而变僵硬的背脊终于稍稍放松了些。

他用手机打开直播平台的客户端，直接找到了管理员。

yanxyan：打扰。请问如果水友不小心点错了，送了许多高价礼物，可以向平台申请退款吗？

管理员03：……

管理员03：当然可以，我会尽力为那位水友服务。

这管理员怎么突然这么好说话了？

喻延正纳闷着，头顶上弹出一条信息。

1：[语音]

他几乎是想也不想就快速点进了微信，放到自己耳边听。

"刚刚在忙。吃饭了没？"

男人的话跟他们之前的聊天丝毫不沾边，语气随意，身边还隐约能听见其他人谈话的声音。

喻延反复听了好几遍，才敲手机回复。

喻延：还没……我刚刚问了管理员，对方说如果误投了礼物，是可以申请退款的！

这次的语音很简短，只有一秒。

"你收着。"

第26章

喻延瞬间仿佛被什么东西击中。

他深吸一口气，继续敲字。

喻延：不太好，你还在忙吗？不然等你忙完了我们再聊？

这次对方直接回了文字。

1：晚上说。

"我这才上了一天的课，发生什么事儿了？"卢修和一进游戏大厅就咋咋呼呼的，"我本来想看你直播来着，结果那教授，直接坐到我面前去了，我也不能不给老人家面子……你说这都大学了，谁还抓学生上课玩手机啊！"

喻延："SW方向有人。"

"啊？哦哦……"两人一起把敌人撂倒后，卢修和继续道，"你打完这把就下播吗？"

现在已经十点半了。

喻延低头看了眼手机，上面静悄悄的，什么信息也没有。

"不下播。"他抬头，随口道，"今天水友这么热情，我多播两个小时。"

再等两个小时，1如果还没来……他就下播。

这局游戏结束，时间来到了10：55。

【1老板还不来？主播都要下播了，该不会是被我们吓跑了吧。】

【想看主播玩雨林图，海岛不刺激啊。】

【我就不一样了，我是来看有没有女主播的。】

"雨林图？"喻延切换地图，"行。"

【主播抽奖带水友吗？或者我刷个小星星，你带我上车吧QAQ】

喻延扫了眼弹幕："抱歉，今晚打双排，就不带水友了。你ID我记下来了，你明天来吧，我明天带你。"

大家都没想到他这么好说话，马上有不少水友也冒了泡，喻延没再应，正准备开游戏，网页顶端突然冒出一个大大的特效。

一个由星星拼出来的马车，上面载着的……是1的系统默认头像。

【守护者1进入了直播间】

【主播牛啊，这就有守护者了……】

【这有什么，别的大主播那献星榜上的守护者装都装不完。】

【你都说了是别的大主播，我们主播直播才开了不到两周好吧！】

直播间里的老板也是有等级的，在同一主播间贡献值 1000 以下叫"献星者"，3000 以下叫"星使"，5000 以上是"大星使"。

两万以上就是"守护者"。

星空 TV 的等级称谓都很有特色，不像别的直播间都是什么"贵族""伯爵"，在老板 ID 名字前还会有相应的星星符号。

目前直播间里的老板，最高的称谓也就是守护者，据说还有阶级更高的称谓，但至今没出现过，那些老板不知消息真伪，也不愿意砸大钱去刷这个称谓。

喻延心上一跳，眸子都微微亮了起来，脱口而出："1……你来了啊。"

易琛坐在椅子上，正在解领带，今天公司里有些突发状况，刚好那个项目组的成员都处于他的观察期，他索性留下，在会议室听完他们的会议才走。

跟小主播的约定他倒是没忘，也事先确定过，自己能在跟对方约定的时间前到家。

听见自己的 ID，他挑了挑眉。

喻延只是下意识就出了声，这才回想起对方不爱在公屏说话。他正准备切换到微信，就见一个七彩缤纷的对话框出现在了公屏上。

【1：嗯，有点事，晚了。】

【合影留念！抱住老板的鞋！】

【看来这是约好了啊啊啊！】

【大家好我是新来的，请问这是什么情况？】

完了，喻延觉得弹幕再这么刷下去老板都要"跑了"。

"没事没事！"他道，"吃鸡吗？"

【不是说不抽水友，要双排吗？】

【呵，男人都是大猪蹄子。】

【1：不是该下播了？】

"今天多播一会。"既然已经答应了水友，就没有反悔的道理。

【1：我上号。】

几分钟后，一个游戏人物出现在游戏界面。

卢修和："老板晚上好！那小延，咱们四排？"

"都行，还剩下一个位置，随便排路人？"喻延问，"1，那位要来吗？我看他好像一直挂在直播间。"

【2：我来啊！你刚刚说不带水友，我还以为我今晚白蹲了。我这就上号！】

四人开了雨林图。

易冉跷着二郎腿,看着主播和他哥的游戏ID。

回想起水友们瞎编的故事。

喻延问:"我们跳哪?"

卢修和:"跳训练基地?"

易冉赶紧道:"别啊,我不喜欢训练基地,我们跳祭坛呗。"

"人都太多了……"喻延道,"1,你想跳哪?"

易琛已经习惯了对方每次跳伞之前都要征询他意见,一如往常道:"随你。"

最后大家还是决定跳祭坛。

"1,你跟我一起跳这。"喻延在地图上,标出祭坛一角,"中间人太多了,我陪你来这捡枪。等我把人清光,你再来中间搜。"

"好。"易琛道,"先去捡枪,然后一起过去。"

易冉:"那我呢?"

"你……"喻延看了眼其他两人的位置,"你就跟着卢修和跳吧。"

"……"

两人跳到了旁边的小祭坛,喻延是这个区域第一个落地的,且降落的地方就有一把AKM,他立刻捡起装弹,直接将准备降落的敌人打死。

这次运气好,跳祭坛的包括他们一共就三个队伍。卢修和和易冉虽然偶尔会出状况,但也是有点实力的,再加上一个无解对枪手,这场地盘争夺战他们赢得毫无悬念。

易琛手感渐佳,也拿了一个人头。

敌人因为吃了太多子弹,人物直接被打得卡在了墙边,盒子隐在墙内,只露出了一半。

他上前把包舔干净后就准备走。

却发现……走不动了。

他的人物卡在了墙内,跳、蹲、爬都没有用。

许久,他放弃:"我好像被卡在BUG里了。"

喻延离他不远,听了当即跑了过去,看到了嵌在墙里的人。

"服务器维修后就总是会出现这种毛病,你跳一下试试呢?"

"跳过了,不行。"

"这破游戏,一天两天出毛病。哥,你干脆……"易冉说着,突然噤了声。

他差点丢出一句"你干脆把游戏买了吧"……

他轻咳两声,问,"那现在怎么办啊?我们不在圈里。"

"你们走吧。"易琛道,"没关系。"

卢修和:"也只能这样了,老板,我争取早点死开下一局哈。"

两人跑出祭坛,发现外面下起了雨,是游戏的天气系统,会随即出现雷雨、雾天等天气,很影响视线。

跑着跑着,他们发现少了个人。

卢修和:"小延你怎么还在里面啊!"

喻延的游戏人物还站在 1 身边。

"你们先走。"他道,"我想想办法。"

卢修和:"这 BUG 你又不是不知道,旁边没窗户,老板卡不出来的。"

易琛看着面前正傻站着在发呆的人:"没事,你去跑毒……"

话还没说完,人物忽然动了。

只听小主播扬起声调来,激动道:"我想到办法了。"

啪嗒几声,他面前多出了两个急救包和十来个绷带。

喻延叮嘱道:"你在这等我,毒来了你就打药。"

易琛有些意外,半晌,他问:"那你自己有药吗。"

"有,我留了一些。"丢完东西,喻延转身就跑,只留下声音,"等我啊,我一定很快回来!"

他跑出祭坛,把枪背到身后,耳机里忽然静了许多,身边只剩下下雨的淅沥沥声和脚步声。

许久,他才听到回答。

男人声音沉沉的,带着散漫笑意:"好。我等你。"

第26章

第27章

喻延丢东西的时候开了物品栏，水友们能看清他身上的物资情况，此时弹幕早就已经沸腾了。

【三个急救包给了老板两个，十五个绷带给了老板十三个。】

【乖乖，你可真是数学鬼才。】

【不知道这些女的都在激动什么，我只想说主播好好打游戏行吗？这样下去还有什么打头？】

【不喜欢看就出去啊！没看到直播间标题吗？】

每个主播在直播前都会给自己想一个吸睛的直播间标题，别人都是"亚服前十""全服第一狙击手""已X连鸡"……

到了喻延这，就四个字——【yanxyan：随便玩玩】。

卢修和已经不止一次为了直播间标题来找过他了，想让喻延改个牛点的，比如什么"前亚服第一""第一对枪手"，全被喻延给拒绝了，他觉得一旦挂上这种标题，直播压力就会变大。

"我是在好好打游戏。"喻延道，"玩游戏不一定要赢，要学会享受过程。"

易冉忽然想到什么："对了，这种BUG不是可以直接用雷炸死，再拉起来就好了吗？"

"没用！"卢修和道，"我之前也被卡过，炸是炸死了，可人还是卡在里面。这BUG之前好像修好过一回，估计是因为刚维护完，又冒出来了。"

"那还有什么办法？"

喻延此时已经跑到了大路上。

他转移着四角，环顾周围，解答道："找车。"

易琛看着自己所处的位置："车子能上来？"

他在祭坛上边，游戏人物都得走楼梯或起跳才能上去。

"可以。"喻延补充道，"摩托车可以。"

"嗯。"易琛往后一靠，"找不到，你就直接走。"

喻延抿唇："……可以找到的，我知道附近的刷车点。"

说罢，他已经看到了刷车点的车子。

一辆四轮跑车，没用。

【进圈吧。】

【血只剩一半了，你就一个急救包……】

喻延路过某个野区的小房子，在门口捡起一个急救包，笑："现在有两个了。"

到下一个刷车点，又是一辆四轮车。

"又是轿车？"卢修和道，"平时找四轮车时没瞧见，现在不找了，跟办婚礼似的停了一路。"

喻延打了个急救包，继续往前冲："1，你的血量差不多了，先打个急救包。"

"嗯，在打。"易琛也不劝他进圈了，他轻抿一口咖啡，用手机打开直播客户端，看着小主播的身影道，"慢慢找，我不急。找不到也没关系。"

【哈哈哈哈你拿了这么多药，当然不急了！】

喻延在找车的同时，也在环顾四周，看有没有在跑毒的移动盒子可以让他解决一下药品需求。

如果下一个刷车点再是四轮，那他身上的药恐怕就不够用了。

雷声传来，喻延又跑了一阵，然后透过雨雾，看清了前面的车辆。

摩托车。

一辆车身发着闪闪光辉的摩托车。

"我找到车了！"他快速上前，刚上车就立刻一个漂亮掉头加速，"我来了。"

黑肤女骑着摩托车穿梭在大雨中，明明是跟其他玩家都大致相同的游戏人物，背影却透着一股别人没有的气势。

【这是什么绝美兄弟，我哭辽。】

【我这个从没在直播间花过钱的人，居然也想给主播砸礼物了。】

【前面的，没超过1之前都别想有这个待遇。你看到另一个老板没？刷了一点的礼物，主播连伞都不跟他一块跳，拜金得可以。】

【就你一天有嘴叨叨，那主播平时天天无偿带水友你咋不说呢？】

喻延没理弹幕，他血量不多了，马上又要刷第二个圈，这会儿一心往祭坛赶。

好在雨林地图比较小，用摩托车没多久就能进圈，换作海岛他还真没法再回去了。

他开车技术好，很快就到了祭坛前，然后松开加速键，小心翼翼地往楼梯旁边的滑道上开。

成功进入祭坛，他开到易琛面前："来，你看看能不能上车？"

刚说完，旁边的人一闪，坐到了他的后车座上。

他松了口气，跳下车来，给自己打了个急救包："等会……我吃个包。"

易琛也下了车，往地上丢出几个绷带和一瓶止痛药。

"先打绷带，等进了圈，就把止痛药吃了。"

"不用……"喻延看了眼左下角，发现他的血也没满，"止痛药你给自己打，能把血补满。"

"我知道。我专程给你留的。"易琛道，"就捡到这一个。"

喻延："……"

他这次毫不犹豫，弯腰立刻捡了起来，然后快速上车。

他道，"走，走吧。"

两人一路飙车，跌跌撞撞，眼见着就要到队友身边了。

几声枪声响起。

卢修和大声道："有人！"

易冉："右边！四个人的满编队……我！"

右上角跳出队友被击杀的信息，易冉被远处的 98K 一枪爆了头。

"完了完了，拉不了，对面还在架你。"卢修和急道，"小延你到了没？怎么这么久，你是不是偷偷减速了？"

喻延道："……路上，马上到了。"

话音刚落，又是闷重的一声枪响，卢修和紧跟着也被 AWM 按倒在了地上。

"一切都完了。"卢修和沉重道，"小延你快来扶我。"

易冉："右边有人拉上来了……"

他话都还没来得及说完，就被上来补枪的敌人用 GROZA 给补死了。

看到击杀消息，喻延想都不想，车子直直转了个弯，朝左边开去。

"？"卢修和眼看着自己队友越走越远，问道，"不是，你咋还走了呢？"

喻延："来不及了，他补完二号就会去补你。"

"那你可以过来给我们报仇啊！"

喻延："一把AWM，一把GROZA，这仇我没法报。"

因为急着去找车，他甚至都没搜什么东西，连子弹量都特别少，如果对面是一两个人他还能考虑一下，但这是个满编队，那就没有去送死的必要了。

卢修和："……"

【主播居然尿了！】

【可现在也没地方给你们搜了啊，你打算去哪？】

喻延一路开到某处山腰，然后跳下车："走，我们弃车。"

易琛也不问他要去哪，下了车就跟着他跑。

两人跑到了某棵树后，趴了下来。

卢修和："你这是在干吗？"

喻延目视前方，冷静道："在等。"

易琛晃动鼠标，问他："等什么？"

刚说完，他身边的人忽然蹲起，一个侧身动作，掏枪射击，操作干净利落，几乎没有一丝犹豫。

十来声枪声响起——

【yanxyan 以 AKM 淘汰了 HUIHHSZ】

"等独狼。"喻延跑上前，打开盒子，"来，领枪杀人。"

队伍里唯一存活下来的人，被称作独狼。

易琛笑了，他起身跑去，拿到了一把满配的SKS。

"这枪有点抖。"喻延道，"狙两枪没中就跑。"

易琛："好。"

易冉观战了半天，忍不住道："哎，我下一局能不能申请跟你一起跳伞啊？我觉着你这朋友，有点不太靠得住啊。"

明明他们率先进了圈，他怎么觉得自己的游戏体验还没他哥来得好呢？

喻延听见了窸窸窣窣的爬行声，下意识道："嘘。"

易琛慢条斯理地解释："他意思是不行，让你靠自己。"

易冉："……"

虽然舔了个独狼的包，但两人的物资还是太匮乏，路上遇到了之前打死卢修和他们的那支满编队，被堵死在了桥边。

回到游戏大厅时，易冉趁素质广场（开局前的等待区）60秒，跳出去刷了

第27章

153

会直播网页。

"咦？小延，这主播大赛你没参加吗？我怎么没在报名名单上瞧见你？"

在主播大赛的活动页面上有名单列表，只要是报名参加的主播，ID 都会出现在各项奖项的下方。

喻延一愣："我还没报名。"

易冉："为什么不报？"

喻延老实道："因为需要开摄像头，我还没来得及买。"

易琛食指轻轻点了点桌面。

半晌，他按下说话按键："摄像头？"

【啊啊啊你终于要开摄像头了吗？！】

【完了，我听说声音好听的人，百分之九十九都是肥宅……】

【别啊我求求你了，我怕你开了摄像头我的幻想破灭。】

【姐妹们换个角度想想啊！如果主播是那百分之一呢！】

"嗯，平台要求，报名活动的主播都要开摄像头。"喻延赶紧挪动鼠标，把那两个在 YY 的水友给封了。

"什么鬼？什么肥宅？"上完厕所回来的卢修和看到弹幕，一拍桌子，"开玩笑！小延长得贼帅，以前在网吧天天都有女孩子偷看他……真的，我说谎干什么？"

喻延头疼，赶紧开了游戏。

易琛忽然来了句："什么时候开摄像头？"

"嗯？"喻延一愣，下意识道，"就……这两天吧。"

【马上就能看见小主播了，老板激动吗！】

【老板到时候还是别来了，相信我，不如把最初的美好留在心底。】

【老板会第一时间来看吗？】

易琛掠过一堆没营养的弹幕，随便在里面挑了一条，简短道："会来。"

第28章

喻延下意识拿起手边的水，咕噜咕噜喝了一大口。不知道怎么的，原本是很普通的一件事——开个摄像头罢了，他没有那么多包袱。

但一听见1那句"会来"，他的背脊就一个激灵。

尤其是水友们还看热闹似的在起哄。

【这两天我就住在这个直播间里了！】

【给主播点上了超级关注:)】

【取关了，让这段故事在我心里留下最好的回忆。】

【这算是直播见面吗？】

易琛在关掉手机直播之前，捕捉到了某一条弹幕，挑眉问："什么故事？"

话音刚落，聊天框忽然一白——

【yanxyan 使用了清屏。】

喻延胡扯道："……跳伞了，大家文明看直播，别骂人，不然封踢清屏了。"

【？？？】

【谁骂人了？】

易琛收回视线，跟着队友跳下飞机。

易冉也偷看了会弹幕，终于是没忍住，抬头问坐在对面的人："哥，你是怎么发现这主播的啊？"

"随便点的。"

"这是个新主播吧，这都能被你点到？"易冉说完，忽然想到什么，一拍膝盖，"哥，他跟公司签了合约的，资料上面应该有照片吧？不然你明天去公司调出来看看……"

易琛抬眼，不轻不重扫了他一眼，易冉立刻闭了嘴。

"那是员工资料，公司用来存档，不是给你满足好奇心的。"

喻延直播到近十二点半才下播，他关闭直播后，并没急着关电脑。

他打开淘宝，想了想，输入摄像头三字，立刻跳出了无数条商品信息。

点开销量最高的一行往下来，都是三十块的便宜货，店下面差评无数，毕竟一分钱一分货，买这个基本都是用来简单地跟家人聊会视频什么的，质量再差，能看到人就没关系。

那些跟男朋友视频的姑娘都不大会买这个，更不用说主播了。

喻延往下继续翻，直到翻到价格在六百到九百区间的摄像头后，他才想起自己原先的预算是三百块。

你卢大爷：小延，我家附近就有一家电脑店你记得不？特别多电脑配件，我和老板娘还特别熟，能打折。你要不明天来找我，我陪你去买？

喻延：那边价位都是多少的？

你卢大爷：好像都是两百左右，特别便宜。

喻延：……

你卢大爷：怎么，贵了？

喻延：有没有那种，带灯光的？

你卢大爷：……什么玩意？？

喻延卡了壳，不怪卢修和不知道，他自己也说不明白。

正想着，QQ又响了起来，他打开一看，居然是团团。

第一次玩游戏时团团就给他留了QQ，两人虽然加了好友，但一直没说过话。

团团：我代表我的姐妹团体，来问你什么时候开视频。

"……"

喻延：买到摄像头之后吧。

团团：你还没买摄像头？

团团：82485xxx，你加这个QQ，我们的摄像头都是找她买的，她说给你进货价。

喻延忙道了声谢，然后依言加了。

对方很快就通过了好友请求，对话框自动弹了出来，喻延还没来得及说话，对面噼里啪啦，连着给他发来了好几个链接。

露露呀：你看看喜欢哪个，价格都比上面便宜500，我包调试，送支架和落地补光灯。

喻延：……调试？

露露呀：对，就是帮你美白美颜。你看过香蕉直播没？他的摄像头就是这款 [网页链接]，猪八戒都变成潘安了。

露露呀：你放心，我不可能让你见光死的。

"……"他就说她们怎么会这么热情。

露露呀：你过段时间要参加比赛，摄像头质量如果太差，那绝对会吓跑观众。LOL 分区之前有个主播，艾欧尼亚最强王者，用着一个破烂摄像头，人脸都是糊的，播了两个月观众人数都没破过万。后来换了一个，现在在热度榜上挂着了。

……太真实了。

喻延看了眼对方发来的链接，价格都是一千到一千二百元左右，减去五百……也不是不能接受。

他左看右看，挑了外观黑色，看起来比较简单的款式，给对方发了过去。

对方忽然弹了个语音过来，喻延吓了一跳，半晌才接起来。

"小弟弟，背景装饰你要不要买一些？"是当初那个一号小姐姐的声音，"我懒得打字了，我们这样说方便一点。"

"好，背景装饰是什么？"

"直播时当背景板用的东西，能遮一些家里的家具什么的，我们都会用。"

露露发了十来张图片过来。

喻延打开一看，愣住了。

粉色大熊娃娃、米黄色大抱枕、印着星空 TV 字样的淡粉被套……

一眼过去，全是粉白黄的亮色。

喻延："这个……会不会太粉嫩了一些？"

"啊，对。不好意思，我给你发了女主播用的装饰。"露露愣了一下，"我重新给你发。"

她顿了顿，又问："不过你不喜欢这些吗？"

喻延："……"

她语气里的失望是什么意思？

这次发过来的终于正常了一些，有吃鸡游戏的地图海报，印着三级头甲的抱枕。

喻延打开计算器，一件一件算了上去，把价格控制在可接受范围内，最后和挑好的摄像头型号一块发给了露露。

第28章

"诶？你是满阳市的？"露露看了地址，道，"这厂家就在满阳，这样吧，我不让他们寄了，明天就让他给你送上门。"

喻延忙道了谢："我上门去取也行。"

"没事，厂家本来就包送货的。谢就不用谢了。"

喻延刚想感慨世上还是好人多。

"你给我发张自拍就成。"露露道，"我们饥渴难耐，已经没办法等到明天了。"

会议结束，易琛率先起身离开，才刚出会议室，手机就响了。

易冉："哥，你在哪呢？"

"公司。"他扫了眼身边的助理，示意对方停止汇报，"什么事？"

"什么时候回来？"易冉问，"你不是说要看小延开视频吗？"

易琛挑眉："什么时候？"

"就今天啊！晚上八点，他直播间上都写着呢……你知道吗，娱乐板块那几个女主播全来了，都在给小延刷礼物，特别夸张！"易冉分析道，"我合理怀疑——小延在星空 TV 绝对有后台！"

"挂了。"

"不是，哥……"

挂了电话，易琛把手机放回口袋，抬抬下巴："继续。"

助理赶紧哦了声，继续自己的工作。

走到办公室门口，助理也刚好掐着时间说完。

秘书见他回来，立刻起身："易总，易夫人在里面等您。"

助理懂事道："那我就先去把新合同打印出来。"

"去吧。"

他推门而入，易母就坐在沙发上看杂志，见他进来，笑道："我来得有些急了，居然也忘了问你有没有空。"

易琛扬唇："没事，怎么过来了？"

"你接下来还有工作吗？"问是这么问，实际上她早在秘书那得知对方的行程了。说完，她继续道，"我和你爸上回去英国参加了一个画展，我跟你说过，你还记得吗？"

易琛坐到办公桌前："记得，你说很喜欢。"

"那是个人画展，画展的主人是位非常可爱美丽的中国小姑娘，年纪跟你差不多大。"易夫人笑道,"她前两天回国了,约我一块儿吃饭。"

易父易母与大多数父母不同,许是常年在国外,对这方面的事比其他人都要开放一些,并不催着他结婚。

但身边若是出现条件出众的优秀女性,易母还是会忍不住想介绍给自己儿子认识。

易琛拿出手机摁亮,上面除了一些工作短信外,再没其他内容。

易琛从来没有拒绝过她,所以易夫人这次前来,连司机都没带。

许久没得到回答,她意外挑眉:"怎么,你有约了?"

易琛把手机随手丢到一边,起身拿起西装外套。

"哪个餐厅?"

……

临近八点,直播间里的弹幕已经把整个屏幕撑爆。

【快八点了!还有十分钟!】

【1老板怎么还没有来,还要不要见了?!】

【我想问一下,我粉的几个女主播为什么都在这里???】

【这主播什么来头,新人?新人能有40W热度?逗我。】

【一个男的开视频,有啥好看的?】

喻延手里握着手机,在念礼物列表:"谢谢露露和团团的万家灯火,谢谢橘子的小星星……大家别刷礼物了,就当平时直播看就好了。"

说完,他第N次把手机放回桌上。

时间走到了7:59,弹幕愈演愈烈。

【1老板没来,没意思。】

【还有一分钟!我们还能坚持一下!】

喻延内心平静,打开摄像头的后台设置,在时间跳到八点的那一瞬间,按下了"完成"。

……

易琛把母亲送到餐厅后就径直回了家。

他打开电脑,直接点开唯一收藏着的直播间,进去的那一瞬间,小主播的电脑桌面壁纸立刻被别的窗口给覆盖,视频界面占满了整个屏幕——

还算明亮的环境,背景贴着游戏海报,身后放了几个游戏周边模型。

男生静静坐在电竞椅上。他头发剪得干净清爽,内双,眸子黑而亮,还有不

第28章

太明显的卧蚕,把他的眼神衬得十分温柔,鼻梁又挺又翘,再下面,是轻抿着的嘴唇。

他穿了一身白衬衫,袖子被撩至手肘,从白细的手臂能看出主人的纤瘦。

"啊。"男生忽然不好意思地笑了笑,一颗小虎牙露了出来,"抱歉,忘记调窗口大小了。"

第29章

易琛也没想明白,自己为什么会回来。

小主播并没有来邀请他。

小主播忘了他这个老板的存在。

这就好比如你是某个牌子里的VIP客户,在换季出新品时,品牌难道不会通知客户吗?

会,品牌会以短信、信息推送甚至电话来通知你,然后期盼着你的光临。

不过他又想,毕竟这还是个小厂家,业务不算熟练,他的投资也不过是洒洒水,不能以太严格的标准来要求对方。

更何况现在,他还挺关注这家小厂家的新品。

喻延说完,发现弹幕忽然以肉眼可见的速度变少了,他疑惑皱眉,凑到摄像头前晃了晃手。

"你们看得见吗?还是我操作错误了?"

话音刚落,就见左下角唰唰唰地冒出无数礼物,闪烁极快,弹幕更是以千军万马之势奔腾而来,密密麻麻,已经到了根本看不清字的程度——

【啊啊啊我死了!!这是什么极品小哥哥?!】

【老子看了六年直播,没见过这么帅的主播!】

【1老板来了!1老板卡在八点钟进来了!】

【卖脸主播走错频道了吧?这里可是吃鸡分区,呕。天天搞这种噱头,还不如老实打游戏。】

【我不打游戏,多少钱可以加主播微信?】

【我知道我粉的女主播为什么会在这了,可恶!】

喻延吓了一跳，往后退了退，靠到椅背上："大家别刷屏……"

这时候哪有人听他的，那些之前发过弹幕却被别人掩盖的水友莽着劲，不断地在刷，里头还掺着一些黑子在趁机乱黑带节奏。

半分钟后，他私聊给房管，让对方看着封一些。

许久才得到对方的回复。

房管012：不好意思……弹幕和礼物太多了，我被卡出去了，进了好几次才挤进来。我现在就封！

说完，对方还发了个很可爱的表情包来。

趁他在跟房管交流时，卢修和充当起了暖场员。

"对吧？帅吧？我没骗你们吧！以前他来上网的时候经常被搭讪的，旁边的位置热门得要死，男的想看他操作，姑娘想看他的脸，天天都有人邀请他开黑……多大了？今年就20了吧？我给忘了……"

【居然成年了！看起来跟高中生差不多，也太瘦了吧。】

【主播有本事关掉美颜美白啊？】

【你们怎么这么能说？爱看看不看滚，来这找什么存在感？儿子别理这群黑子，妈妈爱你！】

【露露呀：他没开美颜美白，他说开了太失真。】

【露露你给我去开直播！】

【1老板，点评两句呗？】

喻延一愣，忙去看献星榜，果然，1的ID是亮着的——说明对方正在直播间里。

方才礼物刷得太凶，小星星等高价礼物也收了不少，礼物的动画直接把1的进房提示盖了大半，加上他当时在鼓捣摄像头设置，还真没看见。

易琛看着屏幕里的小男生。

20岁，真小，从脸到手都飘着青春的气息，让他回想起自己上学时期……

算了，千篇一律的三点一线和扰人的男女同学，反倒还没小主播好。

门被敲响，易冉探头进来："哥，你回来了？我现在要出去，你能不能借我辆车？"

"钥匙盒在书柜二层。"易琛没看他，"十二点前没回来，就睡在花园。"

"保证准时回来。"易琛打开钥匙盒，在里面左挑右挑，挑出了最酷炫拉风的那辆，"对了哥，你看到小延了吗？他长得好可爱啊。"

易琛终于收回视线，透过电脑，凉凉地问："他长得怎么样，跟你有关系？"

"……您说得是。"易冉已经被怼习惯了,抓起车钥匙就走。

"别刷了,我只是为了报名活动才开摄像头的,也不是一直都开,你们觉得视频框占位置影响游戏视野,我以后就少开一点。"喻延收回神,直接打开比赛报名网页,找到他想参与的奖项,点下报名。

【"年度击杀王"报名成功!详情请点击——】

后面紧跟着一个网址,点进去一看,居然是报名了该奖项的所有主播名单。

在他名字之下的,就是"星空 TV、老鼠"。

就在这时,弹幕上忽然出现一堆名为数字加字母的水友。

【老鼠也参加了?那主播没戏了。】

【老鼠居然报名了,我还以为他是佛系主播呢,这个奖是怎么评的?想去给老鼠助力。】

【大家别在这提老鼠,这主播很讨厌老鼠的,还曾经说过老鼠是挂。】

【老鼠是挂?不可能,是挂怎么可能不被封。主播空口白牙陷害同行真是牛。】

【弹幕画风怎么突然变得这么奇怪……】

喻延打开游戏,发现 1 竟然在线。

他立刻弹了个邀请,对方很快就进来了。

"别在我这带其他主播的节奏。"喻延道,"既然你们都是他的粉丝,那就去他的直播间刷。至于他是不是挂,你们去问问就知道了。"

"反正我是见他一回举报一回的。"

喻延对弹幕内容一向宽容,只要不是人身攻击和地域黑,他通常都不会说太重的话,只有在老鼠的话题上例外。

弹幕瞬间分成了两派,热热闹闹地吵了起来。

这时,男人低沉的声音响起:"开吗?"

喻延原本还想再说什么,听见他的声音,立刻变成了哑炮。

"……开。"

【永不吃鸡在 yanxyan 直播间送出一场流星雨】

【永不吃鸡:上车,插队,房管安排一下。】

房管很快就把这水友的 ID 发给了喻延,喻延把人拉进来,还没来得及感谢,对方就先开了口。

"主播,我叫你什么?"是一个颇为阳光的男声,语气轻快,"你 ID 是言小言的意思吗?"

喻延:"对,叫小言就行……那我开了?"

"好。"那人道,"我名字里也有个言字,年纪比你大一点。"

喻延看了眼对方的 ID,没忍住笑了声。

新老板的游戏 ID 叫 yanZHOU。

【周言,周衍,周严……有人认识吗?】

【叫这名字的也太多了。】

四人跳了上城区,可能是因为这里比较平和,那位新老板一直在喋喋不休地说着,非常热情。

"我看你直播好几天了。"

喻延搜着房:"谢谢。"

"一会可以加你微信吗?"周言道,"我很喜欢你。"

喻延捡枪的动作一顿:"……?"

"的直播,哈哈哈哈。"周言笑得爽朗,"没吓着你吧?"

【突如其来的骚,闪了我的腰。】

【我决定粉一秒新老板。】

【我现在紧紧盯着 1 老板的图标。】

易琛扫了眼新队友的 ID,不轻不重地哼了声。

队内语音里,那人还在继续:"你是哪里人?"

半晌,喻延才应:"满阳的。"

"满阳?那不就在我隔壁,我经常去那出差。"

卢修和道:"周言老板,你这 ID 是怕别人认不出来啊。"

"ID 而已,随便取取,认出来也没关系,没什么见不得人的。"周言笑了声,"小言,你找到什么枪了?"

喻延:"UZI 和 98K。"

周言哦了声:"我还挺喜欢玩狙的……"

一阵小小的电流声打断了他的话。

进入游戏到现在,一直未发一言的人忽然出了声:"小主播。"

喻延下意识应:"嗯?"

易琛语气自然:"给我捡的?"

喻延愣了愣,半晌才反应过来:"对,打算分东西的时候再丢给你……"

"挺乖。"易琛道,"给我送过来。"

世纪网缘

挺……乖?"

喻延嘴唇紧紧抿成一条线,直接在周言面前转了个身,头也不回地就往易琛那头跑。

"我现在来。"

【????】

【发哈哈哈哈哈哈哈哈】

【他们果然画风清奇!】

周言吸了口烟,意味不明地看了眼地图上逐渐靠近的两个标识。

等喻延把枪丢过去之后,他道:"小言,你来我这。"

"怎么了?"

"来嘛。"周言笑,"哥哥给你看个好东西。"

喻延来回跑了一趟,刚停下来,就听见噔噔噔几声,周言把自己身上的衣服都脱了个干净。

然后就听周言道:"你把我看光了,记得对我负责。"

"……"

卢修和笑骂:"哥们,你好骚啊。"

"哈哈哈,开玩笑的。"周言提枪,指着地上的衣服,"小言,把这套衣服穿上,光戴个红围巾也太丑了。"

喻延拒绝:"不用了,我这样挺好的。"

"好什么呀,简直太影响我游戏体验了,快穿上。"

老板话都说到这份上了,喻延也不好拒绝,只得捡起来穿着。

周言满意了,还准备再说什么,就听见砰砰几声,几颗子弹忽然打在面前的地上。

他吓了一跳,抬头一看,居然是自己队友开的枪。

易琛提枪站在不远处,言简意赅。

"走火。"

第29章

第30章

喻延一直觉得自己遇到过最能说的人，就是卢修和了。

就是字面意思，只要他在你跟前，只要他的嘴空着，他仿佛就能说到地球毁灭。

现在喻延发现，人外有人天外有天。

玩了两个小时，新老板的嘴巴就没停过。

"小言，来，哥给你个急救包。我讨好讨好你，一会如果我倒了，你来扶扶我。"

"小言来，咱们游戏里开车兜兜风。等下次我去满阳，带你去兜真格的。"

话里指的是M416的枪屁股。

喻延就是再傻，也看出来对方是故意这样说的。

虽然弹幕效果很好，但他并不想用这种方式来吸引观众。

"老板。"他客客气气地，半带投降道，"倍镜我刚刚给一号了，如果一会儿再找到了会给你的，你就别逗我了。"

周言顿了顿，玩笑般道："你平时不是总逗一号吗，怎么到我这就不行了，别区别对待啊。"

没想到对方会把易琛也扯进来，喻延傻了一瞬。

他平时也这么对1说话的吗？没有吧……

易琛："N方向，有人。"

喻延回神，赶紧开镜朝他说的方向看去。

他刚瞄准好对方的头盔，就听砰的一声，易琛已经率先把人给爆了头。

"1老板牛啊。"卢修和道，"我感觉你上手速度好快，我玩二十个小时的时候可没你厉害。"

易琛没说话，仍瞄着对面，系统没跳击杀，说明敌人还有队友在。

喻延心不在焉地换了把枪，准备看看能不能把人补死，耳边忽然传来窸窣声。他滞了好几秒才回过神来："有人，在近点！"

可惜还是说晚了，他话音刚落，身边就响起一阵激烈的枪声，周言被击倒在地。

喻延立刻往石头后一躲，依靠刚才的枪声找出敌人方位，报了点之后就开始反击，卢修和反应得也很快，已经掏出了雷："小延，我丢雷，你注意守，一露头就搞死他们。"

喻延："好。"

卢修和技术虽然一般，但两人玩的时间长了，配合还是有的，就这么一来一去两回，包上来的两个敌人就被他们杀了。

卢修和道："他们都不是直接淘汰的，应该还有一个人。"

"在那边，拉队友去了。"易琛标了个点，"这棵树后。我刚刚没狙中。"

周言嘖了一声："你也太菜了吧，我刚刚也看到人了，打中了两枪，可惜我手里枪不好，如果你的98K给我，对面必死。"

"所以不会玩就别抢枪啊，在直播间里云吃鸡就行了呗，偏要来浪费队伍资源。"

砰——

这声枪响仿佛是打在周言脸上，屏幕下方跳出一行白字。

【Y11iic 以 Kar98K 淘汰了 B8129_S】

喻延扬起嘴角，小声道："厉害。"

【这老板废话好多啊，主播能不能别带他了？】

【还讽刺1老板，谁不是从新手过来的啊。而且1好歹杀了人，你干啥了？】

【主播这枪压的……我服。】

【这新老板说话特别猥琐，拜托你们别把他和主播扯到一起去。】

周言不耐烦地皱眉，他做了两个深呼吸，才继续道："小言，来拉一下我，快。"

刚刚近点有人，对面还有个在架着，没人敢过来扶他，他这是第二次被击倒，这会儿血量都快见底了。

喻延正准备过去，身边的人却比他还快。

易琛："我来，你去舔包。"

喻延哦了声："好，那我去舔对面那两个包，你需要什么？我帮你带回来。"

"子弹袋，M4枪托。"

"好。"

周言看着跑过来的人，乐了："你还真是不懂玩，你身上有 M4 吗？要 M4

第30章

167

的枪屁股有什么用？"

易琛没说话，蹲下来扶他。

扶队友需要十秒的时间，到了最后三秒，周言打开物品栏，随时准备打包。谁知倒计时到最后一秒时，身边的人莫名其妙退了一步，打断了这次救援。

周言一愣，看着自己的红血继续往下掉，眼见就要死了，急道："你做什么啊？救援断了！"

"嗯？"身边的游戏人物转了转身子，男人语气散漫，"我新手，不太会。"

话是这么说，但如果他在中断后立刻扶，还是有一线生机的。

偏偏他原地转圈，压根没有要再扶一次的意思。

周言瞪大眼，看着自己的人物掉光最后那一丝血，然后倒地，身边多出一个盒子来。

易琛弯腰，舔走他的 M416，问他："现在看到 M4 了吗？"

【1 老板太帅了叭，我爱了。】

【故意坑队友？真的很恶心，那些叫好的祝你们以后也遇见这样的队友。】

【真的吗？我真的能在游戏里遇到 1 老板这么尊贵的队友吗？】

【前面的彩虹屁收一收，味儿都传到我这了。】

【如果主播是女的，这人之前的话就已经构成口头骚扰了 OK？这种队友不杀留着干吗，1 老板霸气。】

周言眼睁睁看着易琛舔完自己的包，然后跑到对面山头去，从喻延那拿到了 M4 的枪托。

"不是，这什么意思啊？故意的？"

喻延道："他是新手，不是故意的。"

周言："他是智障吗？拉人都不会还玩什么游戏？"

周言："成，既然这样，下把我们俩玩玩，看谁先把对方干倒。"

喻延原本还沉着气，听见这句话，登时也不高兴了。

"算了老板，一会我把礼物钱退给你，你找别的主播带你吧，我比较菜，还带着新手，怕给你添堵。"他道，"你放心，我退你全款。"

【哇，主播也好刚，我第一次见主播给水友退礼物的。】

【牛了，一般这种情况下，主播都是和稀泥的。】

周言问："你这是在赶我？我缺这点礼物钱？"

卢修和没想到会吵起来，赶紧道："别气啊老板，小延这是担心你游戏体验不好。"

喻延嗯了一声，也不知道是在应谁。

"行。"见屏幕上的三人还在愉快打游戏，他的话仿佛丝毫影响不到他们，周言气极反笑，"你牛。"

说完，对方就退了游戏，再没听见声音。

喻延松了口气。

这就是他不喜欢收礼物的原因。

【那老板真的走了哈哈哈哈】

【这直播间真的是无奇不有，关注了。】

【我去看了一下那个老板的个人专栏，他在星空 TV 砸了好多的礼物了……主播你这是赶走了个大老板啊。】

"不需要老板，你们喜欢看就行了。"不想再纠结于这个话题，喻延话锋一转，"给你们表演一波八倍镜压枪。"

【你再说一遍？几倍镜压枪？】

【黑子们注意，前方开挂实锤！】

【你有八倍镜？】

"没有。"喻延弯眼笑了声，"等我捡到了再说。"

这局游戏结束，刚好到下播时间。

喻延跟观众道别后就关了直播，然后打开礼物后台，找出了周言的数字 ID。

他给周言发了条私信，发现对方已经把他拉进黑名单了，他只能用其他办法把流星还回去。

平台里不能直接退钱，但可以退星光币，水友能用退还的星光币买礼物送给其他玩家。

他把星光币退回到对方账户，才关了电脑。

刚起身，就听见一道手机提示音。

1：刚刚我是故意的。

喻延：什么？

1：没救那个人。

喻延：……我知道。

1：[给你转账 2000.00 元]

喻延赶紧点了退还。

第30章

喻延：不用了……我本来也不想带他。

1：[给你转账 2000.00 元]

1：你护着我，我还让你吃亏，没这个道理。

喻延盯着这句话，半晌没回过味来。

1：还是你想要两个流星？

喻延吓了一跳，回：怎么还翻倍了呢？

1：礼物收益平台分一半，不是要刷两个，你才能拿回本？

喻延服了，他觉得如果自己不收下，1是真的会跑到直播间给他刷礼物。

喻延：[收款 2000.00]

喻延：[今晚给老板做牛做马 .jpg]

1：今晚不用。

喻延盯着这句话看了半天，才明白过来——这是在回复他的表情包？？

喻延：……那以后有机会了再做？

1：嗯。

第二天，他一醒来就收到了卢修和的 QQ 留言。

你卢大爷：[网页链接] 你赶紧去看看。

喻延还困着，他打了个哈欠，慢吞吞地点开网址，然后自动跳到了一个视频播放界面。

……视频标题是《小主播与大老板之间不得不说的故事【回放剪辑】》

他茫然地点开，一个少女心满满的 BGM 迎面而来，女声温柔地唱着——

"我找不到很好的原因，去阻挡这一切的亲密。"

视频里是吃鸡的游戏画面，里面的他正闷着头，往地上丢 M24。

他的声音出现在 BGM 里："这个你拿着。"

"没有人了解，没有人像我和陌生人的爱恋。"

1的声音紧跟着响起："而且……我只喜欢跟二号一起玩。二号出去加个好友吗？"

"我想我已慢慢喜欢你，因为我拥有爱情的勇气。"

是祭坛，他边跑边道："等我啊，我一定很快回来！"

"好。我等你。"

这里的游戏界面上，甚至还被加上了粉红泡泡。

……

视频一共三分四十六秒，喻延从眯着眼，到恢复清明，再到目瞪口呆——
有了这视频，还需要他天天去看直播回放，去听微信那短短的几秒语音吗？

你卢大爷：看完了没？

喻延回过神：看完了。

你卢大爷：别的主播都是"精彩击杀剪辑""吃鸡时刻"，到了你……你这是个啥？

喻延：……

你卢大爷：你也别太难过了，以后一定会有人给你剪击杀剪辑的。

喻延：……

你卢大爷：那个，我就多嘴问一句啊，你看了视频，有什么感想？

喻延翻身趴在床上，仔仔细细看完第二遍，然后点击左上方，收藏，保存，最后才回复。

喻延：网友是这个世界上最厉害的人。

喻延：我永远佩服网友。

第31章

喻延原本还打算睡个回笼觉，结果他来回把视频看了几遍，一点睡意都没了。干脆翻身起床，下楼舒舒服服吃了顿早餐，然后开了电脑。

刚上QQ，就听见一声系统的咳嗽声。

【团团邀请你加入星空TV大家庭】

一看名字就知道是个什么群，喻延没多想，直接按了同意，这才打开下一条消息。

团团：我拉错了，你别进那个群！

喻延：……

喻延：我已经进去了。

发送完，对方似是还没看见消息，并没回复。

新群立刻在右下角闪动，喻延挪去鼠标一看，新消息居然为"99+"，他顺手打开，想把群屏蔽掉，却发现最后一条是熟人发的，时间就在他进群的前一分钟。

现在QQ也不知抽了什么风，加入一个新群的时候，居然可以看到群里之前的聊天记录。

老鼠：别人就是走这种路线的呗，这阵势，保不齐明天就要C位出道了呢。

喻延有股莫名的直觉，滑动鼠标，往上翻起了聊天记录。

老鼠：现在都是什么风气啊？女主播就算了，男主播也开始卖脸了？怎么，不让我们这些大老爷们活了啊？

老鼠：还有哪个男主播，就新来的那个啊，天天巴结着自己老板的那位。

早上直播的人不多，大家都闲得很，不少主播都冒了泡，虽然话里的攻击性没老鼠这么明显，但也都是带着看热闹的心理在参与讨论。

172

毕竟突然杀出一个初期数据惊人的新主播，谁都会有危机感，这会就像是有了共同的敌人，说得不亦乐乎。

看到最下方，老鼠又发了条消息。

老鼠：团团你这是故意想给我们添堵啊？

喻延虽然从来不惹事，但也不是傻站着让人嘲讽的傻子。

yanxyan：游戏水平不怎么样，私底下嚼舌根倒是挺厉害的。

老鼠：你什么意思？

yanxyan：字面意思。

老鼠：怎么着，真以为自己是大主播了？以为靠运气赢了我一回，就天下无敌了？

yanxyan：赢了你就是天下无敌？你太看得起自己了。

露露呀：别吵了，老找别人茬做什么？闲着没事干？

香蕉：老鼠，都是同行兄弟，别咄咄逼人的。言小言，欢迎你加群。

香蕉一出面，老鼠立刻就闭嘴了，群里也没人再说话。

喻延扫了眼群列表，这是个五百人的群，里面目前已经有四百多个人了，从群备注中能看出来，这群里的几乎都是星空TV的主播。

而群主的名字赫然是：管理员03。

群管理有好几个，似乎是从每个分区里挑出来的人气主播，PUBG分区管理是香蕉，娱乐板块则是团团。

一个对话框忽然跳出来。

【团团弹了你一下】

团团：……我，我本来是想把你拉进私人小群的，没想到拉错了。

团团：这群里人很多，鱼龙混杂的，平时都不怎么说话，一说话就是埋汰人，你如果不喜欢就退了。

喻延：没事。

团团：不过你放宽心，在这群里被嘲讽过的主播，后来都火了，也算是人红是非多吧。

喻延：真没事，你不用安慰我，我就是想问问……

团团：什么？

喻延觉得她也未必知道，干脆丢下一句我去直播了就结束对话。

还没到他的开播时间，他没忍住，往电竞椅上一靠，抓起手机点进了微信。

他居然刷到了1的动态。

1的朋友圈在两人刚加好友的时候就被喻延窥探过了，里面干干净净，什么都没有，就跟个小号似的。

喻延心说他就随便看看，然后点开图片。

照片里是一只猫，看上去像路边的野猫，瘦瘦小小的，白毛上都是污垢，眼睛黝黑，正乖乖地看着镜头。

下面是易冉的回复。

易冉：哥，你有什么火冲我发就好，小猫是无辜的啊！

喻延算是知道这段兄弟情为什么会这么塑料了。

他来来回回开了几次照片，点了个赞。

看够后，他坐直身子打开直播，在勾选直播内容时，没点亮摄像头的选项。

最近他的关注数已经高达一万七，虽然有些水分在，但占大比例的还是真正的观众，所以一开播，立刻涌进了不少人。

【摄像头呢！摄！像！头！我要看我儿子！】

【今天玩什么服？我要去狙击你。】

【今天还抽水友吗？】

"摄像头等活动开始了再开吧，我怕影响你们看直播。"喻延道，"玩亚服，单排。"

说完，他无视掉弹幕里的哀号，直接开了游戏。

喻延对单排这种游戏模式一向情有独钟，没有队友，他能放心大胆地进攻，没有后顾之忧。

他开的沙漠地图，直接落在了豪宅。

单排落豪宅的玩家基本都是抱着不是你死就是我亡的心态来的，能从这杀出去的都是天选之人，不止需要实力，还需要运气。

"豪宅要落二楼，刷好东西概率大，还能在楼梯卡位杀楼下的人。"喻延边说边晃动视角，发现自己身边飘着一个人。

两人距离极近，就连飞行的速度都差不多，如果就一直这么飞下去，一定会落在同一个地方。

喻延打开全屏麦："哥们，我是个挂（一个开外挂的），你现在飞远点儿还来得及。"

兹拉一声，旁边的人也开了麦。

"巧了兄弟，我也是，我买的六十块一天的，你呢？"

"……"喻延操控伞，往别处飞，"算了，我的一天才八块，惹不起你，我跑远一点。"

【？？？】

【主播现在太看得开了哈哈哈哈】

【毕竟公告栏挂着，完全没在怕的。】

落地后，喻延立刻摸起一把枪，刚装弹跑两步，就听见旁边传来噔噔噔的脚步声。

他躲到墙后，刚准备阴对方一波。

没想到那人又说话了："哎兄弟，你是不是跟我一起落下来的那个啊？"

"……"

"我记得你，没错的，红色围巾。"

这人不是落的二楼左边吗？怎么一下就到这来了？

砰砰几声，那人轻松把门外正在奔跑的玩家爆了头。

喻延抿唇，道："是我，怎么样，我们现在要自相残杀吗？"

那人乐了："那不然我们合作，先把这的人清完？"

"可以。"喻延应完，把全屏麦关上，"我先把他骗住，一会趁他不备再要他狗命。"

【哈哈哈哈哈太惨了叭，玩个游戏还要跟开挂的人斗智斗勇。】

【日常一骂，垃圾游戏，不管开挂，迟早要完！】

喻延是这么打算的，没想到这人似是感觉到了什么，两人齐心协力清完豪宅后，对方的枪口就一直对着他。

"兄弟，你这就没意思了吧。"喻延道，"我们是伙伴，要互相信任。"

"你都开挂了，我没法信任你。"那人说，"你如果觉得不舒服，也可以用枪口对着我，我不介意。"

这一瞬间喻延有点恍惚——到底谁开挂来着？

两人居然就这么莫名其妙地进了半决赛圈。

看着对方的枪口，喻延道："不行，我得在他进决赛圈之前把他干掉。"

说完，他开了麦："我上楼去搜搜。"

"哦，你去吧。"

喻延上了楼，边走边装弹，心想这不能怪我，开挂就是扰乱游戏公平，不杀不快。

他走到窗边，看清楼下人的位置。

对方忽然往前一步，走到了他的视野盲区，喻延在心里计算着他的位置，把游戏切换成第一视角，直接跃窗而下！

与此同时，一颗手榴弹丢进了窗户——对方也想杀了他！

这下他不再犹豫，枪开得干脆利落，那人也立刻掏枪回击，但因为换枪需要时间，在开出几枪之后，他便被喻延丝血按在了地上。

"我！"那人开麦道，"你这八块钱的挂还挺厉害。"

"我没开挂。"喻延说，"兄弟，回头是岸，别再开挂了，不然迟早被封号，我看你这一身衣服没一万也有几千，何必呢。"

"……你没开挂？"

"嗯。"

"那我也没开挂啊。"

"……"

"……"

两人你看我，我看你，傻了大半天。

【我的天，你们看到刚刚跳出的击杀信息没？？】

【我还以为我看错 ID 了，一直不敢吱声。】

【这么大的俱乐部名字，怎么会认错？】

喻延扫到弹幕，回想了一下对方的 ID。

好像是……QM_qixian？

QM？

"嗨兄弟，怎么不说话了？"那人还没退出游戏，问他，"你真没开挂？这么强的吗？不然我们两个加个好友，玩两局？"

"……行。"

QM 是国内目前吃鸡分部排行前三的俱乐部。

出去后，两人加了好友，果然，对方是 QM 战队的突击手，前两个月刚参加完国际比赛，蛮有名气，现在跟他一样，也在开直播，但并不在星空 TV。

不过喻延已经许久没关注过吃鸡赛事了，再有名气他也不认识，就当是排了个强力队友，两人从中午双排到下午，连吃了好几把鸡。

【主播这是什么运气，抽奖能抽到星空娱乐板块一姐的小号，单排能排到职

业选手?】

【唉,可我还是比较想看1老板,1老板今天什么时候来?】

【前面的是新来的吗？1老板通常只有在晚上才上来跟主播一起玩。】

"我们是……"喻延一顿,正儿八经道,"普普通通,网上邻居。"

第32章

又打了两把游戏，喻延看了眼时间，跟队友道别："就先玩到这吧，到吃饭时间了。"

"行。"那人道，"我的观众说你也是个主播？在星空TV？"

喻延："……对。"

"好，有空我会去看你直播的。"

看他直播做什么？

喻延没明白，但也不好多问，只能继续应好。

外卖来得很准时，他今天订的是酸辣粉，一打开袋子就闻见阵阵辣味，上面还撒着炒过的花生米，刺激得他口水直流。

他随手开了一个最新出的综艺节目，怕弄脏键盘，他在周围铺上纸，然后捧起碗，喝了一口辣汤。

香。

看的是破案综艺，喻延时不时会开麦跟观众强势分析一波剧情，就是没开弹幕——这群水友坏得很，一心只想着要给他剧透。

正看得认真，手机轻轻震了下，喻延随意一瞥。

1：邻居，在干什么？

喻延一愣："……"

一大口酸辣粉凝固在他唇上，半晌，哗啦啦全掉进了汤里。

这人的绰号更新得也太快了吧？！

他瞪大眼，仔细回想——他今天绝对没看见1进直播间。

喻延：……你在叫我吗？

1：不然？

喻延这回老实回答了：在吃饭。

易琛没回，拨弄着手上的猫尾巴，视线仍放在手机上。

果然，"正在输入中"的字样又出来了，反反复复好几回。

喻延：你吃饭了吗？

1：还没，刚到家。

喻延：哦……那个，邻居这词你是怎么知道的？你今天好像没来过直播间吧……

1：我在公司，用的小号。

这样。

喻延咬着塑料叉子，双手握着手机，斟词酌句了半天，都没能把今晚的游戏邀请发过去。

1会不会也觉得自己消费他啊？

他磨蹭了半天，直到手机震动传到了手心里。

1：今晚我不玩，不用等我。要出去一趟。

……这人怕不是有读心术。

喻延：好。

易琛靠在沙发上，西装裤上坐着一只小白猫，猫正伏在他腰带上，垂着脸，看起来可怜兮兮的。

他面前的玻璃桌上放着一台手提电脑，上面开着直播，主播已经许久没有开麦说话了。

1：喜欢猫吗？

喻延忽然觉得面前的酸辣粉也不是太诱人了，他把晚餐放到一边，专心回起微信。

喻延：喜欢，我看到朋友圈的照片了，很可爱，是流浪猫吗？

1：不是。

不是？

……居然有这么脏的家养猫吗？

1：还想看吗？

喻延：想！

虽然不是那么馋了，但肚子还饿着，喻延回复完后便低头吃下一大口粉。

听1这语气像是要给他发猫的照片，他连吸猫的姿势都已经想好了。

第32章

正吃得高兴,手机猛地震动起来,这次震动的力道比之前要大,且连续不间断。

喻延一边嘴巴鼓囊囊的,低头一看——

【1向你发起了视频通话】

"……"

"咳、咳咳、咳咳……"他这口气吸得太长了,辣味呛到了喉咙,咳得他整张脸都在发热,他赶紧拿起水杯,喝了大半杯水才缓过劲来。

视,视频?

对方的夜空头像闪烁在他的手机屏幕上,震动声不断催促着他。

他花几秒时间,把嘴擦干净,然后双手捧着手机,紧紧盯着这个通话请求。

接,还是不接?

身为一个资深声控,他实在是太了解这世界的残酷了。

他最初喜欢的那个播音员,啤酒肚比他的脑袋还要大。

后来喜欢的CV(配音演员),看上去体重起码250往上。

自那以后,他遇见喜欢的声音,内心就会下意识抗拒去了解声音的主人,他是声控,不是颜控,闭眼嗑就是了。

但如果不接……他估计得失眠好几天。

等他回过神来时,自己的拇指已经很自然地点下了绿色的接听按钮。

喻延心上一跳,屏息看着屏幕——

视频里黑乎乎的一片。

他疑惑地凑上前,点了点屏幕。

"乖点。"许是忙了一天,男人的声音微哑,还带了些倦意,"别往手机上凑。"

说完,手机屏幕上终于有了一丝光亮,男人的手率先闯进视线里,修长,骨节分明。他的手指曲起,把挡住摄像头的肇事者稍稍往后拖了拖,然后指尖探进它的下巴,轻轻挠了挠。

是一只白猫,看起来不大,尾巴尖上和下巴上有一点灰毛,黝黑的圆眼正微微眯着,享受着手指的按摩。再仔细看,还能看到猫咪坐着的黑色西装裤。

除此之外,只有一些家具入了镜。

这是什么神仙画面。

"看傻了?"易琛笑,"你的脸怎么这么红?"

喻延回过神来:"我……我刚刚在吃酸辣粉,辣椒放多了,呛到了。"

"嗯。"易琛抬手,在猫咪头上揉了揉,"怎么样?"

喻延拼命点头表示赞叹:"这手指真白。"

"……"

意识到自己说错了话,他又摇头:"不是……我是说这猫真长。"

"……"

"……"

喻延觉得自己没救了,极力挽回:"……这猫,真白。"

易琛实在忍不住,笑出了声:"手也长,是吗?"

"……"喻延放弃挣扎,"对。"

易琛:"医院洗了好久,才把它洗干净。"

喻延问:"你把它捡回来了?"

"嗯,今天带他去洗澡做了美容,看着舒服多了。"易琛道,"就是流浪久了,总想咬人。"

话刚说完,猫咪就忽然低下头,露出小巧的獠牙,咬住了他的指尖。

"松开。"男人晃了晃指头。

猫咪不为所动。

喻延听见他叹了声气,然后手机忽然一阵晃动,像是被固定在了某处地方,角度问题,喻延看到的更多了——松了一个扣子的白衬衫,和松松散散系在上面的条纹领带。

易琛伸出另一只手,在猫咪耳后轻轻挠了挠,重复:"松开。"

猫咪终于乖乖松了口,甚至还在指尖上讨好地舔了舔。

"……"

他半天才缓过来:"它是公猫母猫?有名字了吗?"

"公猫,叫延延。"

"?"

"不是你的那个言。"易琛道,"是延期的延。"

"……"

喻延正准备给自己扇风透透气,抬头就见直播账号里的私聊不断在闪烁。

【管理员03:经系统检测,您已挂机超过二十分钟,三十分钟内未恢复正常直播,将被扣除星光值,请注意。】

【干什么去了?打算放一晚上综艺?】

【吃个饭吃了半小时?】

【搞什么，看别的主播去了。】

"去直播吧。"易琛扫了眼电脑上的弹幕。

"等等！"喻延叫住他，然后问，"我能截屏几张它的照片吗？"

"可以是可以。"易琛敛眼，"不过没必要。"

"啊？"

"你想看，给我弹视频就是。"

易琛说这话的时候，看向了屏幕里的人。

男生紧紧抿着唇，他年纪太小，藏不住事。

易琛揉捏猫咪的力度重了些，小猫舒服得忍不住闭上了眼。

"……那好。"喻延道，"我会提前问你有没有空的！"

易琛轻笑一声："好。"

挂了视频，易琛把手机随手丢到桌上，又揉了猫两把。

"哥，我回来了……"易冉走进房子，发现他哥居然就坐在客厅沙发上，看清他腿上的东西后，易冉眼睛都瞪大了，"不是，哥，你还把它带回来了？"

"嗯。"

"带回来谁养啊？"易冉问，"放哪养？客房？"

易琛站起身，把猫放到沙发上："就在客厅。"

"行，刚好我有几个朋友特别喜欢养猫，三天两头就办什么猫咪聚会。"易冉走到沙发前，抬手掐了掐猫咪的下巴，嘿嘿道，"到时候我就带你出去见见世面。"

"那你得问它愿不愿意。"易琛转身走进卧室，"它的家庭地位可比你高得多。"

易冉："？"

易琛换了身衣服便出门去了酒吧。

好友莫南成一见到他，立刻朝他晃晃手，示意自己在这里。

莫南成给他倒上酒，放到他面前："两个月没见，你怎么样？"

"还好。"易琛拿起，抿了口，"那个项目拿到了？"

"拿到了。你是不知道……我这段时间都快喝到酒精中毒了。"莫南成摇了摇手上的酒杯，"你呢？今天怎么来晚了，你平时可是不迟到的。"

"养了只猫，带去洗澡了。"

"养猫？"莫南成瞪大了眼，不可思议地打量他，"你长得就不像是养猫的人……怎么，一时兴起？"

"算是吧。"

易琛像是想起什么，不自觉扬起唇，道，"那猫蹲在我车边好几天了，瘦瘦小小的，每次都眼巴巴地看着我，缠着我的裤腿就开始蹭。"

第一次从好友嘴里听见这么温情的事情，莫南成表情复杂："然后你就心软了？"

"没有。"

"那是？"

易琛食指轻敲桌面，带着意味不明的笑意，"觉得它很可爱。就抱回来了。"

第33章

喻延连着闭了几天的摄像头,气得水友每天都在弹幕下面嗷嗷直叫。

不过叫是叫,观众却没少,毕竟实力和技术摆在那里。看他直播没别的,就是图个爽,只要他手里有枪,看到人就上,还基本都能对赢,看起来特别舒心。

今天主播赛正式开始,熟悉他的水友一早就守在了他直播间。

喻延刚登陆上直播号,下面的弹幕就已经刷起来了。

【今天终于可以看到宝贝儿子了QAQ】

【真的,等你露脸比等女主播露脸还苦……】

【宝贝,我攒了一个星期的钱,就为了在主播赛里给你冲名次!】

"不用给我攒钱,能来看就好了。"喻延打开游戏,"大家理性消费,健康游戏。"

他打开摄像头,把视频界面一再缩小,然后放到了电脑屏幕最下方。

【干啥?怕走光啊?】

【我寻思着得网购个放大镜。】

喻延笑了:"不是,我怕一会挡住游戏界面,妨碍你们看直播。"

【你这样妨碍到我看脸了!】

【给老子放大!】

水友刷得厉害,他最后还是把界面调大了一些。他今天穿的白T,头发像是刚洗过,还有些湿意,眼睫上还沾了些水雾,眨眼的时候,电脑上方的摄像头能清晰拍到他的睫毛。

【这是什么睫毛精?】

【……被朋友推荐过来看的,真的好帅,爱了爱了。】

【我说这是星空里颜值第一的男主播,没人反驳我吧?】

【这是吃鸡分区，卖脸主播能不能滚远点。】

【卖脸主播？人家游戏实力比你主子强一万倍好吗？】

喻延没在意弹幕上的争吵，他刚上游戏，QM_qixian 的游戏邀请就发过来了。

他进入房间，就听见耳机里传来一阵喧哗。

"赶紧，想办法把他弄来。"

"我们又不是什么小俱乐部……"

"青训的都是些什么东西……"

说话的人距离麦克风有些远，喻延只能隐约听到"俱乐部""青训"几个字眼。

"不好意思，我这有点吵。"对方说完，又低声道，"你们小声一点，我在跟人双排！"

喻延嗯了声："没事，开吗？"

对面沉默半晌才有了声音："开，我这还有两个朋友，行吗？"

"都行。"

直到对方说的"朋友"进入游戏，喻延才觉得有些不对劲。

进来的玩家，名字前缀都是两个大大的字母——QM。

他还没来得及说什么，对方就点了匹配，他瞬间进入了素质广场。

【我的天，这都是 QM 的队员啊！】

【一个替补，两个主力，意思是让主播躺着吃鸡？】

【常年看吃鸡比赛的人在这里，主播的实力不比职业选手差（没开挂的话），谁带谁上分还不一定。】

一进游戏，队伍里其他人就聊起来了。

"你们什么时候回基地？"

"假期不是到后天吗？当然是后天的飞机回去啦，能多休息一天是一天。"

"我明天。"

既来之则安之，喻延把自由麦给关了，给水友们讲起新枪来。

"小言，你想跳哪？"

听见自己的名字，喻延道："我都可以，你们标吧。"

"那就跳机场吧。"另个人道。

吃鸡比赛和平时打游戏不同，很多战队都喜欢以发育为主，会提前整理出其他队伍喜欢跳的城镇而选择避开，经常出现一个城市只有一两个队跳的情况。

QM 就不一样了，出了名的机场队伍，战队成员各个都很刚，倒不是说技术

第33章

上能碾压谁,是其他队伍没把握能在全员存活的情况下打赢他们,没准还会被对方清掉,干脆选择避战。

【这可以当作是在看比赛了吧??】

【不,这比比赛还要爽,比赛机场有个屁的人!】

【这么说来,QM这个战队和主播的风格还挺搭的,我有一个大胆的想法……】

弹幕里讨论得热热闹闹,喻延没仔细看,点头道:"好。"

"你比较擅长打哪？C字楼还是警局？"

喻延说:"我都可以。"

"那就C字楼,2号。"

喻延落地后快速捡枪进屋,这一局航线离机场极近,跳伞的时候就跟下饺子似的,人数非常夸张,他才进了一个房间,身边就响起了接连不断的脚步声。

因为队友也都在附近,从脚步声上不好分清敌友,喻延干脆躲在楼梯角落,用地理位置的优势偷死了两个人。

三号叫了起来:"我没子弹了,旁边有人。"

"自求多福吧,我就十发子弹,这儿太穷了,先溜了。"

三号:"啧,算了,算我倒霉,杀的都是些穷鬼,我翻窗下去吧,死就死了。"

翻窗会响起玻璃破碎声,现在机场人山人海,把自己暴露在空地上很容易被当成靶子打。

"我来找你。"喻延舔完包,问,"有几个人？"

三号:"别来了兄弟,我这起码两个,其中有个ID一直在右上角刷屏,是个会玩的。"

喻延朝三号的方向跑去:"没事,我打不过再跑,放心,我很惜命的。"

"哈哈哈,成,那你来吧,我这还有四发子弹,看能不能出点力。"

喻延很快到了附近,刚露了一点头,头盔就被打没了。

三号说得没错,对方确实会玩,他们仗着人数多,基本不躲着,大半个身子露在外头一直瞄着他,只要他一露面,必吃枪子。

"兄弟,你枪准不？"三号在后面偷瞄到了情况,忽然问。

喻延想也不想:"人称神枪手。"

"……行。"三号道,"我这还有把小手枪能勾引下,我先开枪,你抓准时机。"

他说得很笼统,喻延却一下就明白了:"没问题。"

三号在后面开了几枪,对方举着的枪终于放了下去,在敌人转头的那一刹那,喻延立刻探身开枪——

【你以 M16A4 击倒了 98Kxiannv】

跳出白字的同一时刻，对方立刻反身回击，喻延也完全没有避战的意思，两人就着一小段距离对了几秒的枪——

【98Kyangyang 以 AKM 爆头击倒了你】

AKM 的伤害要比 M16 高得多，再加上杀第一个人时就吃了几发子弹，喻延应声倒地。

他喊出声："差一枪！"

话还没说完，又是几声枪响！

【QM_luoluo 以 UZI 淘汰了 98Kyangyang】

"我知道，死了。"三号把人杀掉后也不急着舔包，跑过来扶他，"兄弟，玩得挺好的，确实神枪手。"

喻延看着那些嘲讽他菜的弹幕，笑道："不好，没对过。"

"你残血跟他对的，再说了，你什么枪，他什么枪？人枪的伤害就碾压你一大截。"

喻延没再谦虚，舔完包后就转身出了大楼。

机场很快被他们清理完毕，他们仍是满编队，喻延打开地图看了眼，他们还在圈中间，另一半圈刷到了外面的海上。

三号笑了："我怎么觉得我们这局是天命圈啊？"

天命圈，指跳落的地点从头到尾一直在安全区里的意思。

一号："八成是了，走，堵桥。小澜你找地方狙人，我们三个去桥上。"

四号："OK。"

QM 三人的配合默契很足，他们守了大半天的桥，足足杀了三个队，其中还有两个是满编队。

喻延掺在其中，适应得很好，听着三号的指挥指哪打哪，根本不用担心四周的其他敌人。

这局游戏，他们这个满编队在天命圈吃了鸡。

"爽！"三号大喝一声，继而亲密道，"来小言，我们继续！"

四人玩了一个下午，喻延打得酣畅淋漓，他已经很久没有过这种感觉了——发挥好的时候不用顾虑队友，发挥差了，身后还有三个大后盾。

又是一局游戏结束，喻延算着时间，外卖应该要到了。

第33章

他正准备离开队伍，队友突然开了麦。

"小言，你玩儿得不错啊，想没想过打职业啊？"

喻延一愣，想说的话也忘了个精光。

【我的想法难道要成真了？！】

【QM 不是不缺人吗，想招主播去当替补？】

【太牛了吧，这算不算是变相承认主播很强了？打了几局游戏就被邀请进战队，想都不敢想。】

知道场合不合适，另一个人赶紧开口补救："人在直播呢，你别跟他乱开玩笑！"

"啊？哦……哇，我还以为他是晚上才直播……开个玩笑哈哈。"

喻延配合道："哎，我白高兴一场。"

嘴上是这么说，脸上的表情却淡淡的。

易琛进直播间时，看到的就是他这副淡漠的表情。

他眯起眼，又看了两眼，发现小主播眉头微皱，眼底甚至还有一丝排斥。

"哈哈，我们继续？"

"不玩了，我……"喻延顿了顿，在找离开的借口。

他缩小游戏，刚好看到直播页面顶上的马车动画。

看到 1 的 ID，喻延眉头骤然松开，脱口而出，"我老板来了，我得去带他。"

"直播间里的老板吗？那行吧。"那人说完，又道，"那我们加个联系方式？以后可以一起玩。"

"好。"

加上 QQ，喻延就直接退了游戏房间。

弹幕上已经炸了锅。

【一言堂来了。】

【职业选手哪有老板重要:)】

【打什么比赛！我只想看你们好好打游戏！摔！】

喻延："……"

手机冷不防响了声。

1：拿我当挡箭牌？

没想到居然被看了出来，他心里慌乱半晌，很快镇定下来。

喻延：没有，我是真想跟你玩。

这也不算是说谎，他应得理直气壮。

1：哦？

怕他不信，喻延拼命解释。

喻延：真的，你一进直播间我就看到你了。

1：这么关注我？

喻延心想，就算我不关注你，你进来时头顶这么大的动画，想看不到都难啊。

喻延：对……那你玩吗？

1：你都这么哀求了，我不来也不行。

"……"

喻延傻了，呆滞地往上滑动聊天记录。

他哀求了？

他哪里哀求了？

……没有吧？？？

【主播在跟谁聊天这么入神？女朋友？】

【女朋友？！我不信！我不信！】

等易琛进入游戏房间时，喻延还处于恍惚状态。

水友们还在激烈讨论着他"女朋友"的事。

【长这么好看，有女朋友才正常吧？】

【我不能接受！】

【你们看清聊天内容了还是看清聊天对象了？这就盖章女朋友？】

"在这里聊，我手机放着充电了。"

男人一开口，弹幕瞬间就跟静止了一样，屏幕上登时空了一大块。

易琛尚未察觉不对，他扫了眼弹幕，又轻飘飘地问了句："一言堂是什么？"

第34章

喻延也不知道是什么,但他直觉不是什么好意思。

他紧张得不断眨眼,转口问:"那个,猫今天还好吗?"

"延延?"易琛敛眼,看了眼趴在自己脚边睡觉的猫,"他很乖。"

"……"

【什么?谁乖?】

【可惜了。主播如果去打职业,这操作和这颜值,妥妥吸金神器。】

【主播当然不敢去打职业,毕竟比赛期间不能开挂啊。】

【楼上阴阳怪气说什么呢?上面挂着的公告栏没看见?瞎了?】

【公告栏算什么?星空就他这一张公告栏,我还说是他买通了管理员走后门弄来的呢。】

【网站公告不信,游戏检测也不信,怎么,就你牛就你全世界最清醒是吧?】

【颤动心脏被管理员03禁言三天。】

弹幕大多还停留在QM队员带起来的节奏里,越吵越热闹,房管封不过来,连管理员03都动手封了人,见管理员出面,阴谋论的黑子们闹得就更欢腾了。

喻延一直觉得挺奇怪的,从那个QQ群他能看出来,管理员03并不只是管理他这一个直播间,甚至在其他直播分区他也有话语权,怎么就天天守在他直播间里挂机呢?

【团团:车队还有位置没,可以捎上我们两个小可怜吗?】

卢修和最近忙着考证,每天就扎在书桌上,上网时间少了许多,喻延这几天都是单排或是抽水友四排。

"可以。"喻延仿佛看到了救星,马上把两人拉了进来。

"不是吃饭时间？"易琛问。

"没关系。"喻延开了游戏，到素质广场后便兜兜转转，然后走到易琛的游戏人物面前，停了下来，"外卖还没来……晚点再吃也行。"

露露一进来就问："老板，我发现你都是晚上才会出没，你刚下班？"

"嗯。"

"上班族啊，那平时白天不是都看不了直播了？"

"能看。"

团团接着问："没见你来直播间，你看别的主播去了？别呀，你要是看腻小言言直播了，可以来看我和露露的。"

喻延越听越不对："你们这是在……挖墙脚吗？"

"不不不，我们是坚定的一言堂护法。"团团道，"但是肥水不流外人田嘛。"

易琛笑了声："没看别人，只是开了小号……一言堂到底是什么？"

【开小号？！】

【我上班都要偷偷摸摸地开着你的直播间！】

【这局怎么开的海岛？想看雨林，玩海岛还带三个拖油瓶，感觉很浪费时间。】

"一言堂是水友给你们两取的名字啊！"

居然还取了名字？！

喻延愣了愣，忙支支吾吾道："什么名字……我们跳哪？"

"给我们取的名字？"易琛一挑眉，"为什么是这个？"

露露脱口而出："因为好听啊！"

听她说了大半天，易琛算是明白一些了。

喻延："……"

他觉得自己实在是太冤枉了。

【老板，主播赛开始了，你怎么没点表示啊？】

【隔壁老鼠直播间已经有老板刷起来了哟！欢迎大家去看热闹！房间号是……】

趁还在飞机上，喻延直接打开直播间页面，把那些在刷其他主播直播间号的人踢了出去。

也是切出去后，他才看见直播间顶上的那些刷屏信息的。

【击杀王老鼠在星空TV、老鼠直播间送出一场流星雨】

这种消息一连刷了好几条，并且还没有要停的趋势，喻延只扫了一眼便回到了游戏。

但他的粉丝被那些来宣传的黑子激怒了,也跟着刷起了礼物来,虽然刷的都是小价值礼物,但人数多,他切回游戏时甚至还感觉到了一丝卡顿。

【平时看的观众这么多,比起人气来还不是不能打,一群看脸的小姑娘,你还指望她们给你砸榜?】

【是是是,我们这小直播间容不下你,赶紧滚回你的老鼠坑去吧。】

【不好意思,我男的,且觉得主播的直播质量比那老鼠好得多,老鼠天天只会发红包吸引观众。】

"这个活动我重在参与,只想混个活动期间的首页榜单。"喻延道,"大家能来看已经很感谢了,不用破费。"

因为是一带三的局,他们跳的是上城区。

喻延操纵着伞,道:"我去城尾,你们从中间搜,一路搜到城头,我到时开车去接你们。"

易琛:"我跟你一起。"

"好,那我左边,你右边?"

"嗯。"

易琛正搜着东西,手机响了起来,他低头扫了眼,半晌才点下接听。

"在哪呢?"莫南成道,"我最近知道个好地方,去不去?"

莫南成的性格和易琛相反,除了工作外就喜欢泡吧开派对,用他的话来说,人生短短几十年,少快活一天都是吃亏。他们两个人能成为好友,还挺让周围的人意外的。

"不去。"易琛道,"打游戏。"

"打游戏?"莫南成一噎,"你最近怎么回事?"

耳边一声枪响,易琛说:"没事就挂了。"

"等会。"莫南成赶紧叫住他,"今天不来没关系,周五晚上你可一定要腾空。"

"什么日子?"

"我生日!"

"三十岁了,还过生日?"

"怎么的,我就是以后七老八十了,也要请一百个年轻人来我寿宴上蹦迪。"

易琛道:"行,到时你就算不请,我都给人把你搬来,挂了。"

重新戴上耳机,就听见里面的人一直在叫他。

"老板，老板不在了？"露露道，"他游戏人物一直在动啊。"

易琛："在，接了个电话。"

"跑毒了。"

他打开地图看了眼，两个女主播都已经开车跑远了。

小主播在他所处的房子外面，开了辆摩托等着，也不催他。

"搜完了吗？"见他出来，喻延问。

"接电话，没怎么搜。"易琛道，"走吧。"

喻延看了眼自己身上的药，也不够两人再继续搜了，于是他点头道："没事，一会遇两个人就有了。"

进了安全区，他们找了个野区小房子蹲着。

露露走到某个房间里，往下一蹲，开麦嚷道："我们分一下东西呗。"

玩家搜东西的时候，见到好东西且在自己有的情况下，一般都会帮队友多带一个，事后再把配件分一分。

喻延是最后一个进屋的，他想了想，跑到1身边挤着蹲下了。

"那边这么大空位，你非要来这挤干吗？"露露说完，作出一副恍然大悟状，"……对不起，是我僭越了，我这就滚。"

说完，她笑嘻嘻地起身跑到了团团那头。

喻延："不是……"

易琛问："怕我抢不到？"

"……"喻延没说话，趁对面两人不注意，又往他身边凑了凑，然后往地上丢东西，边丢边念，"扩容，四倍，托腮板……"

"都要被你挤开了。"易琛笑了声，往地上丢了个快速扩容，"你用这个，我拿扩容。"

"好。"

四人蹲在房子里就不打算走了，他们在的野区刚好是圈中心，一直到下个圈，他们都不用跑毒。

喻延正打量周围的环境，想看看有没有敌人，就发现左上角的弹幕助手滑动速度快了不少。

【嘶……你们快看观众席，这老板怎么又过来了？】

【是要来撕的吗？搓手。】

【可能他和主播私底下和好了？】

第34章

【不是！你们快看他的观众信息！里面的献星榜第一居然是老鼠……都成守护者了。】

【这人刚刚在老鼠直播间刷了好多的礼物，还真是个大老板。】

一直到游戏结束，弹幕都没有要停下来的趋势。

没吃到鸡，喻延有些遗憾，他退出去一看，明白弹幕为什么刷得这么凶猛了。

他直播间的献星榜上，"永不吃鸡"四个大字正亮着。

是上次被他退了礼物的老板。

周言进来不为了别的，就是专程来给喻延添堵的，之前退还的星光币他收到了，但这点钱他还真不在乎。

他还是第一回遇到这种不给面子的主播，回去之后独自气了大半会，趁这次主播大赛，他就想让这主播知道，自己错过了一个多大方的老板。

喻延退出游戏后，扫了眼贡献榜，盯着看了好几秒。

周言哼笑一声，自觉把他的目光理解为后悔和失落，再看着弹幕上的吹捧，心里舒坦得很。

谁想下一秒，一个信息突然弹了出来。

【永不吃鸡被 yanxyan 由频道房管调整至普通用户】

周言一愣，不由自主地坐直了身子——这人居然把他的黄马甲脱了？！

操作完后，喻延切回游戏，语气随意："不好意思老板，之前你送的礼物我已经退给你了，房管当然是要收回来的，你理解一下。"

第35章

周言气得头脑发热,他手搭在键盘上,噼里啪啦就是一顿打,键盘声响彻整个办公室。

好不容易打完一句冷嘲热讽的话,他发泄似的用力摁下了回车键。

结果不仅消息没发出去,网页还弹出了一个窗口来——

【永不吃鸡被频道房管1踢出了直播间】

【666】

【这两人都太刚了吧哈哈哈哈我的天。】

【我要是那老板我得气死哈哈哈哈!】

【不是……我就想问问,给老板上黄马甲不是图个观赏性么?我记得在别的直播间,老板都是不能踢水友的。】

喻延也是一愣,不过他很快回过神来:"别人不行,1可以。"

说完像是觉得哪儿不对,他又补了句,"……是我让他踢的。"

易琛笑了声,心道这人撒谎技术真差。

第二局游戏,团团她们非要去P城感受一下对枪的快感,结果一落地三个人就成了盒子。

喻延独自杀出一条血路,带着一座城的物资坚强地打到了决赛圈。

游戏只剩下五个人,他屏息趴在草地上,紧张地望着四周。

这时,耳麦里突然传来一声不轻不重的:"啧。"

喻延一顿,问:"怎么了?"

"我后悔了。"易琛语气淡淡,"刚刚不该把他踢出去。"

"?"

"应该先禁言,让他在直播间里站着挨会骂。"易琛问,"你没有他好友?让他再回来一趟。"

"……"

【哈哈哈哈我服了】

【我笑到头掉,你是魔鬼吗? 】

【每次我跟人吵架,事后都会很懊恼,觉得自己没有发挥好……】

【太真实了.jpg】

播到十二点,直到关了电脑,喻延才觉得眼皮子沉得发慌。

最近他总是播超时间,一天起码十二个小时坐在电脑前,久了确实有些受不了。

洗漱完回到床上,发现手机上全是信息。

团团:1老板怎么一点动静都没有? 他不给你冲榜吗。

团团:不过冲不冲都没关系啦,你看开一点,这活动都是水分,他送了也是浪费。

团团:如果让老鼠刷到击杀王……露露怕是要疯。

说实话,今晚1没有给他砸礼物,他心里反倒还舒服了许多,别人也只是个上班族,这个月都给他砸了三四万块的礼物了……就算月薪再高,也得要两个月的工资了吧?

喻延:什么水分?

团团:就是刷榜呗。老鼠今天一晚上收了六多万礼物,你觉得可能吗? 就他那点小屁观众。其实大多都是他自己出钱砸的,就为了得奖。我敢保证,你过两天再去看,他的礼物数量估计都要超过三十万了。

喻延:……三十万? 有必要吗,就算得了奖,奖金也就只有二十万啊。

团团:你傻呀,谁冲着那小破二十万去? 都是为了奖品里的榜单,你知道上个首页、分频的人工榜单能有多大的曝光度吗? 而且他不是和你在一个项目里吗,只要拿了那几个榜单,你就怎么都打不过他了。

团团:再说,你忘了? 礼物是主播和官方五五分成的,他花钱刷了这个奖项,还有一半会返还到他手上。

榜单的曝光度喻延是知道的,他当初上的热度榜在分区榜单的最下方,都给他带来了不少观众。

没想到现在连比赛都已经是有钱人的游戏了。

喻延:那露露又是怎么回事……

团团：这个……露露和香蕉之前是男女朋友。后来香蕉攀着她火了，就把她甩了，现在都换了不知道多少任女朋友了，呸！

喻延瞬间明白了。

老鼠是香蕉的亲戚，看起来也像是香蕉接下来想培育起来的主播。

怪不得她们会愿意来给他带人气，原来是想让他跟老鼠打对台。

他敲键盘：那你们……

还没打完，眼前的页面忽然一变，手机轻轻震动了一声——

他还没反应过来，就被屏幕右上角自己那张大脸吓着了。

1给他弹了视频，他打字时不小心按到了接听键。

他吓了一跳，愣了几秒后立刻翻身起来，随手拨了拨自己的头发："……怎么了？"

"给你看猫。"男人笑了声，指头摸着猫耳朵，催道，"延延，打招呼。"

喻延："……"

他怎么就听得这么奇怪呢？！

猫自然是不会听他的，还上来轻轻撞了下手机。

喻延看着男人的指尖，点头，认真道："真可爱。"

易琛看着屏幕，因为躺久了，男生前额的碎发有些变形，额头稍稍露了出来，眼底还带着些血丝。好在虽然成天坐在电脑前，但他的皮肤似乎没受什么影响，白白净净的。

看起来还挺招人疼。

半晌，他问："那个主播赛，想赢吗？"

喻延一愣，下意识高声道："不想！"

易琛挑眉，笑了声："我只是问问，你紧张什么？"

"我怕你给我砸礼物。"喻延老实道，"你给我砸得太多了，等我下个月把钱提出来，还一些给你吧？"

多？

易琛想了想，他没记错的话，自己也就砸了一点吧，他平时开一瓶酒都不止这个价钱。

见他不吭声，喻延还以为对方是不好意思了："你放心，我不会告诉别人的，到时候我可以私底下转给你。"

易琛觉得好笑："我看起来很缺钱吗？"

第35章

"不是不是。"喻延道,"我只是觉得你……赚钱不容易。"

易琛这回是真笑了,哑声道:"是挺不容易。"

喻延戴上了耳机,被这低沉的笑声刺激得耳根子都麻了,小声道:"所以……"

"你对每个砸礼物的观众都是这么说的?"

喻延一愣:"没有。"

"那怎么总想着给我省钱?"

"……"

"给谁省钱?"那头传来一阵开门声,然后是一道熟悉的声音,"哥,你在跟谁聊天呢?伯母?我跟她打个招呼……"

易琛抬头一看,易冉光着膀子,下边穿了条短裤,睡眼惺忪地从客房走出来,还边说边要凑上来看屏幕。

在对方就要看清屏幕的那一刹,他指尖轻轻一勾,手机应声而掉,盖到了桌上。

易冉一愣,反应过来了,他瞪大眼:"哦——我明白了。"

喻延盘腿坐在床头,听到那边的人刻意压低了声音。

"哥,你有小秘密了。"易冉神秘兮兮地问,"……你交女朋友了?"

易琛面色不变:"我看你最近挺闲的。"

三言两语把人赶走,易琛拿起手机一看,微信已经跳回了聊天页面。

小主播:对方结束了视频通话,通话时长 05:31。

小主播:我睡了,晚安!

小主播:[盖被子.jpg]

第二天,直播页面里多了一个人气榜,上面是主播所参加奖项的实时榜单。

喻延直播间上显示的是"年度击杀王"的榜单,他粗略看了一眼,第一名是老鼠,人气七万多,甩了第二名四万多人气。

他在第六,人气六千,跟前三名差的不是一丁半点。

他刚上线,私信就亮了起来。

【管理员 03:亲爱的主播,在星空 TV 主播大赛进行时段,每日通过微博分享直播间,将获得一定的经验及人气奖励,详情请戳……】

喻延随便扫了眼就关了私信,他都不打算冲名次了,也没必要浪费时间去折腾这些。

谁想私信被观众们看见了。

【主播有微博吗？叫什么？想关注！】

【微博上会发自拍吗？】

【早就想问了！现在哪还有主播不开微博的？你以后开播前把直播链接放在微博上，我们帮你转发啊！】

【啊啊啊可以私信聊天吗！！】

喻延当然有微博，是上学时期被卢修和带着一块注册的，他每天都会上去逛逛，毕竟像他这种职业，成天宅在家里，再不通过网络了解一些实事都要跟社会脱轨了。

不过他只看，不点赞也不发微博，上面仅有的一条微博还是开通微博时的自动发送内容。

"我有微博。"喻延看了眼弹幕，觉得他们说得也有道理。

平时直播时都在玩游戏，确实有些水友弹幕顾不上，开通了以后也有个跟观众沟通的地方。

他想了想，把微博的名字给改了。

"好了，微博 ID 是 yanxyan，以后如果有什么事可以给我留言……我有时间都会看。"

话音刚落，粉丝那栏立刻就跳出了涨粉提示。

他随手点开，扫了眼粉丝列表，一下就被中间的某个微博账号引去了目光。

毕竟这账号头像他实在太熟悉了——夜空和一轮圆月。

他昨天还在跟这头像视频。

【延延他爸关注 1　粉丝 0】

第 35 章

第36章

喻延立刻点了回关,然后想也不想地点进了对方的主页。

里面比他的朋友圈还要干净,一条微博都没,反倒比他这僵尸号更像小号。

他没多想,关了微博,在开游戏之前,发现卢修和的 QQ 居然亮着。

喻延:玩吗?

你卢大爷:啊,你玩,我在玩 LOL 呢嘿嘿。

喻延立刻想起一年前,卢修和连续十盘被上野下联(陌生单人玩家与组团的多人玩家)合坑了,超神都没法赢游戏,气得摔键盘放话:"老子以后再玩一次 LOL 就是弱智!"

喻延:不是输怕了?

你卢大爷:怕是怕了,但现在不一样……

喻延:哪不一样,改版了?

你卢大爷:[图片]嘻嘻嘻嘻嘻!

喻延打开图片一看,图中是个奶妈(游戏中治疗系职业的称呼),穿着星光美少女皮肤,头顶上的名字是"小仙女要抱抱 QAQ"。

他还没明白过来,卢修和又发了张图片,里面的男性人物名字是"好好好抱就抱"。

你卢大爷:这是我 [大笑]

喻延:网恋快乐。

【主播也玩英雄联盟吗???】

【这种名字的妹子我一个能秒五个。】

【网恋有风险,玩心请谨慎。】

"哪个网瘾少年没玩过LOL？"喻延道，"玩了一段时间，发现还是喜欢射击类游戏。"

刚说完，私聊跳了出来，是小房管。

房管012：小言，我提醒下你，你已经十四级了，竞猜功能已经开启了~

竞猜功能也是吸引观众的一种方式，很多观众就算不看直播，也会挂在直播间里玩竞猜。

喻延回了个好，然后问："有人想玩竞猜吗？有我就开。"

【废话！！我在你这蹲了这么久，就是想玩竞猜！】

【快点，已经准备好发财了！】

喻延初次操作，开了两个竞猜盘。

"吃鸡"和"不吃鸡"、"能六杀"和"不能六杀"。

他原先是想开五杀盘的，但他打法一向比别人要凶一些，十局起码五局能五杀，干脆提升了些难度，多添了个人头。

盘刚开，"能六杀"这一边立刻被押注了几十万的豆子。

喻延吓了一跳："大家理性竞猜……"

【在这直播间，六杀就是白送豆，兄弟们跟着我压就对了！！】

这弹幕一出，"能六杀"这一边立刻又多了不少豆子。

喻延失笑，也没再劝。豆子本身就是签到、送礼物获得的，不能套现，就是图个爽。

他开了场随机四排，刚进游戏，就听见一号问："有人吗？"

喻延打开麦克风："有。"

一号顿了顿："三号，你声音好耳熟啊。"

"是吗？"喻延道，"经常有人这么说，我是大众音。"

一号："……"

二号："跳哪里？"

四人商量完后，决定跳在G港。

这一局的队友还挺活跃的，也没有新手在，一落地，语音里就都是队友们报点的声音。

喻延连进了好几个集装箱都没看见枪，外面已经枪声四起。

四号："我这一个队，有人过来吗？"

二号："来了。"

喻延就在附近，他道："我这没枪，找到了我再去支援。"

"没事，三号你来，我丢一把冲锋枪给你。"二号道，"还能给你几十发子弹，够用了，应付着。"

喻延没客气，转身往二号那跑去："好，来了。"

谁知他还没跑到二号那边，敌人就已经率先开了战，其中一个队友应声倒地。

四号叫道："哇哦！我击倒一个！二号你来补死！对面楼窗户，破坏他们游戏体验！"

说话间，二号已经把那人补死了，然后立刻缩了回去："打不过啊，我先打个急救包。"

喻延跑到四号的盒子旁边，以最快的速度舔走 AKM，在敌人的枪声中躲到了二楼。

二号："他们攻楼了……我打倒一个……我没了。"

几道脚步声在下面不断响动，喻延趴在地上："还剩两个人？"

正在观战的四号点头："对，不然你翻窗跑吧。"

"我拿了你的枪，没道理就这么跑了。他们在舔包吗？"说完，喻延把游戏语音调成了全屏语音。

"没有，他们还挺会玩的，哥们不然你跑吧，我的 AK 就三十发子弹啊……他们上去了，上去了——"

一号忽然开了口："放心，三号很牛。"

话音刚落，在他们冲上二楼的那一刹那，喻延从楼梯侧面一个翻身，落地之前枪头朝下，直接爆掉了其中一个人的头。

击倒其中一人后，他还开麦问："兄弟，你们怎么欺负我落单的队友啊。"

大家没想到他会直接跳下楼梯，最后剩下的人先是一愣，迅速转身回击。

喻延却已经瞄准了他的脑袋，对方的一级头根本不经打——

【yanxyan 以 AKM 爆头淘汰了 SSss_8391】

四号："……兄弟，你真牛。"

喻延笑了声，低头舔包："还行。"

他落地搜了半天都没搜到什么东西，这一战过去，直接舔了六个包，成功成为 G 港最肥的那一个人。

他看了眼地图，发现自己仅剩的一个队友就在三栋楼开外不断转悠。

二号问："一号，你离这么近，刚刚怎么不过来帮个忙啊？"

一号："我刚刚没枪。"

"需要配件吗？"喻延不太在意，道，"这里很多，过来拿。"

一号很快就来舔包了，没再吭声。

从G港出来，喻延已经拿了五个人头。

他身上装备很好，没忍住弯起眼来，笑道："五杀了，再杀一个就可以结账了……不然再开一个八杀盘吧。"

之前的两个竞猜盘直到游戏一开始，就会封盘。

房管很听话，立刻帮他开了新盘，才开不到十秒，"能八杀"这一边立刻多了几百万星光豆。

进了圈，喻延远远瞧见一道黑影，四倍镜一开，捕捉到一个正停留在原地喝饮料的敌人。

他笑了，朝对方的头部瞄去："六杀盘应该可以结账了……"

砰！

一声枪声响起，在场的观众直接傻了——这并不是来自主播手中AKM的声音！

喻延正瞄着，却见自己的人物忽然被枪击中，他收镜动作几乎没有一丝迟疑，直接一个转头，也不开镜了，对着声源处就是一顿腰射！与此同时，对方也在朝他开枪——

【你以AKM击倒了UUMTOM88】

【队友误伤】

"我！"一直在观战的其他两个队友也傻了，"一号你在干吗？"

方才朝喻延开枪的，居然是自己的队友。

一号匍匐在地上，动也不动。

待喻延换好了子弹，一号才开了口："我看错了。"

喻延却不信："你是不是认出我来了？水友？"

之前敌人攻楼的时候他就隐隐觉得不对劲了，后面这一号更是一言不发，有两回还想跟他抢盒子，可惜动作慢，抢不过他。

那边沉默了半响，才有了回音："是啊，我是水友，就是跟你开个玩笑而已，你拉下我呗。"

喻延哦了一声，然后直接抬枪把人补死了。

"你刚刚差点让我水友们的星光豆打水漂，还拉你？想多了。"喻延把他的包舔干净，对面山头的人也已经不见了，他转身往圈里跑，语气淡淡，"房管，六杀盘给水友们结个账。"

【不会吧，老子攒了这么久的豆子全下下去了，差点被这孙子给弄没了！是哪个脑残在狙击人？滚出来挨打！】

【刚追加八杀，主播就差点凉了，心慌慌……】

【这水友一看就是故意想把六杀盘弄凉，合理怀疑他压了反面盘。】

房管结账速度很快，三分钟后就把六杀竞猜盘结算完了。

就在星光豆全部清算完毕的那一刻，直播间的网页背景突然变成了黑色，紧跟着，无数颗星星亮起，不时还有流星闪过——

【延延他爸在 yanxyan 直播间送出了一片星海，三十秒后直播间所有观众均获得小火苗*1，并随机散落 300 个星盒。】

彼时喻延正在跟人对枪，看到弹幕助手里弹出来的礼物消息，吓得手一歪，枪头直接飞到了天上去——

【DIRRM 以 M416 淘汰了你】

喻延："……"

他退出游戏，果然，弹幕上已经炸了。

一片星海，星空 TV 目前最贵的礼物没有之一，很少人会送，毕竟流星也有全屏通报，化成流星雨还能连续刷屏几次呢。

大家都在惊呼他的直播间又多了个大老板，只有喻延，发了几秒呆后，立刻抓起了手机。

喻延：？？？

1：？

喻延：钱烧着你了！

语气还挺冲。

易琛盯着这行字，没来由笑了声。

1：这都能认出我？

喻延：……

现在是说这个的时候？

他继续敲键盘，心里想着这次一定要把钱退回去。

对方却比他还快，直接发了张照片过来，他点开一看，上面是一个系统消息。

【恭喜您在 yanxyan 的直播间竞猜"能六杀"成功，获得星光豆 193 颗。】

1：赢了豆子，我高兴。

"……"

193 颗星光豆，登录两天就能拿到手。

您的高兴也太随便了。

喻延动动手指，算上之前的，直接给转账，对方几乎是瞬间就退还回来了。

1：你这是在刷榜？

喻延一愣，没明白：什么意思……

1：这礼物给你加了一万的主播赛人气，你再给我转钱，难道不是在花钱买人气？

喻延：……

1：行了。我开会，晚上再说。

这之后，喻延发过去的消息再没得到回应。

他叹了声气，把手机放回桌上。

连着直播了一个下午，喻延的直播间人数直接从五万暴涨到了十二万。

新观众里，一部分是被那个星海给吸引过来的，另一部分是专门来玩竞猜的。

连续六把游戏，把把五杀以上，这跟免费领豆子有什么区别？

直到外卖晚餐送到，喻延才暂时停了下来，随手开了个综艺便去取外卖。

回来时，看到手机上跳出了一条 QQ 消息。

QM 杞县："在吗？什么时候有时间聊聊？"

喻延："现在就有，什么事？"

QM 杞县："嗯。就是我朋友之前在游戏里提过的，关于战队的事。他不是在开玩笑，只是当时观众太多了，我们怕你为难，就改了口。"

喻延面色一变："……"

QM 杞县："大家一起玩了这么多把游戏，我就不跟你兜圈子了。我们队伍正在招突击手，当然，进队得先打一段时间替补，不过明年年初我们队伍有突击手要退役了，只要不出意外，你到时候就能转正式队员。"

看到"替补"和"正式队员"这两个字眼，喻延只觉得喉头一哽，连饭都不想吃了。

他抿唇，强忍着心底的不适，快速回复："不好意思，我不打职业。"

对方没想到他会拒绝，愣了许久，才回复："为什么？担心赚不到钱吗？虽然现在不方便细说，但我们战队待遇很好的。"

喻延："真的不了。"

杞县没打算放弃，实际上他们教练已经在 yanxyan 的直播回放里观察了好几天，这回他就是照着教练的命令才来发出邀请的。

"你如果不放心，可以来我们基地看看，咱们面谈。你是哪里人？我们基地在晋城，每天都有人在里面训练，你随时都能来，飞机票钱可以报销。"

喻延："我不会打职业，你不用在我这浪费时间。"

杞县："为什么啊？你不是……不上学了吗？既然能直播，家庭方面应该也没什么压力。不然你把原因说一说，我看看怎么处理？"

这话里的字眼太戳心，喻延深吸一口气，有些没缓过来。

半响，他忍着把对方拉黑的冲动，僵着手指关闭了对话框。

他打开外卖，是刚做出来的盖浇饭，上面还散发着热气，是他平日最喜欢吃的黄焖鸡。

他埋头，匆匆扒了两口后便丢到了垃圾桶里。

回到直播后，竞猜盘又开了，"能六杀"这一边再次被压到爆盘。

【主播吃饭这么快？】

【估计赶着回来给我们送豆子吧，良心主播哈哈哈】

【来吧，我攒了十年的豆子今天终于有用武之地了！】

竞猜都是房管在操作，喻延一句话没多说，直接进了游戏。

第一局，主播跳机场，落地成盒。

第二局，跳上城区，主播独自闷头搜了大半天，被人一枪爆了头。

……

第六局，主播死于跑毒。

【死于跑毒？！这像话吗？】

【主播怎么回事，吃个晚饭把魂吃丢了？】

【这是官方派来骗我豆子的吧……】

【我从第三局就看出来他状态不对了，现在压翻盘，之前输的都快赢回来了。】

【主播脸色好差，是不是身体不舒服啊？】

看着自己的游戏人物倒在安全区外，喻延烦躁地抬手揉了揉眼睛。

半分钟后，他放下手，直接关掉了游戏："抱歉，今天状态不好，就不在这播些垃圾游戏内容了。今天请个假吧，明天照常时间开播。"

然后他在弹幕的一大串问号里，直接下了播。

电脑屏幕黑掉后,喻延往椅背一靠,闭眼沉默了许久。

直到眼底的困倦散去一些,他才有了动作。

他站起身来,捞起床上的外套,转身出了门,关门时力道没控制好,碰撞声响彻一整条楼道。

第37章

晚八点，路上人不多。

几个穿着校服的学生从他身边经过，手里还拿着小吃，空气中弥漫着食物的香味。

他吸了吸鼻子，突然又有点想念刚刚被丢到垃圾桶里的外卖了。

坐上的士，出租车司机从后视镜问他："小伙子，想去哪？"

"去……"喻延卡了壳。

他也不知道要去哪，只是走久了觉得脚有些酸，刚好来了辆的士，他就顺手拦下了。

他想了想，道："去春博岭。"

司机的眼神一下就变得怪异起来。

"小伙子，那太远了，过去得三四个小时。"他欲言又止，"……不然你重新拦一辆车？"

他是喜欢跑远路没错，但这春博岭不止远，还是个陵园，他实在是不太愿意跑这趟。

喻延："那您随便开吧。"

司机："……"

这是在拍电影吗？

见司机迟迟未动，喻延回想了下自己说了什么，也觉得有些好笑。

他打开钱包，从里面拿出一张记了地址的纸条："去这。"

司机扫了眼纸条上的地址，忙不迭接过来踩油门出发，生怕他反悔。

下了车，喻延站在一栋二层小别墅外，手放在兜里，也不急着进去。

房子一层亮着黄色的暖灯，看起来十分温馨，外面还有个小花园和秋千。

他看了近十分钟，才转身准备离开。

"小延？你怎么过来了？"

身后的男人穿着一身西装，手里提着公文包，表情微讶。

喻延动作一顿，刚迈出的步子收了回去："……叔叔。"

刚打开大门，里面就传来一道温柔的女声："老公？今天怎么回来这么晚，又加班了？"

喻闵洋没顾上脱鞋，而是先打开鞋柜，拿了双拖鞋放在喻延脚边："嗯，有个紧急案子需要处理……饭还热着吗？"

"可能有点凉了，将就着吃吧，你回来太晚，女儿都吃过饭了。"

"你热一热吧。"喻闵洋道，"小延来了。"

"小延？"一阵脚步声响起，中年女人从客厅探出了头，手里还握着电视遥控器。

喻延："婶婶好。"

"哎……好。"她眨眨眼，直接把遥控器丢到了沙发上，"我去热饭，冰箱里还有鱼，小延喜欢煎的还是煮的？"

喻延赶紧道："不用麻烦，我吃过饭了。"

"那就当是陪叔叔吃。"喻闵洋把公文包放在一边，"他喜欢吃煎的，做煎的。"

饭菜上桌，喻婶手艺很好，色香味俱全，喻延原本就没吃多少晚饭，现在被面前食物刺激得食指大动。

喻闵洋打开冰箱，拿出一瓶冰啤。

"喝吗？"

喻延忙道："不喝。"

喻闵洋塞了一瓶到他手里，他手心立刻一片冰凉。

"今天怎么有空过来了？"喻闵洋夹起一块鱼肉，问，"没有做那个什么……直播？"

喻延抵不过他的热情，抿了口酒，涩味立刻蔓延在口腔里。

"今天请假了。"

喻闵洋帮他看过合同，知道他月薪不低，也就不提钱的事了，点头道："累了就休息，以后常过来叔叔这，就算不住，亲戚之间多走动走动也是好的。刚刚要不是我来了，你怕是早走了吧？"

第37章

喻延摇头："……当然不是。"

几杯酒下肚，喻闵洋脸颊泛红，说话声音也大了一些："你得吃多一点，你看你，瘦瘦小小的，这胳膊细得都快赶上你堂妹了，怎么讨老婆？"

喻婶拍了他一下："你胡说什么呢，小延都没到二十岁，讨什么老婆？别喝了，本来酒量就不好……你明天还要上班呢。"

"我难得喝一回，你让我再喝点。"

"不行。"

喻延就在一边静静看着，嘴角不自觉翘了起来。

饭间，喻闵洋抓着喻延，絮絮叨叨话了半天的家常，从九点聊到十点多都没打算停嘴。

从十年前聊到了十年后，话题已经走到了这儿："小延，你以后生了孩子，想取什么名字？"

喻延："……"

喻婶实在看不下去了，把他手中的酒抢了过去："能不能消停了？都几点了，小延天天坐电脑前，难得有次假，得早点回去休息。"

喻闵洋："几点了？哦，我没注意看时间……今天他来了，我高兴，这还是他第一次来家里找我。"

"我以后一定常来。"说完，喻延站起身来，"那叔叔，我今天就先回去了。"

"等会。"喻闵洋扶着桌子，说话的速度放慢许多，"小延啊，我不知道你因为什么事在心烦。"

"但是你记着，要是有什么事解决不了，就来找叔叔。你们那些小事，在大人眼里根本不值一提。"

没想到对方早察觉出来了，喻延觉着胸口像是被什么暖流包围住，烫得慌。

半晌，他才点头："知道了……叔。"

易琛一打开家门，就见易冉提着行李箱从客房里出来。

他挑眉："出去的时候顺便把客房的垃圾丢了。"

易冉不明所以："出去？去哪？"

易琛的视线落到行李箱上。

易冉："这个啊，哥你忘了？后天就是成哥的生日，三十岁，整岁生日，贼有纪念意义。"

易琛走向书房："那跟你收拾行李有什么关系？"

易冉莫名其妙道："他的生日去满阳办啊！我先提前整理好行李，省得明天手忙脚乱的。节目表我都看了，特别有意思。"

回应他的是一道关门声。

易琛坐到电脑前，边解领带边打开微信。

果然，某个被他屏蔽的群组已经聊到了 99+ 的消息。

莫南成："本人生日宴的举办地点订在满阳，安排暂时如下：海滩阳光浴、海鲜宴、夜店。一整天的吃喝住玩我全包，机票都给你们订的前一天晚上，到时候大家伙机场见，爱你们。[/亲亲]"

这群聊里只有十个人，其他人纷纷发了呕吐的表情，吐槽完后，都表示自己会按时到，只有易琛没说话。

莫南成："@1，兄弟，我到时候去你家里接你，别想跑啊。"

易琛回了个句号表示自己知道了，然后打开电脑，轻车熟路进了直播间。

直播页面转了许久的圈圈，才弹出来一句：

【主播暂时回星球去啦，下次再来看我吧~】

他皱眉，又刷新了一遍，仍是这个提示。

【1老板怎么来了，主播今天请假啊。】

【现在弹幕这么少，我会引起1老板的注意吗？】

【主播好像是第一次请假，下午直播的时候我看他脸色好像不太好。】

【1：嗯，知道了。】

发完这句，易琛就直接退了直播间。

喻延回到家时，鼻尖还萦绕着那股酒味，他刚刚喝酒时不小心洒了些在衣领上，虽然在回家路上已经风干了，但味道还残留在上面。

他抓起睡衣，转身进了浴室。

手机提示声响起的时候，他正在洗头，双手都是泡沫。

他稍稍探头，撑起一边眼皮，看清了屏幕上的视频通话请求后，手上的动作直接停了下来——

他忘记了什么！

他从淋浴区走出来，随手扯过毛巾擦了擦额上的泡沫，顾不上别的，赶紧点了接听。

"对不起，我忘了告诉你请假的事了……"

易琛敛眼，一眼就看到了男生的锁骨。

他之前穿着衣服都显瘦，更不用说光着了，锁骨线条十分惹眼，还有一块凸出来的小喉结。

皮肤很白，身上水珠未干，脖间有一条细细的红痕，像是洗头时不小心划到的。

锁骨再往下……就看不到了，手机摆放的角度不好，视频大半界面都是浴室的天花板。

"没事。"易琛食指在桌面上轻轻点了点，"怎么突然请假了？"

喻延抬手把额头垂落下来的头发全数拨了上去，如实道："今天玩得不好，没什么手感，怕再播下去要掉粉。"

易琛嗯了声，冷不防问道："不冷吗？"

最近冷空气侵袭，晋城温度骤降，街上的行人都已经穿起了冬衣。

喻延："不冷，我这冬天也有二十多度。"

符合这种条件的城市不多，易琛随口道："满阳的？"

"对。"喻延问，"你刚下班吗？"

"嗯，去了你直播间，观众说你身体不舒服。我看你气色倒是挺好。"

喻延洗头习惯用热水，现在两颊已经被熏起了红晕。

喻延没说话，他现在才发现，今天的视频里没有猫。

视频对着男人的胸膛位置，能看到他今天穿的灰色西装外套和白内衬，和喻闵洋穿的款式很像。

但1的身材明显要比他叔叔的好一些。

"我没有不舒服。"泡沫又垂落到眼睫上，他这才意识到自己的形象似乎不太体面，"你要玩游戏吗？我洗完澡可以上去带你。"

易琛："不打了，你休息吧。"

喻延又问："那明晚？"

"明后两天暂时不来了。"

喻延一愣，呆呆地哦了声："……最近很忙吗？"

"嗯。"易琛笑，"得去一趟外地。"

第38章

喻延醒来的时候，阳光刚好照在他手边，暖洋洋的，很舒服。

他盯着阳光看了几秒，下意识拿起手机一看，十点半了。

平时直播一整天，虽然非常累，但一到晚上睡眠质量还是不好，没想到昨天请了假，反而睡得更香。

距离直播还有半小时，他使用了全国人民都拥有的技能——赖床。

他随手打开微博，发现私信上面有个大大的数字：391。

"言言你身体好些了吗？要注意休息，别太累了。"

"少了你的直播，睡前的休闲时间一下就空余下来了，求求你明天一定要准时开播呀 TVT"

"1老板昨天也来直播间找你了呢！"

一连串看下来，竟然都是水友的留言，他切换到主页看了眼，不过短短一天，粉丝就已经从二位数涨到了1800，就连他之前转发保存的某个段子微博，下面都多了一百多条评论。

他赶紧发了条微博。

【yanxyan：我身体很好，昨天只是因为手感不行才请的假，大家不用担心，今天照常直播，谢谢。】

消息才发出去几秒，下面立刻跳出一条留言。

【一言糖消息站：请你正面回答我——为什么你只关注了"延延他爸"，都不关注1老板？！啊！你说！】

喻延："……"

他能说什么，这得问1去啊。

关掉这条微博，他非常掩耳盗铃地打开搜索界面，把星空TV的官博和团团、露露的微博都点上了关注，然后才慢悠悠地起身洗漱。

打开直播间，看到直播网页上的"年度击杀王"实时榜单后，喻延有些意外。

他居然从第六升到了第四。

他看了眼这几天收到的礼物，其中贡献最多的自然是1，往后就是"延延他爸"，再后面，是他直播间里十分活跃的水友们，一整排下来，名单长得惊人，且大多都是在昨天他下播之后送的。

水友们送的礼物都不多，但一人一点，叠加起来居然也不少了，直接帮他超了前面几个人。

正惊讶着，QQ突然响了一声。

团团：你真的很吸粉，才开播多久，居然就有这么多死忠粉了。昨天你下播后，他们就一直在给你刷礼物，说帮你刷到前三去呢。

喻延看了眼"年度最佳主播"的评比，团团排名第三，前面是香蕉，再往前，是LOL板块的一位退役选手。

他开播之前，先跑去了团团的直播间。

这还是他第一次进入娱乐主播的直播间，整个背景都粉嫩嫩的，页面还有许多飘落下来的布偶，少女心十足。

【嘶……我看到谁了？我说你俩是谁有毛病，每次不去自己的直播间直播，总跑来别人的直播间干什么？】

喻延扫了眼弹幕，也觉得有点好笑。

不过他来这不是为了串门的。他点开礼物栏，一甩手，砸了两个流星下去。

"啥？"团团正在玩某款交友类情缘游戏，看见礼物提示先是一愣，然后笑了，"谢谢小言言的两个流星，你的爱意我感受到了，可我不能回应你的感情，懂的都懂。"

"……"

【yanxyan：现在把流星收回来还来不来得及？】

当然，他只是在开玩笑，团团给他的直播间拉了不少人气，各方面都很照顾他，他这两个礼物纯粹是为了感谢。

团团自然也明白，笑道："晚了，钱已经到我口袋里了。"

喻延丢完礼物后马上回到了自己的直播间。

【你居然给女主播刷礼物？！】

【大家冷静,小言和团团是好朋友,团团也给小言刷了很多礼物的,弹幕不要发散行吗?!】

【开播吧,我在其他主播那受尽了气,这群尿包玩起游戏来一点都不爷们。】

喻延没多说什么,迅速打开直播,直接进入了游戏。

他第一局开的单排,落了别墅。

落地身边就是一把喷子,他捡起装弹,随口道:"我无敌了。"

弹幕纷纷刷起了问号,还有水友让他回想一下昨晚成盒子精的过程。

直到他用手上这把喷子一连杀掉四个人后,直播间里的观众也就只会刷666了。

手感很重要,以往喻延陪玩之前都要自己先打几局热热手,开了直播后,因为每天都保持在十个小时左右的游戏时间,他已经可以直接省去这个步骤了。

只有昨天是个例外,他心思浮躁,所以才会发挥不佳。

清完别墅最后一个人,六杀盘再次结了账,房管很上道地把八杀盘给开了。

直到决赛圈,他已经杀了11个人。

【单排吃鸡?】

【像主播这种实力,单排吃鸡其实比四排吃鸡简单很多,四排太依赖队友了,而单排只需要保证自己的技术。】

【是的,平时四排,主播基本都得一打三才能吃鸡。】

喻延没看弹幕,右上方显示存活人数只剩下三人,也就是这个圈里,还有两个敌人在。

对他而言单排的确比四排要简单得多,但单排局一到决赛圈,就是技术好的几个玩家挤在一起,特别容易翻车,所以必须集中注意力,不能有一丝懈怠。

正紧张着,桌上的手机猝不及防响了起来。

这时只要一点杂音,都能掩盖住麦克风里的细微爬动声,喻延想也不想便按下锁屏键,拒绝了通话请求,然后迅速把注意力放回游戏里。

谁知还不过三秒,手机又响了起来,与此同时,耳机里响起一阵枪声。

枪声混上了杂音,他没能找准对方的方位。但因为有人开了枪,他也没法再腾出手挂电话。

他就在铃声的嘈杂声中杀掉了决赛圈里的最后一人。

【啊啊啊有惊无险,我的豆子都压在吃鸡盘上了!】

【如果我打决赛圈的时候被这么电话轰炸,电话那头的人离死也就不远了。】

喻延松了口气,这才有时间低头,看清通话请求后,他犹豫了下,抬手把麦

第38章

克风给闭了。

"真的是大爷,打电话还不带接的……"对面的人似乎是在跟谁抱怨,音量不大,但足以让人听清楚,"哦,接了。"

打来的人是李航,他的初中同学。

"刚刚在打游戏。"喻延解释完,问,"有事吗?"

"没事我找你干吗?"李航说完,把电话递给旁边的人,语气嫌恶,"算了,你跟他说吧。"

"啊……好。喂?小延,我是陈民。我女朋友之前查手机时不小心把你给删了,我申请好友你也没通过,就想着用李航的微信给你弹个语音。"陈民道,"是这样的,我们同学聚会的地点定下来了,时间就在明天晚上。见你没在群里回复,所以特地来通知你一下。"

"好,抱歉,我这两天有点事,还没来得及看群。"

"没事没事,我直接跟你说也是一样的……"对面又传来李航的声音,听不清说了什么,但总归不是好意思,陈民还压低声音让他小点声,"原本说是要一块去吃顿饭,但他们都说那样太老成了,最后决定去金座。"

喻延:"金座?"

"就是民西街新开的一家夜店,特别刺激,才开没几天,平时去都拿不到卡座的!"陈民道,"还好这店是李航的亲戚开的,不止给我们拿了个卡座,还给我们打七折!"

喻延:"……"

"地址我一会发在你微信上,你记一下,那我们明晚见?"

之前已经答应了,现在是无论如何也不能反悔的。喻延只得点头:"好,明天见。"

莫南成说到做到,下午七点准时到了易家。

见易琛推了个行李箱出来,莫南成忍不住道:"你说你,怎么也不请个生活助理,连行李箱都要自己搬,这像话吗?"

男人穿着一身简装,随便套了条外套,整个人看起来都比平时随性许多,像极了学校里迷倒万千少女的帅气学长。

他把行李箱往后备厢一放,问:"你是手断了还是腿瘸了,行李都需要人帮你搬?"

莫南成认输："OK,咱不搞人身攻击成吧。"

易冉跟在他身后出来,见两人站在一块,忍不住哇了一声。

莫南成："好久不见小冉,怎么样,是不是觉得我又变帅了？"

"没有。"易冉老实道,"我是觉得你们两这么站一起,还真不像是一个年龄阶段的人。"

莫南成："……我跟你们易家有世仇是吧？"

不管有没有世仇,请都请来了,他也只能伺候着。

到了机场,三人一路过了安检,进某间候机厅一看,里面全都是熟面孔。

莫南成爱玩,人脉广,晋城这一代名声赫赫的公子哥几乎就都在这 VIP 候机厅里了。

"我说你,既然是大家一起出去,就提早告诉我嘛。"其中一人见到他们,立刻起身道,"直接用私人飞机算了,还省得过来傻等。"

莫南成摆手："别,那玩意起飞还要跟上面报备,麻烦得要死,我情愿等一会。"

生意需要,易琛自然也认识这些人,但都是普通交情,他打了招呼后就坐到一旁,没打算参与他们的讨论。

原本想跟他搭讪的人见他这个态度,也不好往上凑了。

那边还在闹闹哄哄的："南成,为了给你过个生日,我可是把约会都给推了。"

"知道知道。"莫南成拍拍那人的肩,"你要觉得不好玩,尽管骂我！"

"不是明天下午才去沙滩吗？怎么今晚就飞过去了,让我们在那傻等一晚上啊？"

莫南成给他眨眨眼："怎么可能？你放心。"

易琛打开直播间,径直戴上耳机,男生的声音立刻把周围的杂音全挤跑了。

"两把新枪都试了一下,MK47 容弹量小,高下坠,不推荐用,如果是新人的话可以捡,毕竟它后座比较小；M762 还行,但代替不了我的白月光 AKM……"说到这,主播忽然停顿下来,"1？不是说这两天没时间来吗？"

手机屏幕比较小,易琛没开弹幕,他打开键盘,随手回了句：【手机。】

看了一会儿,身边忽然坐下个人,他侧目,见莫南成递了瓶矿泉水来。

"在看什么？准备登机了。"

"游戏直播。"

莫南成乐了,"怎么,越活越年轻了你？还沉迷起游戏来了。"

"我哥不是沉迷游戏。"一边的易冉插嘴道,"我看他是沉迷主播。"

"主播？什么主播？"

第38章

"一个吃鸡的游戏主播。"

莫南成一愣，紧接着长长地"哦——"了声。

莫南成迅速起身，嘿嘿道，"走吧，登机。"

飞机一路平稳，两小时后安全落地。

几辆豪车齐齐停在停车场，上面还坐着穿西装戴手套的司机们，成了机场最瞩目的风景，已经有不少人围着在拍照了。莫南成一向高调，过生日这种大事，他恨不得办得全满阳市都知道。

车子一路驶到酒店。

莫南成在这方面十分大方，直接要了酒店质量最高的十来套房，就连易冉也都是单独一套。

大家都没吃饭，正准备商量去吃些什么，莫南成忙打断："别，我订了酒店的大餐，一会会有人送上去给你们的……你们只管享受着就是了。"

易琛把行李交给大堂服务员，径直上了电梯。

他回到房间先是洗了个澡，然后坐到沙发上，慢条斯理地打开电脑。他已经提前把这两天的工作给清理完毕，这次满阳之行，大概算是他的休息日。

才刚打开网页，外面就响起了一阵门铃声，应该是莫南成说的晚餐到了。

他起身，在猫眼里扫了眼，外面的确是一辆餐车，肥大的龙虾静静躺在中央，看起来还不错。

刚打开门，门外的人立刻就想进来，易琛侧身挡住他，抬手握住餐车的推手："我自己推进去，你可以离开了。"

外面的人一愣，下意识抓住易琛的手腕，着急道："等等……"

易琛皱眉，这才抬眼看面前的人。

不是服务员。是个模样眼熟的明星，鼻梁高挺，嘴唇半嘟着，上面像是涂了什么东西，还反着光，皮肤白得过分。

易琛抽出手："你是谁？"

"我是……成哥叫来的。"对方咬了咬下唇，不断地偷瞄眼前的人，"我叫梁邵。"

易琛："叫来送饭？"

"不是。"梁邵一愣，"您不认识我？"

易琛一挑眉，耐心殆尽，把餐车往里一拉就准备关门。

"等等，琛哥。"梁邵一急，两手抵在门上。

他眉头拧得更厉害，道："你回去吧。"

说完，他稍稍用劲，直接把门给关上了。

梁邵刚走，莫南成的电话立刻就打了过来。

易琛把餐车推到一边："我看你是闲出病来了。"

易琛懒得跟他贫嘴，让他别多管闲事就挂了电话。

电脑里，小主播的声音还响着。

"谢谢青葱的礼物……大家不用费钱给我砸礼物了，我不打算冲名次了，留着吃顿夜宵吧。"

易琛目光沉了沉，半晌，他拿起手机，翻出了小主播的对话框。

"我在满阳。"

这四个字刚打出来，就听见电脑里的人道："对了，跟大家说件事，明晚我有些私事要出门一趟，所以还得请个假。"

弹幕里立刻一片哀号。

易琛回过神，看到自己打下的字，不禁发笑。

平时商场以外的交际他都嫌麻烦，更不用说网络上了，"见网友"这三个字，他字典里是没有的。

片刻，他删掉对话框里的字，把手机随手丢到一边，享用起面前的晚餐。

第38章

第 39 章

一局游戏结束，喻延退出游戏界面后，才发现1已经不在了。

他看了眼时间："今天就播到这里，明天还是正常时间开播。"

【别下播啊，把这两天请的假先补上，播到半夜三点五点的。】

【平时不是都播到12点才下播吗QAQ（颜文字：哭）】

"之前都是多播了的。其实我的直播时长已经超出这个月的直播要求了，就算我接下来十天不播，也能拿到工资……"喻延道，"不过后面几天我会继续播的，大家明早见吧，晚安。"

收拾完自己躺到床上，已经是晚上十二点了。

这个时间点，肯定不会再有视频请求了，喻延打开微信看了眼，对方的对话框静静地躺在最上头，上面是几个小时前他发出去的消息。

1说自己在出差，他当时刚好在落地对枪，顺手就发了句——

"好，那注意安全。"

是一句可回复可不回复的话。

喻延盯着对话框，心底气得直捶墙。

注意什么安全啊！他为什么没问"去哪出差"或"什么时候回来"！这不是必得到回复的两句话吗！？

他叹了声气，也不好再去打扰别人了，刚准备睡觉，手机猛地震了一声。

他立刻睁开眼，拿起一看——

"聚会时间周五晚8点，金座17号卡座，所有人必须在9点之前到，不然赶不上酒吧的活动环节，活动费结束后平摊。"

大晚上的，居然还有许多人醒着，群消息一出，下面立刻跟了许多句"收到"。

喻延其实不太喜欢去酒吧。他以前为了找朋友去过一回,那时候的酒吧比现在要乱上许多倍,每晚几乎都有寻衅滋事的人。但他既然已经答应了,也就没了反悔的余地。

坐一会儿就走吧,他想。

"满阳这天气,绝了。"

沙滩上架着烧烤架,上面放着无数山珍海味,多为海鲜为主,周边围着十来个男人,大多都只穿着一条泳裤,有些身上还沾了沙子。

只有易家两兄弟穿着整齐,易琛是不想下水,易冉是脚上有点小伤,担心感染,只能眼巴巴看着。

"对吧?晋城都冻死了,这边光身子吹海风都不怕。"莫南成拿起身边的表看了眼,"大家快吃啊,我们九点前得赶去夜店。"

易冉咬着一大口生蚝肉,问:"九点前?这都八点了啊。反正都是包场,这么赶做什么,慢慢来嘛。"

莫南成道:"谁说我包场了?"

"没包场?成哥,你生日还要跑去人挤人,多委屈你啊。"易冉道,"你要是最近手头拮据,可以跟我……哥说嘛。"

莫南成摆手:"开玩笑,我什么时候缺过钱?你不懂,夜店这地方,就是要人挤人才好玩。而且今晚我们去的酒吧在满阳特别出名,尤其是那儿的女DJ……"

易琛把龙虾壳一丢:"我不去。"

"不行!"莫南成道,"我要在那切蛋糕,你一定得在场。"

易琛还以为自己听错了,半晌,他眯眼,问:"多大的蛋糕,插得了这么多蜡烛?"

莫南成笑骂,"我特地找了酒吧负责人,让他们到时候……派那个女DJ来给我切蛋糕。"

旁边人立刻笑了:"玩还是成哥会玩。"

"哈哈,赶紧吃。"莫南成道,"别吃太饱,晚上还得往里灌酒呢。"

最后还是全员一块去了酒吧。

虽然没有包场,但莫南成出手大方,不知预定了多少酒水和节目,夜店经理亲自来门口接他们进去的。

第39章

见这群富家子弟手上都带着价值七位数的表,夜店经理招待得就更谨慎了。还不到真正的夜场时间,酒吧的音乐却已经震天响,酒吧里的所有卡座都坐满了人。酒吧的灯光能看出也下了大功夫,整体昏暗,偶尔几道灯光打过去,却又看不清楚,把暧昧的氛围调至最高点。

他们订的是酒吧最大的卡座,位于酒吧正中央。他们走到卡座时,旁边那桌正热闹着。

看起来是一群年纪不大的年轻人,穿着各不相同,此时正在商量要买多少箱酒,讨论声都传到了他们这头来。

"我们两桌人,当然得要多一些,大不了到时候剩下的我们存进酒卡,下次再用也行!"

"我点一下名啊……算了太吵了——你们看看,还有谁没来?"

"小延没来!他到底来吗?"

"来的,我问过了,他在路上了,这会儿堵车。"

……

为了达到拥挤的效果,酒吧的卡座之间完全没有空隙,几乎可以说是连着同一个沙发,只是中间多了一道瓷砖隔着,瓷砖堆砌到坐着的人的脖颈处,一转头几乎就能看清隔壁桌的客人。

经理不好意思道:"莫先生,旁边这两桌在同学聚会,可能会比较吵,您如果介意的话我可以安排他们换个位置。"

莫南成:"怎么,你们夜场的音乐还盖不住他们的声音?"

经理立刻站直身:"这您放心,绝对可以。"

"那不就得了。"莫南成坐到沙发上,手指挥了挥,"上酒。"

经理一走,旁边的人环顾四周,笑道:"别说,这儿质量还挺高的。"

话里的质量指的当然不是酒吧,而是酒吧里的客人们。

莫南成:"哥们,见到喜欢的别犹豫,异地恋不是事儿啊。"

易琛坐在莫南成身侧,懒洋洋靠在沙发上,压根不参与他们的聊天打诨。

满阳到了晚上有了些凉风,喻延付钱下车,忍不住抬头看了眼面前酒吧的招牌。他站在这儿都能感觉到里面的热闹气氛。

班群里有卡座的号码,进了酒吧后,喻延随着记忆里的数字,挨个卡座都看了一遍。

"你说的那女 DJ 什么时候来啊?"

"你急什么，这才几点，十点钟开始夜场，我估摸着应该那时候来吧。"

旁边人的嗓门比较大，空气中还弥漫着很重的古龙香水味，喻延下意识转头看了眼，发现这桌卡座比其他的都要大一些，上面坐着的人姿势随意，桌上摆着各种各样的酒，光看包装就知价值不菲。

他一眼就看到了坐在左侧边角的男人。

黑色卫衣，低着头，鼻梁极高，似乎正在看手机，其他的他就看不清楚了。

男人虽然没有参与身边人的讨论，但其他人说话时都会无意识地扫他一眼，可见对方在这群人心目中的地位。

"小延——"隔壁桌的女生第一个发现他，起身惊喜道，"小延来了！"

女生的声音又尖又利，在嘈杂的音乐声中脱颖而出。

这名字太耳熟，沙发边角的男人一挑眉，抬眼望去，看清了停留在他们卡座前的男生。

昏暗灯光下，男生的五官跟昨晚电脑屏幕里的人完全重合到了一起。

他穿着简单的白T，挤在不断摇头晃脑的人群中，跟个小王子似的。

两人就这么猝不及防对上了视线，对方先是一愣，眨了下眼睛，随后极不自然地撇开目光，转身大步朝隔壁桌走去。

易琛把玩手机的动作轻轻一顿，眼眸微微眯了起来。

小主播？

"易琛，来，试试这酒。"莫南成忽然侧身，给他满上一杯，"这边专人酿造的，据说味道还不错……你在看啥？"

莫南成正准备循着他的目光望去，身边的人忽然接过他手上的酒杯，放到嘴边轻抿了口。

莫南成转到一半的脑袋又收了回来，问："怎么样？"

易琛握着手中的空酒杯，指腹轻轻摩挲了下杯沿，仍看着前方。

半晌，他才慢悠悠道："……还行。"

喻延走到同学面前，下意识松了口气。

……他居然盯着陌生人看了半天，还被对方抓了个正着。

"不好意思，来晚了。"

过去这么多年了，同学们的面容上或多或少都有些改变，女生已经从校服换成了短裙，男生手上腰间也都多了些金灿灿的装饰。

只有他一如既往，还是一副休闲装扮，身上除了一个手机，什么也没有。

第39章

李航坐在正中央，正在和旁边的人划拳，见他来了，笑容登时就褪了下去。

酒桌上也跟着静了一瞬，气氛忽然间有些尴尬。

这么多年过去了，大家都还记得，这两人有仇。

"你来了啊。"陈民立刻站起身来，他左右看了两人一眼，笑道，"人太多，我们后来订了两个卡座。这边人满了，不然你坐到那边去？"

喻延无所谓，点头："好。"

"这没满。"李航忽然开口，往沙发最外端一指，"那不是还有一块空地吗？"

坐在那的女同学听了，直接无视掉陈民的挤眉弄眼，火速往里头挤了挤，硬是真挤了个空位来："来，小延，坐这！"

喻延想了想，多一事不如少一事，隔着这么远，两人也难有什么交流。他很干脆地走到女同学身边，径直坐了下去。

看到男生安稳坐到位置上后，易琛才收回视线。

莫南成又给他倒了一杯，说今晚一定要灌醉他。

他拿起酒杯一饮而尽，道："这句话听了十多年，你还没说烦？"

说完，他忽然站起身来。

莫南成一愣："干吗？临阵脱逃？我告诉你，今晚不醉不归，没醉的统统不准走！"

易琛理都没理他，抬手拍了拍易冉的肩膀。

"起来。"

易冉正在和身边的人划拳，闻言一愣："怎么啦？"

易琛道："换个座位。"

"为什么？坐得好好的……"

"起来。"

"……"

易冉可怜巴巴地拿起酒杯，乖乖地换了座位。

坐下后，他问："成哥，你惹到我哥了？"

莫南成瞪大眼："屁，我可没惹他。再说了，今天我生日，不管我惹没惹他，他都不能这么嫌弃我！"

"你说得对。"易冉赶紧压低声音，用两个人才听得到的音量道，"别说了，再怎么样，朋友不还得继续往下做嘛。"

莫南成："……"

易琛对他们俩的窃窃私语没有丝毫兴趣，他坐到座位上，稍稍往后退了些，背部完全抵着身后的沙发，姿势悠闲得仿佛是在午后的餐馆里，而不是人声鼎沸的酒吧。

喻延刚坐下来就觉得有些不自在。

座位太挤，他和身边的女生手臂总会时不时碰在一起，关键对方还穿的吊带，肌肤相触，怎么都觉得尴尬。

他不想占别人便宜，正准备再往外边坐一些，旁边的人忽然靠了上来。

女生化了妆，眼边用珠光眼影点缀过，在昏暗的环境中闪闪发亮。她用手撑在嘴边，忽然靠到喻延耳郭旁道："小延，怎么来这么晚？"

喻延："这条街有点堵车。"

"喔，这边是这样的，你应该早点出门。"女生道，"我们有多少年没见了……你还记得我吗？我叫什么名字？"

"当然记得。"喻延笑了声，报出她的名字。

女生见他这副模样，只觉得心头小鹿都快撞死了。

她拿起酒杯喝了一口，强装镇定："你毕业之后……过得怎么样啊？"

刚问出来她就后悔了。

喻延过得怎么样，其实她们心里都有点数，肯定不会太好，不然不至于连高中都没上成。

"挺好的。"

"那就好。"她磕磕巴巴地收回这个话题，"划拳？"

喻延摇头："我不会。"

"没事，我教你嘛。"

干坐着也不好，喻延点头："好。"

毕竟是新手，他刚上来就连输了两把，两杯酒下肚，胃间立刻涌上一阵暖意。

女生摇着骰子，笑眯眯地看着他，骰盒停下来的时候，她撑着下巴，开玩笑似的问了句："我这么灌你酒，你女朋友不会生气吧？"

身后的易琛闻言轻嗤一声，这套路，十六岁时的易冉都不兴用了。

他抬手，用食指轻点了点空酒杯的杯沿，一旁的易冉赶紧给他把酒满上："哥，你尝尝这红的，我怎么觉着还没我家外面那小酒铺卖的好喝呢？"

易琛没说话，易冉又道："成哥喜欢的那个女DJ马上要来了，一会我们去下面蹦个迪？"

第39章

225

他还真想看他哥蹦迪的样子,那场景,无异于上帝唱 Rap,佛祖跳芭蕾。

易琛压根不听,他声音沉沉的,和背景音乐的低音炮几乎融合到了一起:"你划拳声小点。"

易冉瞪大眼:"那不行!划拳可以输,气势不能输。"

易琛了然:"你想回酒店了。"

易冉:"我也觉得我和成哥的声音太大了,我俩马上调整音量。"

喻延一个晃神,下意识回头看了眼。

他身后坐着刚刚那个穿黑卫衣的男人,从这个角度看过去,只能看到对方的黑发和一小截脖颈。

……不知道是不是错觉,他总觉得听到了 1 的声音。

难道是昨晚循环听了太多回,幻听了?

女生没得到回答,歪头轻声催促:"嗯?"

"嗯?不会。"他回过神,摇了摇头,"我没有女朋友。"

女生笑了:"这样啊……那我就放心了。对了,一会酒吧里会举办游戏,需要两两组队,我挺想玩的,但一个人没法报名。你能陪我吗?"

喻延一愣,刚想问是什么游戏,手机猝不及防震了震。

他敛眼,只见手机屏幕上跳出了一条微信推送。

1:在哪?

第40章

　　酒吧游戏，不外乎就是用嘴接牌，用身子挤气球，拼酒这些项目，越刺激才越有气氛，陌生人或暧昧男女这么一贴近，现场的气氛就会更加高涨。

　　小主播看起来傻兮兮的，又不大会拒绝，眼见着就要着道了。

　　他只是在担心他早恋，耽误了正经工作。

　　想着，易琛把酒杯往桌上一放，又给对方发了个表情包过去。

　　表情包也是在喻延那存的，是一只头顶上冒着三个大问号的白橘相间小土猫。

　　小主播：在酒吧。

　　1：跟女朋友？

　　喻延一愣，今天这是怎么了，怎么全都问这个？

　　小主播：不是……同学聚会。

　　1：什么时候回？

　　小主播：一会就回去，你出差结束了吗？

　　1：快了。

　　喻延正准备回复，就听身边的人还在问："可以吗？"

　　喻延抬头："啊……恐怕不行，我坐一会就得走了。"

　　"走？"旁边的男生听见了，问道，"这么急着回去做什么？这到了夜场才嗨呢，大家伙痛痛快快聚一聚再走嘛。对了，你这几天什么时候有空？我们哥几个一块去网吧五黑，找找年轻时的感觉。"

　　女生拍了他一下："什么年轻时的感觉？我们还年轻着呢。"

　　李航一直在关注那头，捕捉到其中的字眼，他扬高声调："谁要走？"

　　"小延。"

"这么急？"李航说完，做出一副了然状，"哦，你还要回去开直播呢是吧？"

这话一出，其他人纷纷朝喻延看了过去。

毕竟主播是新兴行业，网上还三天两头有一些关于主播行业的丑闻爆出，大家眼底都充满了好奇。

喻延一点不在意，淡淡嗯了声。

突然有人问："小延，你开直播多久了？网上的那些负面说法是不是真的？"

"不知道。"喻延道，"我身边没发生过这种事。"

"当然是真的啊！"李航笑了声，"主播嘛，都没什么本事，其实说白了就是卖的。我之前认识一个男主播，砸了几百块礼物就在直播间里喊我爸爸了，特别逗。"

说完，他慢悠悠道，"小延，我只是随口一说啊，也确实是实话，没有故意针对你的意思。"

桌上其他人面面相觑，一时间没人开口。

喻延脾气好，大家自初中就都挺喜欢他的。但李航家境好，他们所在的酒吧就是李航远房亲戚开的，今晚李航还开了辆小奔驰来，大家几乎都抱着能抱大腿就绝不招惹的心态，没人愿意站出来缓和下气氛。

喻延还握着酒杯，没有开口。李航一笑："你也别不说话，生气了？我们同学之前开个玩笑……"

他是握准了对方的性子，觉着喻延只能任他任意揉捏，毕竟初中时他讽刺的话也说过不少，对方压根没还过嘴。

就在陈民准备冒险起身转移话题时，喻延忽然笑了一声。

"我没生气，我只是有点惊讶。"

李航："惊讶什么？"

"惊讶你的素质和教养，居然一点都没随着年龄增长。"

"……"

这下包括旁边那个没什么眼力见的姑娘都张大了嘴。

李航原本就喝了点酒，被这么一还嘴，脸都涨红了："我没素质教养，你一个初中毕业，天天混在网吧里打游戏的就有素质教养了？"

喻延看起来倒是比他冷静得多："素质和教养跟学历没关系。我不清楚主播这一行有没有人做你说的那些事，但我知道大多主播都是靠自己的技术和时间赚的钱，跟你不同，你看看你手头的资产，哪一样不是从父母手中接来的？你到现在都还没工作吧？"

李航冷笑："是啊，怎么？家里有钱是我的错？你可别酸了。"

"家里有钱是你的优势。"喻延顿了顿，"但我不觉得你有资格去嘲讽那些靠自己本事赚钱的人。"

"再说了，你确定以前天天混在网吧里打游戏的是我？人品没改进，记忆力还下降了？"

这么一说，其他人就都想起来了。

初中那会，学校附近都是黑网吧，班里大部分男生每天几乎都会翘掉电脑、体育课去上网，喻延就是其中之一。

但李航不同，他不是翘课，而是直接逃学，有的时候一星期班里的人都瞧不见他几回，成绩一直在吊车尾。直到初三，学校把李航家长叫来之后，李航才恢复正常的学生生活。

也是从初三开始，李航莫名地开始仇视喻延，三天两头挑刺。

李航气得腾地站了起来："你什么意思？"

陈民赶紧起来拦住他："好了好了，都是同学，这么多年过去了，还吵什么呢？小延，他喝得有点多，你就别和他吵了……"

喻延却压根没听劝："字面意思。"

李航嗤笑："我怎么没资格？我告诉你，你以为是托了谁的本事，你才能坐在这里跟我顶嘴——你知道这里的卡座平时炒到多少钱一个吗？换作你们，谁能拿到这种位置？"

这话一出，其他人的表情立刻也变得微妙起来。

喻延旁边的女生皱眉："李航你什么意思？虽然我们都是普通家庭，但就一个卡座，大家也不是负担不起。"

另一头的男生也看不过眼了："是啊，这低消最多也就四位数，谁还出不起啊？"

李航一顿，也觉得自己说冲动了，把心里话给嘣出来了。

他接过陈民手中的白开水喝了口："不是，我意思是，平时要想拿这儿的卡座，还得花挺大功夫的。"

"平摊的酒水钱我会付，你如果觉得这位置该是你的，我也可以花钱开几个相近的散台去。"喻延道，"别在这阴阳怪气的。"

"就是。"喻延以前初中时宿舍的舍长忍不住了，开口道，"说要来这酒吧的是你，我们一开始可是打算找个饭馆吃饭的，李航，你现在这姿态可不好看啊。"

第40章

李航刚刚说错话，这下连陈民都在劝他冷静一点。

他一咬牙，用力地坐回位置上："我就是开个玩笑。行了，喝酒喝酒。我专程让人准备了些好酒，那些我来付钱，一会你们别和我客气。"

易琛正听得直皱眉，手机震动响起，他扫了眼屏幕，没忍住轻笑了声。

小主播：真的吗？那我等你来？

这语气，哪像是刚跟人吵了一架的。

易冉又输了一局划拳，把酒饮尽后，他转头问："哥，你笑啥啊？"

刚说完，身边忽然传来一道厚实的男声："小延，你去哪？该不会要回去了吧？"

易冉转头看去，刚好看到男生从沙发上起身："不是，去趟厕所。"

他盯着对方看了十来秒，连脖子都伸长了，然后激动地一拍沙发："哥！那不是星空TV那个……"

"闭嘴。"易琛打断他。

喻延走远后，易冉道："真的！一定是他，跟视频上一点差别都没有！哥你看到了吗？"

易琛侧目，凉凉地扫了他一眼。

易冉立刻明白了，这架势，估计他哥早八百年前就发现了。

"你看见了怎么也不告诉我啊？哎哥，你让让，我去跟他打个招呼去，这都能撞见，得多有缘分哪。"

易琛动也不动："坐着。"

半晌，他抬手，朝一直在他们卡座附近晃悠的夜店经理摆了摆指头。

夜店经理来得飞快："先生，有什么需要？"

喻延也不是真想上厕所，只是觉得桌上气氛太尴尬，他暂时离开可能会比较好。

酒吧的洗手间安静不到哪去，他一路过来，干净是干净，就是走道上大都是在接吻亲昵的，好在这酒吧还算规矩，可以亲，多的不行，有专人看着，所以也不是太出格。

他在洗手台旁握着手机，见1没回复，又点了个表情包发过去，然后才转身离开洗手间。

已经到了夜场时间，外面的音乐越来越激烈，舞池中已经站满了人，喻延几乎是挤着回到的座位上。

"有没有人去蹦迪？"气氛越来越热烈，很快就有人站了起来。

"有！！"

"走，我们挤到中间去……"

身边的女同学也兴奋起来，她拉了拉喻延的衣角："小延，去跳舞吗？"

喻延赶紧摆手："不了，你去吧。"

"去呗，来酒吧不蹦迪还有什么意思？"

台上的DJ忽然换了个调子，音乐声震耳欲聋，喻延觉得脚底板下都在震动。

他下意识捏了捏耳朵，正要拒绝。

"你们好！"

众人侧目一看，只见一个男人站在他们卡座前，身后还跟着好几个服务员，"各位，打扰一下，我是这的经理。"

李航极其自然地站起身来："怎么了？"

经理头抬了抬，身后的服务员立刻上前，把手上端着的酒水一一摆到了他们桌上。

每瓶酒的样式都不同，红酒香槟都有。

李航还算识货，其中几瓶他认得，都是成千上万的好酒，他爸应酬时用的那种。

他吓了一跳，在那些服务员开瓶之前忙制止道："等等，经理，这些不是我点的酒！你别开，开了我们可不付钱！"

经理笑了："请问小延是哪位？"

他们这只有一个名字里带yan字的，众人一愣，齐齐看向喻延。

经理随着他们的目光看去，找到了想找的人，他立刻弯下腰来，客气道："延先生，这都是您的酒。"

喻延一怔，紧接着摇头："你们弄错了吧，我并没有点酒。"

"是您的。"其中一瓶已经醒过酒了，经理把酒倒在红酒杯里，放到他面前，"是一位先生送您的。"

"先生？谁？"

经理转述原话："他说他是您直播间的忠实粉丝。"

"……"

喻延还没反应过来，对面坐着的舍长就先乐了："小延你牛啊，来这都能碰到你的粉丝！经理，这酒多少钱啊，这些全都是那人送的？我看包装好像还不便宜呢。"

"您真识货，我手上这瓶是86年的拉菲庄园，三万三，绝对正的，我们有

第40章

专门的渠道，库存也不多了。假一赔十。"

桌上静了一瞬。

舍长轻咳一声："……你说多少？三万？"

喻延回过神，赶紧伸手想拦，可惜对方已经把酒倒进了他的酒杯里。

他看着杯体里的液体，心道这里面得有几百块了……

他心疼地看了半天，一咬牙："这瓶开了就算了，钱我付，剩下的你帮我退回去吧。"

"退不回去的，我们发票都开了，而且那位客人也离开了。"

喻延皱眉："那联系方式呢？"

经理摇头："抱歉，客人并没有留下联系方式。"

"……"

经理循着记忆，照着那位先生的嘱咐，继续念台词："因为买的时候与那位先生达成了一些协议，这酒如果您不要，我们也无法退款。"

"……"

"哎呀，这都是你粉丝的一片心意啊！"舍长问，"那这些酒加在一块一共多少钱啊？"

"只有这瓶拉菲比较贵，统共加起来的话是六万三千八。"

桌上的人又都倒吸一口冷气。

大家都刚出社会，谁曾喝过六万多的红酒，就连李航也只有在父亲聚餐时偶尔能喝到几回。

喻延肯定："你应该是送错了，可能还有其他主播在这，不然你再去问问？"

经理更肯定："绝对没错，就是这一桌，我确认过很多次。"

"……"喻延问，"那可以带走吗？等以后这人来了，你们通知我，我再来还他。"

"抱歉，我们店里部分红酒是以店面价出售的，不能带走。"

简而言之就是不能外带，还不能退，那人是铁了心，一定要让喻延收下。

最后酒还是留下了，喻延盯着那些瓶身，有些不知所措。

经理刚走，又有一个服务员端着酒上来了。

"你好，这是你们点的红酒。"

舍长问："又是小延粉丝送的？"

陈民认得这标签，忙道："不，这些是李航提前订的。"

232

舍长脱口而出："哦，这种酒多少钱一瓶啊？"

服务员说："原价是一千二一瓶，现在我们酒吧搞活动，买三瓶打七折。"

有了之前的对比，这打折的红酒……

寒碜，太寒碜了。

李航只觉得丢脸，脸色铁青，心里对喻延更不满了，腾地起身道："行了……你随便放着吧。陈民，去蹦迪。"

李航走后，桌上的气氛明显缓和了许多。

舍长道："小延，你这粉丝太牛了，还不留名。这么壕的粉丝，你平时有没有什么印象啊？"

壕的粉丝……他倒是有一个。

他下意识拿出手机看了眼，对方不知何时已经回复过来了。

1：不用，我玩不了游戏，你今天不是请假了？

喻延用指尖轻轻点了点手机屏幕。

……他想在什么，1在出差，怎么可能来酒吧。

那边的人忍不住了，叫他："小延，这些收都收了，分享一下呗？"

喻延犹豫了下，这酒他喝也喝不完，只得忍痛点头："……你们喝吧。"

"你的酒，我们哪好意思自己喝？"舍长拍了拍身边刚腾出来的空位，"你过来，我们哥几个好好唠唠嗑。"

同学们太热情了，喻延迟疑片刻，还是坐了过去。

"哎，大家最近都工作了，只有周末才有点时间出来瞎玩玩，算算我们跟你都好多年没见了。"

"是啊，记得以前，小延还是我们楼的大红人，每天都有人上门找他玩游戏。"

"嘿嘿，还好我们跟他一个寝室，占着便宜了。"

舍长跟他碰了碰杯，"怎么着，先走一杯吧？我先来。"

大家都不会品红酒，只知道贵，舍长捧着酒杯，几口就把里头的红酒全喝干净了。

"别说，还真有点味儿。快，你们也尝尝。"

喻延笑了笑，也跟着他们一块喝。

好不容易把杯里的喝完，舍长立刻又给他满上："下周末，咱五个再去网吧开黑，谁不来谁是王八蛋！来，再干一杯！"

喻延忙道："别太多了，我酒量不太好。"

"没事，不是说红酒不容易醉吗？"

旁边人也跟着道："是啊，我喝红酒就从来没醉过。"

喻延一脸为难，最后还是跟着喝了。

那头的易冉看他一杯一杯往嘴里灌，惊呆了："这酒后劲这么大，他们就这么灌着喝啊？"

易琛转过头，刚好看到喻延皱着眼睛，一口气把杯里的红酒给喝完了。

他拧眉，拿出手机来。

1：早点回家，别喝太多酒。

那一头，男生拿出手机看了眼，打开键盘刚戳了两下。他旁边的胖小伙就一把勾住了他的肩，不知在吆喝什么，又把酒给他满上了。

喻延眯眼听他说着，不断点头，把手机往口袋一丢，继续跟他们碰杯。

易琛没得到回复，眉头拧得更紧。

早知道这小家伙这么没自制力，他就不往那边送酒了。

"WOW！就是她！给劲儿！！"莫南成已经有些微醺了，女DJ一出场，他就起身大喊，"走走走！蹦迪！阿琛，走，一起啊！"

易琛："不去。"

莫南成："来酒吧当雕像啊？"

易冉赶紧揽住莫南成的肩："成哥，我哥不蹦，我蹦啊！走，我们玩儿去。"

莫南成点头："不带他！"

桌上其他人登时走了个精光，只剩易琛一人还坐着。

他干脆换了位置，坐到了对面，正大光明盯着隔壁桌看。

那桌的气氛已经喝嗨了，胖小伙嗓门大得惊人——

"我们宿舍都多少年没联系了？不知道的人还以为我们绝交了！以后大家伙常聚，知道吗？来，先走一杯！"

小主播点点头，乖乖地跟人碰了杯，喝光。

"你开直播也不跟我们说一声，这事儿我们知道得比李航还晚！像话吗？！这该罚一杯！"

小主播再点头，看唇形像是道了歉，喝光。

"小延，初中那会不是有个姑娘跟你表白来着？那是我女神！我初中暗恋了她三年，你这小子反倒把人家给拒绝了！你说你过不过分？罚一杯！！"

小主播一脸茫然，抵不过旁边人的怂恿，喝光。

易琛："……"

这是什么千年难得一遇的小傻子。

开的几瓶红的喝完了，舍长手一挥，啤的上来了。

喻延摇头："……我喝不了了。"

他只觉得胃部都在翻腾，脑袋都是晕的，DJ 台前，男男女女在做游戏，用肚子挤气球，他这么一眼看过去连人都看不清了。

"啤的更不容易醉，我们几个难得喝一回酒，下次还不知道是什么时候了。放心，我开车来了，一会让代驾把我们几个全送回去！"舍长说着，直接把啤酒倒满在他的红酒杯里，"来吧，走一个！"

因为只读到初中，初中同学在喻延心目中，就等于是他校园生涯的所有朋友。

于是他犹豫片刻："……那，那就再喝一点。"

莫南成玩完游戏之后，带着女 DJ 一块回来了。

女 DJ 穿着性感，手上还推着蛋糕。

"来来来，切蛋糕！"莫南成道，"咦，你怎么坐到这边来了？"

他顺着对方的视线望去，看清隔壁桌的情况后，忍不住啧啧道，"现在的年轻人玩得就是疯，还混着喝，迟早喝出毛病来。"

"说完了？"易琛扫了眼蛋糕，上面插着两个数字，18，他笑了声，"你可真要脸。"

"那是。快，切蛋糕，切完回去了。"

旁边人道："这么赶？夜场才到一半！"

莫南成搂着女 DJ 的肩，笑道："哎呀，我老了，嗨不动了，大家理解一下。"

女 DJ 在他怀里笑得开怀。

易冉坐回位置上，忍不住看了眼喻延。

一看吓了一跳，对方显然已经喝多了，眼睛都眯了起来，此时正半摊在沙发上听旁边的人说话，时不时就跟人碰个杯。

他低声道："哥，小延这是喝醉了吧？"

易琛："嗯。"

这时，喻延忽然坐直身子，手肘撑在膝盖上，用手掌把整张脸给遮住，像是努力在缓神。

易冉："感觉他挺不舒服的。"

易琛收回视线，把手机收了起来，上面是许多条发出去未得到回复的信息。

第40章

"该他吃点苦,以后才能学乖。"

易冉心想,你给人家送酒,人家捧场全喝了,你反而还不高兴了?

不过他只敢想想,并不敢说出口。

这边都是在酒场纵横多年的老酒鬼,捏着量在喝,没一人喝醉。

蛋糕切完后,莫南成起身:"行了,今儿也差不多了,我们回去?酒店里还有节目呢,回晚了就错过了。"

节目是什么大家心知肚明,纷纷起身。

易冉道:"哥,为什么我没节目啊?"

"你才多大就嚷着节目,是想你哥砍死我吗?"

易琛在离开前,又回头看了眼。喻延躺在沙发上,已经完全睡过去了,嘴巴微微张着,一副标准的醉鬼模样。

众人出了酒吧,夜风这么一吹,都清醒了不少,莫南成安排了四辆车在外面等着。

把人都送走,最后只剩下他们四人。

莫南成搂着女DJ,道:"走,上车。"

易琛第三次点亮手机,上面空荡荡,没收到任何消息。

半晌,他叹了声气:"等会。"

莫南成:"?"

"你们三个先回去。"

易冉一愣:"那你呢?"

易琛:"我还有事。"

丢下这句话,他不顾身后人的追问,转身重新进了酒吧。

其他人蹦迪回来,见喻延躺在沙发上,像是已经昏睡过去了。

"你们太过分了吧,把人灌成这样?"

舍长解释:"不是,小延酒量好、好像不大好。"

"你以为你酒量有多好?说话都大舌头了。"

陈民把外套穿上:"都十二点半了,不然我们散了吧?"

"那谁送小延回家啊?"

舍长赶紧道:"我,我叫了代驾……"

"我送他回去。"

一道低沉的男声响起，众人齐齐看过去，一个陌生男人正站在他们桌边。

男人高大英俊，穿着条简单的黑色卫衣，看起来特别高冷。

大家皆是一愣，紧接着，女生之间立刻爆发出一阵议论声。

舍长："你是谁啊？"

易琛道："他朋友。"

"什么朋友？"舍长狐疑地看着他，"不用，我们会送他的。"

易琛一挑眉："我们之前说好了，我会来接他。不信的话，你可以看他的微信。"

喻延旁边的人赶紧从他口袋抽出手机，用他的指纹解锁，然后打开微信："你叫什么名字？"

"微信名是1。"

男生看了一下："……好像还真是，他是小延的置顶聊天，但是没看到让你接他的信息啊？"

置顶聊天？

这倒是让易琛有些意外。

他面上不显，镇定道："我们在微信语音里说的。"

最后对了微信号，那些人又问了几句，才勉强答应让他把人接走。

喻延迷迷糊糊中，感觉自己胳膊被人抬了起来，然后放到了某处倚仗上。

易琛轻而易举把他架起，拖着人头也不回就走了，男生的头发很软，蹭在他下巴上，有些痒。

到了出租车上，司机道："吐车上要罚500的啊，去哪？"

易琛这才想起什么，他转头问："家在哪里？"

喻延一边脑袋靠在窗上，头疼欲裂，求饶似的："不喝了。"

"……"

易琛忍不住抬手，捏了捏他的脸。早在酒吧里他就想这么做了，想捏着他问问，到底有没有长脑子，怎么会就这么傻傻的被灌酒。

他又问："家在哪里？"

喻延终于有了反应。

他艰难地转过头和易琛对视，因为喝多了，眼底雾蒙蒙的，一脸茫然，看上去可怜得紧。

是1的声音。

他睡着了？他在做梦吗？

第40章

许久后,他才张嘴——

"嗝!"响亮地打了个酒嗝。

"……"

易琛放弃沟通,松开手,"去米阳酒店。"

第41章

出租车开了点窗,凉风呼呼往里灌,喻延的头发丝被吹得直飘。
下车时,他的头发被吹得变了形,凌乱似鸡窝,已经是一个完全体醉鬼了。
易琛付钱下车,扶着他的腰把人拖了起来。
是真的瘦,扛着几乎没什么重量,腰也比寻常男人要细得多。
酒店门口的服务员见了,赶紧迎了上来:"先生,我帮你。"
易琛看了眼怀中的人,对方侧脸贴在他肩上,嘴巴都被力道压得嘟了起来。
"嗯。"他把人往外送了些。
怀里的人忽然有了动静,喻延眼睛撑开一条缝,问服务员:"……你是谁?"
"我是酒店的员工,您喝醉了,我扶您上去。"
酒店?
喻延摇头,往后一靠,朝他摆手:"我……我不住酒店。"
易琛敛眼:"家在哪?"
"家,家在……"他努力想了大半天,忽然猛地抬头,"……1?"
"嗯。"
喻延盯着他看了会儿,突然抬手,直接捏住了他的下巴。
易琛:"……"
捏还不够,他张开手,轻轻拍了拍,半晌,他小声嘀咕:"……这次还梦到脸了?"
服务员偷偷抬眼看了看,男人的脸色果然已经变沉了。
他对这位有印象,这些大佬直接要了他们酒店最高档的几间套房,前台接到消息,让他们一定要好好接待。

他赶紧往前一步,想强行把人扛过来,男人却蓦然往后退了退。

"不用了。"易琛重新把人搂回来,"送杯蜂蜜生姜水上来,2311。"

"好的。"服务员赶紧上前,帮他把电梯按了,"我马上给您送上去。"

电梯门刚关上,怀里的人就不安分地动了起来。

"1,我热。"喻延道,"你能不能等我起床,开,开个风扇……然后再回来。"

易琛听不太清楚:"不能。"

"……"

喻延迷迷糊糊地想,梦里的1怎么这么不近人情,他真的太热了,尤其是耳朵、脖颈和胃里,像火烧似的,特别难受。

易琛把人扛到房间门口,刷卡开门,一路走向卧室,直接把他放到了床上。

酒店的床很软,软到易琛一度觉得睡久了腰得出问题。喻延一躺上去就觉得不对劲,像是陷入棉花里,浑身使不出劲。

身上都被沾上了酒味,易琛打开行李箱,准备换一套干净的衣服:"喝完蜂蜜水就睡觉。"

他原本想着把人丢在酒吧,自然会有人送他回家,但他那些同学看起来都不太靠谱,估计把人送到之后就走了。平时看他直播时又像是独居,回家后八成也没人照顾,不喝点东西解酒,第二天起来宿醉有他受的。

原以为他一沾床就会睡着,没想到估算错误,这会儿喻延已经撑着身子翻了个身,完完全全趴在床上,直勾勾地看着他:"你在找什么?"

易琛道:"衣服。"

喻延哦了声:"……我头好疼。"

"我知道。"易琛回头,见他眼底红红的,淡淡道,"给你出头,你还能把自己给坑进去。"

喻延觉得1长得有点眼熟。但这不重要,他还觉得1特别好看,五官比常人要立体许多,又不像外国男人这么锋利。

他盯着对方看了半天,问:"你在找什么?"

"衣服。"

喻延点头:"谢谢。"

易琛找东西的动作一顿,觉得好笑:"谢什么?"

没得到回答,易琛转过头,就见床上的人背对着他,已经把自己的上衣给脱了。

他背部很白,肩胛骨高高凸起,因为常年待在家里,皮肤上几乎没什么瑕疵。

衣服脱了后就被他随意丢到了一边。

易琛半晌才道:"我不是在找你的衣服。"

"我知道。"他当然知道,这是在梦里,1就算找了衣服,他也没法真穿上,"你,你继续……不用管我。"

脱了衣服后就有点冷了,喻延下意识扯过旁边的被子,往自己身上盖了盖,继续趴下身,目不转睛地看他。

这模样,跟条被捡回来的小狗似的。

易琛回过身,翻翻找找,只来两天,他没带什么衣服,找出尺寸最小的那件丢到床上:"穿上。"

"不穿,我这里面很舒服……"说完,胃部忽然涌起一阵酸意,喻延皱眉,"完了,1,我……我好像要吐了。"

酒量这么烂还混着喝,吐都是轻的。易琛道:"起来,我扶你去厕所。"

"不去。"他倔强地拉紧被子,"我能忍着。"

易琛:"……不用你忍着,起来。"

"我不,我动静太大,一不小心就容易醒。"

这个梦可是带脸的,千年难得一遇,他可不舍得就这么醒了。

都到这个地步了,这人居然还觉得自己是在做梦。

一道门铃声给打断了,喻延生生吞掉了接下来要说的,提醒他,"门铃响了。"

易琛走出卧室,打开门,是刚刚的服务员,手上端着蜂蜜水。

服务员身后还跟着个人。

莫南成探头探脑的,问:"谁在里面呢?"

易琛接过蜂蜜水,待服务员走后,干脆道:"没人。"

"那这蜂蜜水是谁喝的?"他刚刚从房间出来想找人,刚好撞见服务员,正想看看是谁顶不住了要喝蜂蜜水解酒,谁想服务员居然停在了易琛的房间外。

"我。"

"不可能。"莫南成道,"我们是什么关系,你的酒量我还不知道?是你刚刚回酒吧里接的人?"

易琛刚想把人赶走,就听里面传来一声:"1——我快忍不住了!"

喻延觉得自己真要吐了,再舍不得也忍不住了,嘴巴一停下就想干呕。

这话飘到别人耳里,味儿就不大对了。

莫南成:"……我打扰到你了?"

第41章

易琛："只是个朋友。"

卧室内又发出了些动静，易琛懒得再跟他费口舌，直接把门给关上了。

喻延凭借着自己的直觉，一路横冲直撞，成功找到了卧室内置的厕所，抱着马桶就是一阵发泄。

吐完果然舒服多了，他咳了好几声，听见动静，转头一看，1正拿着浴巾站在厕所门口看着他。

易琛走上前，按下冲水键，居高临下地问他："吐完了？"

"……应该吧。"

男人走上前，抓着他的手臂，直接把人拉了起来，浴巾十分不客气地蹭到他嘴上，然后把他带到盥洗台前："漱口。"

喻延觉得1的语气忽然变得有些沉，听起来挺凶的。

他乖乖漱口，重新回到床上，手上被塞了杯蜂蜜水。

"喝光，睡觉。"

喻延抓着水杯："那你呢？"

"有两间房。"这张床已经沾了酒味，他打算去另一个房间睡。

喻延喝着蜂蜜水，道："这么麻烦，你以前都在我耳边的。"

易琛起身的动作一顿，半晌，他眯眼问："在你身边？"

喻延躺在床上，毫不避讳地看着他："是啊。"

安静了半晌，喻延都快睡着了，连声音都小了许多："你怎么不说话了？"

他虽然看上去很困倦，但视线从头至尾都放在易琛身上，没动摇过，跟之前在酒吧一对眼就躲开的小怂包完全不一样。

一个念头猛地从易琛心头冒出来，他眉头一敛，迅速把那念头按了回去。

再一看，小怂包已经几乎要闭上眼睛，一副昏昏欲睡的模样。

易琛忽而释然，他们只是素未谋面的网友，他实在没必要想太多。

他起身准备离开，走到门口时，顺便抬手把灯关了："睡吧。"

房间里瞬间陷入黑暗，空气中还弥漫着酒味。

喻延觉得眼皮子很沉，上下眼皮像是安了磁铁，拼命想要合上。

但他总觉得哪里不对，像是缺了些什么。

直到周边忽然暗下来后，他终于想起来了："等等！"

易琛关门的动作稍顿，抬手重新打开灯。

只见小主播已经从床上坐了起来，他从床头柜上拿过自己的手机，然后在身上翻翻找找，嘴里嘟哝着："耳机……耳机……"

半晌，未果，他叹了声气："算了。"

第 42 章

次日,莫南成十点就招呼着退房。

这次来参加他生日的都是大忙人,有的还得赶回晋城开会。

易冉打了个哈欠:"成哥,不然你们先回去吧,我再睡几个小时,再自己订机票回去。"

"上飞机再睡吧。"莫南成四处张望,"你哥呢?"

"啊?不知道,你没看到他吗?"易冉问,"他从来不赖床的。"

易琛把行李箱扣好,立在脚边,最后去看了眼卧室里的人。

里面的人还在熟睡,空调开得不大,他整个人裹在被子里,只露出一张脸蛋。

就算是喝醉了,他的睡姿也一样很乖,昨晚是什么姿势现在仍是什么姿势,一侧头发已经被压得惨不忍睹。

易琛拉起行李箱,转身出了房间。

半晌,他又折回,把客厅的窗帘关严实,这才再次离开。

"来了!"莫南成正准备打电话,就见要找的人从电梯里走了出来,"走吧,把房卡给他们,他们自己会退。"

"等等。"

易琛手上空空,哪儿还有房卡的影子。

他走到前台,语气自然,"2311,多住一天。"

前台一愣,忙点头:"好的。"

莫南成听见了,先是惊讶,然后把人拽到一边,低声问:"……怎么回事?"

易琛片刻道:"说了只是朋友。"

易冉凑上来:"什么朋友啊?哥,你续房做什么,还要在这留一天?太好了,我也特困，反正刚好两间房，你给我也蹭一间吧。"

"不留，一会就走。"说完，易琛又走到前台前，"中餐和晚餐都按时送过去，按两声门铃，没人开就算了。"

"好的。"

"送一套新浴袍和毛巾过去。"酒店的东西都脏，他们每次住，都直接让酒店拿还未开封的。

"好的。"

"饭后水果和甜点别漏了。"

"……好的。"

易冉听着听着，清醒了。他问："成哥，这……怎么回事啊？"

莫南成啧啧道："还能怎么回事，房间里还有人睡着呢呗。"

易冉斩钉截铁："不可能。"

"我稀罕骗你。"

"……"易冉一惊，"真的假的？你亲眼瞧见了？"

莫南成道："瞧是没瞧见，听见的。"

听见了？

酒店隔音这么牛，这都能听见？

大清早的，这么多个炮弹一下丢在了易冉脑里，他一时间都不知道该先惊讶哪一个。

"那人你认得吗？"

"不认得。"莫南成道，"就昨晚，他不是折回酒吧了吗，估计就从里面接出来的人。"

"不是吧，这小地方的酒吧里还有我哥认识的人……"

话才说到一半就被易冉生生止住了。

……别说。

还真有。

喻延从未想过，他居然有一天会被自己熏醒。

具体情况是，他睡觉时终于翻了个身，把脸给闷到了被窝里，身上的酒臭味堆积了一晚上，可以算是一场生化危机了。

第42章

这下可好，求生欲使他瞬间腾地坐起了身，几乎是一瞬间就清醒了。

才清醒没两秒，他再次陷入迷茫中。

脑中不外乎就是三个疑问——我是谁？我在哪？我要干什么？

他想了近十来秒，才好不容易把第一个问题给解了。

头疼得难受，他掀开被子起身，重新打量了一遍周围的环境。

他昨天去参加同学聚会，跟李航吵了一架，然后跟同学们喝酒。

……再然后呢？

门铃声响起，他收回思绪，先去开了门。

服务员站在外面，手边是餐车，上面摆放着精致的餐点："中午好，您的午餐送到了。"

喻延盯着餐车看了几秒，心疼得不行。

光想想也知道，大概是昨晚他醉糊涂了，同学们不知道他的住址，直接把他搬酒店来了。

收下餐车，他坐在沙发上，又把整个房间环视了一遍，心里愈发肯定——一定是李航把他送回来的。

除了李航，他想不到还有谁这么恨他，把他送到这一晚上起码四位数打底的酒店里来。

他走回卧室，从床上找出自己的手机，一看就傻了——

整个屏幕上塞满了未接和未读信息，上面明晃晃一行数字：12：03。

！！！

他刚刚就觉得哪里不对，现在回想起来，服务员说的是"午餐"而不是"早餐"……

他赶紧打开直播间，果然，上面飘着不少弹幕。

【12点了，我窗台上的花都谢了，我等的人还是没有来。】

【这主播有点名气后就飘了，以前多准时啊，这几天三天两头请假。我去看别人直播了。】

【啊啊啊来了来了！主播进直播间了——】

喻延发了条弹幕道歉，然后把直播间名改成了【下午三点开播，发红包致歉】，再去微博也请了个假之后，才给卢修和回电话。

"兄弟，我以为你失踪了！"卢修和激动得不行。

"……我没事。"喻延走进浴室，打开水，调了调水温，"昨天同学聚会，喝多了。"

"你现在在哪呢？昨天的事，你知道了吗？"

喻延一愣："什么事？"

"就，有个主播，实名去把老鼠给举报了。"

"……举报什么？"

"举报他买水军给自己冲热度，还找人专门去黑其他主播！"

喻延很镇定："这件事啊……"

"你怎么一点都不惊讶？"

"我之前就猜到了。"喻延试了试水温，"回去再说吧，我先洗个澡。"

挂了电话，他打开微信，刚想问问舍长昨晚的情况，就见屏幕跳出一个群聊信息。

他打开，上面就是一行白字——

【你被"李航LH"移出群聊】

"……"

都是成年人了，这人怎么还这么幼稚。

他心里毫无波澜，从微信里翻出李航来，用红包系统试了一下，果然，对方把他踢出班群，却没有把他拉黑。

要说李航为什么从来不删他……估计是担心自己看不到他的朋友圈吧。

喻延每个节假日几乎是在李航的朋友圈里周游四方的，今天跑车明天派对，要多快活有多快活。

他干脆利落把对方拉黑，然后才翻出舍长的微信来。

喻延：舍长，昨天我喝醉了，麻烦你们了。是谁送我来酒店的？押金是多少，我转给他。

发完这句，他便把手机放到一边，转身进豪华大浴室洗澡去了。

钱花都花了，他也只能躺平享受了。

洗完澡出来，他拿起手机看了眼。

舍长：没事，是我的锅，早知道你这么不经喝就不灌你了，没不舒服吧？

舍长：昨晚是你朋友送你回去的啊。

喻延用浴巾揉了揉头发，把上面水珠擦干，回复：哪个朋友？

舍长：你微信聊天置顶的那个人。

哦。他微信置顶聊天的人。

第42章

他微信置顶聊天是谁来着？

喻延关掉对话框，抬眼一看。

黑夜圆月头像静静地看着他，他们的对话还停留在昨晚22∶14。

他凝固着原先的姿势，半晌才回复：不可能。

舍长：啥？就是你微信置顶那个，昨晚维子亲自看的你手机。他说之前就约好了会来接你，我们就让他把你带走了。

喻延：…………

浴巾从他头顶滑落，他傻了半天才关掉舍长的对话框。

是1把他送来酒店的？

不可能，1不是满阳人——

但1在出差。

"……"

喻延觉得自己心里的某块次元壁现在正在以龟速慢慢的、一点一点地在破裂。

他点开和1的聊天框，发现后面几乎都是对方发来的信息。

1：酒吧比较乱，早点回去。

1：回去了吗？

1：。

他内心挣扎了许久，忍不住抬手拍了拍自己的脑袋。

倒是快点想起来一些啊！

别说，还真给他敲出了点记忆来。

他昨晚，好像还吐了。

抱着马桶，蓬头垢面，面目全非。对身边的人却是一点印象都没了。

冷静，先冷静。

世界上哪有这么巧的事，1出差的地点刚好是满阳，晚上还刚好来夜店放松，最后还刚好碰到喝醉的自己？

而且他离开时，其他同学一定也带了些醉意，没准只是起哄——比如置顶聊天是谁。然后今早起来记岔了？

喻延在心里安慰着自己，战战兢兢地把午餐吃完，然后赶在两点退房时间之前下楼结账。

"您好先生，您房间的账款已经全部缴清了。"

喻延一愣，"付款人是谁？"

前台小姐摇头:"不好意思,我上午没有值班,不太清楚。"

"那办理入住时的身份证……能告诉我上面的名字吗?"

"抱歉,这是客人隐私。"前台小姐在电脑上一顿操作,"先生,您的房间还预定了甜点、晚餐和我们酒店的水疗 SPA,如果您现在退房的话,这些项目我们是不会退款的。"

"……"

出租车上,喻延表情凝重,手里攥着手机,心里止不住地砰砰跳。

许久之后,他像是下定了决心,打开手机对话框——

另一头,易琛手里捏着某位小主播的个人档案。

这还是他头一回,因为私事查阅员工的档案资料。

一寸照上的人比现在看起来还要稚嫩一点,旁边躺着两个字:喻延。

易琛捏了捏眉心,难得有些懊悔。他当时只是随意起的名,没想到居然无意间就把人给逗弄了一顿,加上是在网络上,他有时说的话也确实比较随意。

他很欣赏小主播,可爱,努力,上进,脾气好,有底线。闲暇时,他非常愿意去和这样的人接触,会让他感到放松和自在——他很喜欢这样的朋友。

但他和小主播作为网友,互动似乎太紧密了。

他没有和网友当知己的爱好,或许疏离一些会比较好。

易琛想着,把这份档案端端正正地放到了柜子里。

两分钟后,手机响起。

小主播:1……你现在在哪?

易琛心上一跳,秒回了个位置定位过去——

小主播:哦哦,不好意思,我昨晚喝多了,所以才没回复你……你什么时候回的晋城啊?

1:昨晚。

小主播:……真的吗?

1:嗯,怎么了?

小主播:我朋友说,昨晚是你把我送回酒店的,吓死我了……应该是他们喝醉记错了……大中午的给你发信息,没打扰你吧?

"……"

1:没有。

1:你刚刚说你喝多了?现在还好吗。

第42章

小主播：还好，就是头有点疼，今晚再休息一下应该就没事了。

易琛镇定自若地找出刚刚收藏下来的几篇文章。

1：【微信文章：宿醉后第二天吃什么比较好？】

1：【微信文章：这万恶的"酒桌文化"！】

1：【微信文章：震惊！事关人命——这两种酒千万不能混着喝！】

第43章

喻延重重地松了口气。

还好，他抱着马桶吐的样子没被1看见。

想到这，他又不禁愣了愣。

……他其实也不是特别注意形象的人啊？

既然不是1，那到底是谁把他送到酒店的？还把钱全都付了。

想了半天，无果，又被班群踢出来了，没处问。他想了想，跑去朋友圈难得的发了条动态。

【昨晚是谁把我送回酒店的，私聊一下我谢谢！】

回到家，他看到1发来的几篇微信文章，总有种在和喻闵洋聊天的错觉。

他没忍住，连回了好几个哈哈哈哈过去。

1：笑什么？

喻延：你发这个，我总觉得特别违和。

1：……里面我看过，办法都很有用，你如果难受的话可以试试。

不知道为什么，他总觉得1回复的速度变慢了许多，兴许是开始工作了吧。

喻延回了个好字，车子骤然停下，司机回头道："到了，小伙子。"

喻延付钱下车，上楼之前还顺手买了份酸辣粉。

酒店里的东西贵就罢了，量还少，味道也没有楼下十二块一份的粉好吃。

回到家已经两点半了，他打开电脑，没急着开播，而是先开了微博。

之前发出去的请假微博此时已经有两百多条评论，他吃着粉，一一看完后，挑其中几个回复过去。

四十五分，他调试好直播设备，正准备开播，QQ就响起来了。

团团：来了老弟？

喻延：……来了。

团团：微博贴吧直播间都要爆炸了你才来，错过多少场大戏呀。

喻延：老鼠的事？

团团：他一个人哪有这么大的本事？有个新人主播，叫 Hudy，你知道吧？

喻延回了个知道，这个 Hudy 也是他们主播扶持计划中的一位新人，数据一般般，刚开播的时候人气连喻延都赶不上，更不用说天天发红包的老鼠了。

团团：Hudy 其实是羊羊招来的小主播，专门培养起来参加这个活动的。但羊羊这人吧，比较规矩，不像香蕉那么脏，让他凭本事拼搏呗。结果最近 Hudy 找人查了几个驻扎在他直播间的黑子 IP，发现全是老鼠直播间的献星者，再顺着查下去，把老鼠干的破事全翻了，还查到了香蕉黑其他主播的瓜……现在已经变成星空 TV 大主播之间的斗争了。

羊羊也是一位 PUBG 分区的红人主播，喻延一眼扫过去，看明白了。

喻延：官方介入了吗？

既然都实名举报了，那这事肯定得由官方出面。

团团：才过去一晚上，官方反应没那么快的，估计也想不到这两会突然撕起来吧。你直播的时候记得小心点，官方没给出通告之前，别乱说话，省得被带节奏。

喻延应好，径直开了直播。

团团会特地来叮嘱他也不是没有道理，刚开播，弹幕上就飘起了其他主播的名字。

【老鼠倒啦、老鼠倒啦！大快人心！】

【昨晚围观了整个事件，合理怀疑小言也是这件事中的受害者之一！】

【你们有病？跟这主播什么关系，而且官方公告还没有出来，麻烦不要蹭热度行吗请假主播？】

【哈哈哈哈哈请假主播，我笑了，你看看你，不好好直播，被黑子抓到黑点了吧。】

"我枯了。"喻延笑了声，打开游戏，"抱歉今天来晚了，实在是有些不可抗原因，三点十五分开始抽奖，抽三波，一波五个 100 元现金红包吧，比较穷，你们也别介意。"

【什么不可抗原因？】

喻延实诚道："睡过头了。"

【？】

【OK，你好看你怎么样都行，反正我也不舍得骂你。】

【大家也别太过分行吧，小言之前每天直播 12 个小时，确实很耗精力的，现在只不过请了三次假——你这月都三次假了？！】

开直播这段时间，喻延已经练就了忍者神功，弹幕上不论怎么笑他，他都一副云淡风轻的模样，直接开了把单排。

进入素质广场，他打开 1 刚刚发来的其中一篇微信文章，然后按着上面说的，去美团订了一份绿豆甜点。

第一局游戏他直接落的拳击馆，落地后迅速左右看了看。

地面上空空如也，连把小手枪都没有。

他又走了几步，一眼过去，这一层居然一把枪都没。

【拳击馆都找不到枪？】

【太非（倒霉）了吧，建议卸载游戏。】

喻延也有些惊讶，拳击馆在沙漠地图里已经是很肥的区域了，没道理一层楼没有一把枪。

"不对。"走了两步，看到其他同样赤手空拳的敌人，他道，"一道枪声都没听见。"

他弯腰捡起地上的弩弓，装上箭，蹲到某处，终于确认，"游戏出 BUG 了，这局游戏……没有刷枪。"

弹幕里立刻刷出了一阵问号，喻延倒镇静，他不是第一次遇到这种情况，这游戏 BUG 太多，他还遇到过整个地图只刷车的情况。

"给你们表演一把无敌大弩。"喻延说着，直接开了一个竞猜。

【能五杀】和【不能五杀】。

竞猜界面跳了出来，弹幕里吵得热热闹闹。

【弩箭五杀？主播是不是有毒哈哈】

【我压能，没枪的话，弩箭就是最牛的武器了，兄弟们跟我！】

【大家别信上面，绝对是官方的托！弩箭很难操作，箭也有限，主播能活着跑出拳击馆就不错了，我梭哈不能！】

在众多弹幕中，喻延一眼就从弹幕助手里看到那一行白色小字。

【1 进入了直播间。】

【1 老板来了！】

第 43 章

【主播打完这局跟老板开四排？缺队友吗，本科毕业的那种。】

喻延道："1……"

他话还没说完，弹幕上再次跳出来。

【1离开了直播间。】

"？"

他闭了嘴，继续玩游戏。

拳击馆里就刷了喻延这一个弩，他射了两箭，干脆利落地把离他最近的人给爆了头，然后蹲下来用拳头把人抡死。

【1进入了直播间。】

喻延盯着助手看了几秒，果然，紧跟着又——

【1离开了直播间。】

"……"

【什么情况？我都要被老板这进场动画卡死了。】

【怎么，是你们俩之间新的乐趣吗？】

【为了吸引主播的注意力，老板真的是无所不用其极，太有趣了！】

喻延把对方盒子里的药舔完，想了想："可能是网络太卡了？"

【1进入了房间。】

星空TV里，普通观众进出直播间是没有提示的，只有直播间里消费两千以上的老板才会有这种待遇。

观众们只看得到他一进一出的系统提示，不知道当事人其中纠结的内心。

易琛再次打开直播间，鼠标在红X上游移了半天，放弃，直接开了全屏，继续翻起面前的文件来。

他只是来看直播，不交流，也不玩游戏，不会有什么影响。

这么想着，他抬头扫了眼屏幕里的人。

没有宿醉后的疲惫，就是眼睛有点肿，内双暂时变成了单眼皮，比平时看起来少了分温和，多了些气势。

不像昨天，半眯着眼睛，脸颊和耳尖都是红的，整个人软得不行，毫无攻击性。

不少女观众都忍不住在给他刷礼物。易琛看了眼屏幕左下角的礼物列表，食指在纸面上摩挲半晌，最后收回了目光。

喻延把蹲着的人抡死，切出去一看，问："全押不能？"

"都不相信我？"

"信，我信！"一道声音从直播间里响起，"小延我相信你，我已经全压了五杀，冲啊！"

易冉进了直播间就忍不住嚷嚷。

因为1也在直播间里说过话，所以大家对这种情况都见怪不怪了。

"你全押了？"喻延一愣，"别，我开玩笑的。"

"真全押了，两万豆子呢，我攒了一个月。"易冉有意想跟喻延套近乎，方便让他进行接下来的连番拷问，说起话来也没个遮掩，"你是我男神，我一定信你。"

喻延道："……我尽力。"

因为游戏没有刷枪，许多玩家都已经直接退出了游戏，他杀了两个人之后拳击馆整个空荡荡的，游戏存活人数只剩下31人。

这时，屏幕下方的竞猜条突然一变——

【能五杀】这一头原本只有孤零零的三万颗星光豆，跟另一头的【不能五杀】差了整整400万。

却在一瞬间，柱状条暴增，【能五杀】这一条直接变成了570万豆子。

【？？？】

【哪个老板下重注了。】

【一次性押了五百多万豆子？我在这混了这么久，还真没见过谁有这么多豆子，豆子又不能买，这得攒了几年啊？】

【会不会是1老板？我听说在平台砸到守护，系统会赠送很多星光豆。】

【我决定跟这位神秘老板，押到扬名立万！】

弩箭已经用完，喻延用大砍刀跟人一阵对打，最后丝血险胜，他躲在草丛里打包，顺便切出去看了眼。

这一看他就惊了："……你们这是？"

【不是我们！是1老板！】

【好像有个神秘老板直接砸了五百万豆子进去……】

喻延赶紧打开手机。

喻延：这豆子是你押的？

1：我在上班。

言下之意是否认了。

喻延松了口气，心底觉得这八成是直播间也出了BUG，五百万豆子啊，都能玩好久的竞猜了，况且他直播间等级低，连带着赔率也不高，换谁都不舍得直

第43章

接压这么多的。

这么想着,他心里定了些,继续切回游戏杀人。

十分钟后,他用平底锅敲破了第五个敌人的头,成功五杀。

他笑了声:"我说了,你们要信我——"

话还没说完,头顶上飘过一道透明的直播间通告。

【新成就解锁通告——恭喜"1"在yanxyan直播间豪掷520万星光豆参与竞猜并获得了胜利,成功解锁直播间神秘成就"孤注一掷"!】

喻延:"……"

易琛:"……"

这垃圾直播平台系统,迟早要完。

第 44 章

　　直播间的成就系统一直都有,最初推出的时候还掀起了一股热潮,许多水友都按着成就要求去刷礼物、挂在线时长,解锁了成千上百个直播间成就。

　　再后来,能解锁的成就越来越少,上一个解锁的成就已经是半年前的事了,叫"快打 120",达成要求是——连续在线 720 个小时不得离开直播间。

　　解锁之后的成就说明是:"快打 120!这台电脑快炸啦!"

　　这个成就立刻就成了直播间的新梗,热度最近才退下去。

　　【520 万? 1 一个新号哪来的这么多豆子,我朋友是别的直播间的守护,花了快十万块,系统就送了他六万多豆子。】

　　【哪来的不重要,透过现象看本质啊姐妹们! 】

　　【这直播间星光豆的赔率才 0.6,那些大主播直播间赔率能到 1.3,整整两倍多啊。】

　　【点播一首《爱你在心口难开》】

　　易琛看着自己面前的成就说明。

　　"孤注一掷——我相信你。"

　　密密麻麻的弹幕在眼前飘过,他揉揉太阳穴,门被敲响,他道:"进来。"

　　秘书推门而入,身后跟着一个人,是星空 TV 的负责人。

　　"易总。"负责人手上拿着一份文件,看起来有些紧张。

　　"嗯。"易琛顿了顿,突然问:"平台的成就系统是谁提议的?"

　　负责人马上反应过来:"是我,易总,这……怎么了吗?"

　　"没事。"易琛问,"资料都带来了?"

　　"带来了,这些都是我们经过几次会议整理出来的人员名单。"

负责人说着，突然听见电脑一旁的耳机里传来隐隐约约的枪声。他一愣，下意识朝旁边一瞥，在电脑屏幕黑掉之前，成功看到了直播网站的页面。

果然，管理员最近就有向他反馈，说是交给总公司大老板的直播账号近期一直在使用当中。

易琛把电脑屏幕关掉，接过资料，翻了翻，皱眉："怎么都是明星演员？"

他手上拿着的是星空TV年度盛典的计划书。

"这样会比较有流量。"负责人道，"我们前几年都是这么办的，关注度非常高，配合宣传部的话……"

易琛只翻了两页，就直接合上了文件，往面前一丢，打断他："所以前几年的盛典流量话题全是明星，平台里的主播却一点关注度都没有。"

"是我们的失误。"负责人紧张道，"那您的意思是……"

"我的意思？"易琛一挑眉，"既然都要按照我的意思来了，那我还花钱雇你来做什么？"

负责人冷汗都要下来了。

星空TV虽然在行业内数一数二，但那些利润放到老家来看根本不值一提，他每月来汇报公司情况，这大老板都是冷冷淡淡，点头轻哼的，甚少过多交流。没想到这段时间电竞行业热度突然火爆起来，去年下半年的利润以肉眼可见的速度在疯狂上蹿，这才终于引起了老板的注意。

与此同时，他也终于感受到了其他部门员工口中的"死亡气场"。

"我，我马上回去修改。"

易琛问："什么时候交上来？"

负责人想了想，小心翼翼问："半个月？"

他们重新拟定名单后，还要确保名单人员能够按时出席，不能有一丝错漏。

"一周。"

"……"你打折这么厉害呢。

没得到回答，易琛抬眼："可以？"

"可以。"负责人一咬牙，不就是加班吗，他都怀疑自己不答应下来就会被当场炒鱿鱼，"我一周后交给您。"

待人走后，易琛才重新打开电脑屏幕。

刚刚那局游戏已经结束了，直播停留在了等待界面上，游戏房间里多了个易冉。

"我哥还没回你吗？"易冉问。

喻延嗯了声。

"那就开吧,我们两个玩,对了,你那朋友去哪儿了?"

反应过来对方问的是卢修和,喻延道:"他最近在玩别的游戏。"

小主播说话的时候,频频低头看手机。

易琛拿起手机一看。

小主播:……

小主播:还好赢了,不然我拿命都赔不动这五百万星光豆……

小主播:但你不是在上班吗?

小主播:要玩游戏吗?

"……"

1:嗯,在上班,顺便玩豆子。

屏幕里,原本还抿唇在偷瞄手机的人忽然蹭亮了眼睛,趁游戏等待时间,拿起手机捧到眼前瞧了大半天。

小主播:下次去别的大主播那玩吧,那边的赔率会高一点,我直播间赔率最高也就0.6。而且你押的太多了,小赌怡情!大赌伤身!

易琛看得发笑,说得跟真赌博似的。

他账号里足足有一千万星光豆,也不知道是什么时候放进来的。原本他只想压五百万豆子,谁知当时系统突然弹出一个消息框,他也没仔细看就点了确定。

现在想想,520这个数字八成是成就系统在作祟,临近触发隐藏成就的数量,才会弹出消息框来。

门再次被敲响,秘书走进来,温柔道:"易总,会议五分钟后开始,其他人员已经到齐了。"

"嗯。"

易琛收回思绪,把电脑关上,转身出了办公室。

喻延回复过去后,才发现自己已经飞过了队友标的落地点。

"小延?你怎么不说话了?"易冉在语音里嚷嚷。

"不好意思,刚刚在看手机。"他赶紧跳伞,"没事,你们那人不多,我在野区摸把枪就过去。"

"行。"易冉切出游戏,再三确定他哥已经不在直播间后,轻咳一声,终于找机会问出了让他抓心挠肝的事儿,"对了,听说你昨晚请假了?"

喻延点头:"嗯。"

第44章

"是有什么事吗？"

喻延虽觉得对方的关心有些莫名其妙，但也没太在意，顺口道："参加同学聚会去了。"

易冉："去哪玩了？"

他尽量让自己的语气随意家常一些，却还是难掩其中的八卦之心。

喻延道："去了酒吧，怎么了？"

果然！他昨天看到的就是小延！

易冉继续问："那今早为什么请假了？"

喻延搜完野区，转身朝队友的位置跑去，打算干脆就着这个话题给观众们解释："喝多了，睡得有些沉，闹钟没闹醒我，加上睡在外头，回家也需要一些时间。"

易家最大的八卦，在此时此刻，呱呱坠地！！

易冉跟发现宝藏似的，语气激动地询问详情。

一周后，星空 TV 官方终于给出老鼠黑人事件的相关回复。

【星空 TV 官博：大家好，关于近期的事件，我们经过调查，作出以下几点回应：

1. 经查证，本平台主播香蕉、老鼠均不存在任何抹黑其他主播的情况。

2. 本平台杜绝一切刷人气、刷热度现象。

3. 主播香蕉、羊羊、老鼠、Hudy 将继续参加本平台举办的主播大赛，希望各位水友多多支持。

4. 主播之间相互攻击是平台最不愿意看到的，以后我们将会对这方面多加管理，本次事件给各位带来的不便和困扰，我们表示抱歉。】

喻延刷到这条微博的时候正准备睡觉，这一看，睡意立刻消去了一半。

他截图下来，发给了团团。

刚发过去，就弹出了一个语音消息。

【团团邀请你加入"一言糖"语音群聊】

"……"

他点下通过，手机立刻跳到了语音界面。

"我真的服气了。"一进去就听见露露在说话，"香蕉这是给管理层塞了多少钱？这都能洗？这以后谁还敢相信官方说的话啊？……小延你来了？"

"嗯。"他道，"你们继续，我不打扰你们。"

"香蕉是现在 PUBG 分区在力推的主播，分区管理员想把他推上去跟 LOL 那位抢抢风头来着，当然得保他。"团团道，"羊羊，你现在打算怎么办？"

"还能怎么办。"一道男声传了出来,"微博公告都发了,就是板上钉钉的事儿了吧。唉,今晚我都不敢开直播,估计一水儿都是来嘲讽我的。"

露露:"而且我得到消息,说今年的年度最佳主播已经内定了,就是香蕉。"

"真的假的?"团团气道,"怪不得他的票涨得这么奇怪,不是,平台这是不把我们小主播当人看啊?那我粉丝们为了冲奖丢的礼物算什么?"

"没办法,香蕉现在算是一手遮天了。"羊羊叹了声气,"也是我自不量力,非要上去跟他硬碰硬,想想以前撕他的那几个主播,有哪个是赢过的?"

说到这,语音里突然安静了几秒。

"那个,等等。"露露语气犹豫,"你这么一说,还真有个。"

羊羊:"谁?"

露露:"小延啊!"

险些听睡着的喻延:"……?"

"对啊!你那张公告条!"团团一拍大腿,"当时香蕉刚在直播间内涵你开挂,管理员反手就挂上了一张公告条——那公告条到现在都还是全直播间独一份!"

第45章

他们不提，喻延都快忘了公告条的事了，没想到这会还能再提起来。

喻延道："可是……"

露露乐了："没错没错！那会儿香蕉脸都绿了哈哈哈，还死鸭子嘴硬，说自己没说过小延开挂，让水友不要自己发散，我当时看得不知道有多爽，恨不得跑去给小延刷流星！"

喻延："不用……"

团团："这么说来，三号管理员还天天蹲在小延直播间来着？"

喻延："我不是……"

"对，还动手封过人！"露露一锤定音，"小延的后台牛呀！"

喻延："我没有……"

"你放心，我们不会看不起你的。"团团道，"这是多大的优势啊！我得先好好巴结巴结你，以后我要是被人搞了，你可一定要保护我。"

喻延百口莫辩，欲哭无泪。

语音结束后，羊羊还弹了个好友申请来，喻延盯着申请看了半天，也不知是通过好还是拒绝好，他就怕对方也以为自己有后台，特地跑来求助……那岂不是很尴尬。

好在通过之后对方也只是跟他打了个招呼，没有多说什么。

关掉QQ，他又切回微博看了看，官宣微博下面基本分成两派，一派是香蕉的粉丝，这会儿正不断在开嘲讽，下巴都快撅到天上去了；另一边则是大嚷"星空TV黑不见底"，表示坚决不相信官方判决，要求官方出示检查证据的。

就目前来看，两边势均力敌。就官方这态度，估计也不打算再在这件事上下什么功夫了。

喻延叹了声气。

如果真如羊羊所说，香蕉在这个分区一手遮天，还有后台，能内幕到年度最佳主播这种奖项……那老鼠八成也差不多。

那他的主播扶持计划和年度击杀王也同样黑不见底了。

虽然本身就没报什么太大的希望，但心里有这样的认知后，他还是挺难受的。

不过这世界就是这样，从来没什么公平，他太清楚了。

只是每回遇到这种事，他还是会不甘心，不服气。

算了。

他把手机随手放到枕边，被子拉至头顶，闭眼强迫自己睡觉。

两分钟后，被褥被扯开，他翻身起来，重新拿起手机，打开了微信。

置顶聊天还停留在昨天，是他发过去的一句"好，那下次吧"，到现在都还没收到回复。

这一周都没和1玩游戏，连带着聊天也少了。

他点开对话框，正准备再发个对话框过去，头上的字忽然一变——

【对方正在输入】

喻延睁大眼，停下了发表情包的手，安安静静等着。

两分钟过去了。

五分钟过去了。

十分钟……

喻延忍不住了，觉得心头有股说不上来的滋味，想也不想就点开对话框——

喻延：？

对方几乎是秒回。

1：？

喻延：你还在忙吗？

1：忙完了。

喻延再接再厉，问：那明天一起打游戏？

对面迟疑了半会，才回复：可能没空。

又被拒绝了。

喻延叹了声气，回复：好吧。

1：怎么还不睡？

第45章

喻延：这就去睡了。

1：嗯。

喻延：等等！

1：？

喻延：你如果还没睡的话……我能看看猫吗？

1：……

看着这串省略号，喻延心底一沉，慢吞吞打字：不行的话也没关系。

还没发出去，手机页面一跳，视频请求弹了出来。

他回过神，赶紧点了接听。

一张大大的猫脸跳了出来，延延眨着大眼，一如既往地在用自己的脑袋撞手机。

"别撞。"男人声音低低沉沉的，还带了些沙哑，语气无奈，"傻猫。"

喻延觉得刚刚的那些小情绪瞬间就被治愈了。

他眼巴巴盯着猫，试图从猫咪身边空出的角落偷窥一下猫主人。

在他艰难偷窥的同时，对面的人也在看着他。

灯光很暗，像是只开了一盏床头灯，阴影打在他脸上，把五官衬得很立体。

身上是一如既往的白T，因为刚从被窝里出来，衣领有些凌乱，从这个角度看过去，能看清他高高凸出来的锁骨线条。

易琛这个星期的确很忙，谈了几个月的项目终于尘埃落定，因为两地同时进行，光是这六天，他已经来回跑了四趟，会议一个接一个，这会他才刚回到家，澡都还没来得及洗，小主播的消息就来了。

他轻挠着猫下巴，问："怎么不说话，傻了？"

喻延醒过神："啊……不是，没傻。"

这还没傻？

易琛轻笑一声，问他："不是早就下播了，这会还没睡？"

喻延老实道："刚刚聊完语音，就准备睡了。然后突然……想看看猫。"

"语音？"易琛一挑眉，逗猫的动作停了下来，"和谁？"

"团团她们。"

易琛敛眼看了眼时间，已经是晚上十二点多了。

这么晚了还在和别人语音聊天？

猫咪忽然轻轻喵了一声，趁主人松手时，转身一跃跳了下去。

喻延原本还在左看右看，现在没了遮挡，看得更清楚了。

世纪网缘

跟以往一样，白衬黑裤，衬衫有些微皱，露出来的腰带标志也是某大牌子。

易琛弯腰，大手一捞，窜逃的猫咪又被抓了回来："傻猫，再跑丢了。"

猫咪像是听懂了，登时乖乖坐着不动了。

"它好乖。"喻延问，"打算带去做绝育吗？"

"这得问他。"易琛用食指挑起它的下巴，问，"傻猫，想不想出去找女朋友？"

猫咪完全不知这两人正在讨论它的人生大事，一点动静都没，喻延看着发笑，下意识张口："喵，想找。"

易琛一顿："……"

"它只是猫，你别欺负它不会说话。"喻延道，"我替他答了。"

易琛敛眼看着屏幕里的人，抬手放到它脑袋上揉了两把。

"想找？"他道，"明天就带去割了。"

"……"所以你刚刚的问题到底有什么意义。

看到对方无语的表情，易琛笑了，这才正经道："我平时忙，养它一只就差不多了，没精力再养它的子孙们。"

又聊了一会，喻延挂了语音后才发现，他们居然聊了足足半小时。

但要他说出都聊了些什么，他一时半会居然还真说不出个一二来。

他打开进某视频网站的收藏夹，翻出了他的睡前小视频，顺手点开了视频PO主（制作上传视频的人）的个人主页。

果然，那个系列的第三弹已经出来了。

真是个良心PO主，喻延在下载新视频的同时，爽快地给PO主送了几个小礼物。

易琛挂了语音，把手机随意丢到桌上，抱起猫往外走。

一走出房门，就碰到刚从外面回来的易冉。

"哥，你还没睡？"易冉凑上前，摸了摸猫咪的下巴。

"明天你带傻猫去做绝育。"

"绝育？哥，你这是人道毁灭啊，太残忍了吧。"易冉道。

"如果闹出猫命，你养？"

"那还是绝了吧，一只玩玩就够了，多了我受不了。"易冉说完，像是察觉什么，问，"哥，你怎么最近总叫它傻猫，它不是有名字吗？"

易琛把猫放下，任它在客厅乱窜："改了。"

"哦……为啥啊？"

第45章

265

易琛却不答，转身径直进了房间。

待人走后，易冉一边啧啧啧一边抱起猫咪来："我可怜的猫咪，他喜欢你时叫你延延，讨厌你了就叫你傻猫，这就是男人，你以后可要吃点教训。"

次日，喻延刚进直播间就觉得哪里不对劲。

看了两眼才发现，之前管理员 03 发下来的公告栏消失了。

【公告栏怎么没了啊？】

【可能是公告条的时效到了？】

【屁，是官方收回去了好吧？之前主播那局没有枪的游戏就是因为开了挂，扰乱了游戏进程，算是实锤了吧？】

【楼上你看你能的，开个挂就能扰乱游戏进程，那蓝洞可以收拾滚蛋了。】

喻延道："别刷屏，这件事我会去问管理员的。"

可他的话并没起到任何作用，弹幕里仍吵得热闹。

今天周三，吃鸡惯例维护，喻延打开 QQ 麻将："别吵了，再吵房管就直接封吧。今天维护，打两局麻将陶冶陶冶情操。"

第一局麻将就是一副好牌，才来回打了三张牌，系统右侧就弹出界面来，示意他可以胡牌了。

他几乎想也没想，直接点了放弃，继续抓牌。

弹幕里立刻刷出一堆问号，他打出牌，笑道："不胡，平胡有什么意思？要搞就搞一波大的。"

【别贪心啊，你快醒醒，你就三千麻将豆！】

"够了。"喻延道，"看我这把翻它个十倍八倍的。"

憋到麻将牌只剩下最后一排，他的大牌只差一张就能做成了。

这时，又有人打出了他的胡牌。

【这都快流局了，胡了吧，别等了。】

喻延果断点下放弃，下一根牌抓上来，正是他缺的那一张，真做成了大牌。

【？】

【主播打麻将好像很厉害，收徒吗？】

【做成大牌又怎么样，没剩几根牌了，这局八成流局了。】

喻延散漫道："我平时打游戏这么厉害，怎么没见谁要拜师？"

屏幕上的麻将越变越少，直至最后一根抓上来，右边系统提示突然飘出来——

他自摸了。

弹幕立刻刷起了整屏幕的666，喻延笑了，正准备去点"自摸"，直播页面上突然跳出一条信息。

【1在小米粒呀直播间丢出一场流星雨，直播间将随机掉落50个星盒！】

喻延一怔，手忽然一抖，点到了"放弃"。

做了一整局的大牌，就这么流局了。

第46章

游戏结算页面出来，其他三个玩家看清他的牌后，也忍不住发了QQ麻将里自带的疑问表情。

【啊？什么情况？是我知道的那个1吗？？】

【一万八麻将豆就这么没了？！】

【小米粒谁？】

【小米粒是个吃鸡女主播，说话特别甜腻的。不是天生的，是说话装……天天在直播间撩拨老板的那种，微博不知道被挂多少次了。天，我不相信！】

【你们是不是想多了，这直播间用户名随便改，叫1的多了去了！你们等着，我去探探情况。】

喻延回过神来，按下准备，开始下一局。

"……刚刚点错了。"他道，"没关系，大牌随时都能做。"

结果牌摸上来，一眼过去零零散散，别说大牌了，别人胡牌之前他能听牌都算是奇迹了。

【还好你没开竞猜，不然我必倾家荡产……】

【这局开吗？我梭哈不胡。】

"竞猜只会开在吃鸡游戏里，别的游戏都不开。"喻延扯了扯嘴角，"没事，摸几张牌上来就好了……"

话还没说完，突然听见了胡牌的系统声音——他上家地胡了。

三千麻将豆，瞬间清光。

这时，刚刚去探情况的那几个水友也回来了。

【……完了，一切都完了，那真是1。】

【个人资料里还是这个直播间的守护,那女主播还在疯狂谢谢1老板,粉丝们还在起哄,让1老板多刷一点……】

喻延抬眼,看到直播间人数正在迅速减少,反正这边也没游戏内容,大家伙都跑过去一探虚实了。

他抿唇,视线放回游戏里,领取系统第二次发下来的三千豆子。

"水友去看别人直播很正常,给其他主播刷礼物也很正常,大家不要去打扰其他主播直播。"

说是这么说,但喻延心里总觉得闷闷的。

一股莫名其妙的滋味萦绕在胸腔里,难受得紧。

其实他早有预感,最近1回消息的速度明显慢了很多,也不怎么来玩游戏了,就连昨晚的视频,也是自己赖着脸皮先开的口。

没有哪个水友会只喜欢一个主播,多数死忠粉在他未开播时也都会跑去看其他主播,对此他一直觉得很正常。

就连追星都有双担(喜欢两个明星)和墙头(有好感的明星),这有什么。

他在心里头这么安慰自己,结果在下一局麻将,起手听大牌结果被别人单吊自摸后,他轻声问:"那个……问大家一件事。"

"我最近直播质量是不是下降了?"

水友们一愣。

【怎么可能!我每天准点都蹲在这等你开播!你是我近期发掘直播质量最好的新人主播了!】

【小言这语气,我怎么听着这么委屈呢,我不行了,我得砸个礼物缓缓。】

【别妄自菲薄啊,你直播一直都很好看,是我放学后的唯一消遣!】

【可能那女主播是1老板的朋友?估计砸礼物撑个场子,一会一定就过来了!】

【……那个,1老板砸完礼物后,直接下线了。】

喻延盯着弹幕看了半晌,笑了声:"没有,我只是趁没玩游戏的时候问一下你们的意见,看有没有什么地方需要改进的。"

QQ麻将一天只发三次麻将豆,他打了三把,就把这九千豆子都输光了。

而游戏维护的时间最低也要七小时,喻延被系统踢出麻将房间,在游戏大厅傻站着,茫然无措。

【不然再充十块钱麻将豆继续吧。】

"不充,我从不在游戏里充钱。"喻延关掉游戏大厅,用鼠标在桌面上滑动,

第46章

"玩玩别的游戏吧，你们想看什么？"

【对抠门的男人没有抵抗力。】

【楼上你快醒醒！】

【想看 CS，LOL 也成吧。】

【不看 CS，第一视角太晕了，LOL+1！】

喻延看了眼弹幕，遵循多数人选择："那就玩 LOL 吧。不过这游戏我很久没玩了，可能会有点菜。"

更新好，刚登录上去，立刻有消息弹了出来。

【好好好抱就抱：你怎么跑来这了，不是直播时间吗？】

喻延想了半天，才想起这是卢修和新改的情侣名。

【菜是我的错吗：吃鸡维护，上来打两把。】

【好好好抱就抱：一起？我家宝贝刚好想练英雄，打几把匹配呗。】

【菜是我的错吗：好。】

进入房间，房间里果然还有个叫"小仙女要抱抱 QAQ"的。

他许久没玩，LOL 已经改版多次，现在匹配房间里自带语音，一进去就听见卢修和在嚷嚷。

"还有人吗？没有就开了。"

喻延直接无视了底下嗷嗷待哺、疯狂求带的水友们："没有，开吧。"

进入选英雄界面，卢修和问："宝贝，你玩什么，我好看着选。"

【小仙女要抱抱 QAQ：我继续奶妈叭~】

"好，那我玩个厉害点的保护你。"

喻延随口问："她没麦吗？"

"对，她麦坏了。"

喻延选了个劫，进入游戏之后他看了下胜率。

奶妈的胜率居然有 79%，还足足玩了一百来场。

【我去查了一下这小仙女的战绩，钻石段位，排位除了奶妈之外其他玩的都是中野英雄，还好多把 MVP，这妹子这么牛的吗？！】

【一看就知道是找人代打的，这种女的我遇得多了去了。】

【每次上分的时候遇到这种队友就生气，待在自己的青铜段位称王不行？！】

"别乱说。"喻延对线之余，腾空道，"没证据之前随便污蔑别人不好吧。而且相比之下，明显是我更菜一点。"

弹幕里都让他别谦虚了。

十分钟后，水友们发现……他还真没谦虚。

儿童劫（玩家对游戏的嘲讽名称）开开心心从基地出发，对线三分钟，被对方安妮（游戏角色名）按在泥土里用小熊反复摩擦，再次送回老家。

喻延打开资料一看，对面安妮ID旁还有个代表性别的女生标志。

反观下路，卢修和玩的AD 0/2/2，而奶妈……4/0/2。

0/3/1的劫再次从家里出门，喻延念叨："……现在的妹子，真的好凶啊。"

"LOL为什么不能开全体麦，我好想求她别杀我了。"

【搞什么呢？给我有点骨气！】

【平时你在吃鸡里杀人的时候，别人开全体麦求你，也没见你放水啊？】

【报应来了，死吧！】

【小仙女要抱抱QAQ：不然你来打辅助，我来打中吧。再让安妮起来，后期难打。】

喻延闭掉游戏里的麦克风，道："简直是奇耻大辱。"

然后他打字。

【菜是我的错吗：好的。】

无视掉弹幕里一水儿的问号，喻延转身往下路走去。

"我靠，真的假的。"卢修和道，"你个劫，能怎么辅助我啊，别抢我兵就好了。"

喻延听话得很，站到草里发呆去了。

直到卢修和看清喻延的种种操作后，他才觉出不对劲来。

虽然喻延确实是射击类游戏玩得比较好，可这种MOBA（多人在线竞技游戏）型游戏水平也并不低，以前玩儿的时候，喻延还是大师段位。就算有段时间没碰过了，也不至于生疏成这种白银水平吧。

当喻延第二次被敌人击杀，卢修和忍不住了："小延，你怎么回事啊，今天心情不好？"

屏幕灰掉，喻延打开游戏商城买装备："嗯？没有，是我玩得太烂了。这局结束我就走了，不坑你们。"

"反正是匹配……无所谓。"知道他在直播，卢修和没多问。

对面安妮太肥，团战根本没得打，游戏刚到二十五分钟就结束了。

看着面前大大的"失败"两字，喻延退出游戏，跟卢修和道了别，继续回去打吃鸡。

第46章

吃鸡维护之后一如既往的卡，喻延的电脑配了两年多了，对于主播这行来说早该更新了，不然硬件各方面都没法达到优秀，继而可能会影响直播时的操作。

直到他的游戏人物第三次飘在地上之后，弹幕里终于忍不住了。

【我寻思着我们众筹给你换个电脑？】

【你小心着点，一会卡上天了，又成开挂实锤了，这会儿直播间的公告条都没了！】

【主播怎么都不说话，刚刚搜东西的时候我甚至以为我没开声音。】

喻延扫了眼弹幕："没有不说话……不是电脑问题，是游戏卡，维护完之后经常会这样的。"

说罢，他抬枪把近点的人几枪打翻，"不影响操作就好。"

在陪玩没火之前他是个代练，这台电脑花了他一万多，当时配完电脑，他卡里就只剩下四百块了，用微信支付完后银行短信跳出来刚好被销售员看见，对方的眼神不自觉带了些古怪。但喻延不在意，为了省一百块的搬运费，他自己抱着那台主机坐公交回的家，嘴上的笑容怎么掩都掩不下。

能把自己喜欢的事当成职业，怎么不叫人高兴。

加上他勤快，后面四百块他撑了一个月，那个月底工资结算后，他就再也没再经历过这种窘境。

现在他也不是换不起电脑，只是觉得没必要，普通画质水友们看得也很清晰了。

播到晚饭时间，他松了口气，给观众们开了部最近很火的外国鬼片，然后关了视频。

【放个鬼片就溜了？】

【看鬼片没关系，至少你得把脸露出来啊！】

喻延道："吃完饭就开。"

他拿外卖回来，刚好看到手机亮了起来。

你卢大爷：小延，你怎么了啊？我怎么看你不大对劲呢。

喻延：没啊……

你卢大爷：还没，我去直播间看了看，你一下午就没怎么说话。这样吧，不然明天我去找你？

你卢大爷：给你带早餐去，爱心早餐，管饱。

喻延：不用了，大老远的，我真没事。

你卢大爷：看看吧，明天我起得早就去，你记得给我开门，哎，我热恋中还给你送早餐，真的是感天动地，她要知道我对你这么好，估计得气死。

世纪网缘

272

喻延握着手机，发呆了大半天。

喻延：我问你个事。

你卢大爷：啊，你说。

喻延敲敲打打删删许久，才磨磨蹭蹭把想问的话打出来。

喻延：就是……有个朋友对你很好，你们关系还不错，可是有一天，这个朋友对别人也一样好了，你会觉得难过吗？

你卢大爷：不会啊。这不是很正常的吗？总不可能那人只有你这一个朋友吧。你看，我平时对你多好，现在我有了我的小宝贝，连你的直播间都不去了，你觉得难过不？

"……"

卢修和这比喻简直绝了。

喻延越看越觉得有道理！

你卢大爷：你们聊天频繁不？

喻延：以前挺频繁的，最近少聊了很多。

你卢大爷：为啥？

喻延：我也不知道，游戏也不怎么一起玩了。

你卢大爷：……游戏？你说的是游戏好友？

喻延：算是吧。

你卢大爷：……

……

这沉默太吓人，喻延正准备大继续说些什么，两拇指一激动就撞一块去了，手机猝不及防脱落，直直撞在了商家满赠的饮品身上。

砰地一声，饮品应声而倒，满满一瓶可乐倾泻而出，液体顺着电脑桌的空隙全倒在了下方的主机身上。

眼前的电脑屏幕霎时间，黑了。

"……"

第46章

第47章

喻延看着黑漆漆的屏幕，一时间不知道是该先继续跟卢修和扯刚才的问题，还是先心疼他的电脑。

半晌，他叹了声气，先拿起手机把屏幕上沾到的可乐擦干净。

喻延：你别多想，我这出了点事，一会说。

发完，他才抓起纸盒蹲下身，把插座断电，擦起主机来。

越擦就觉得越难过。

果然是祸不单行，他只觉得主机上的可乐怎么擦也擦不完。

他拍了张照在微博上，无奈地请了假。

这请假主播，看来他是当定了。

因为是突然黑了屏，微博下面的评论数量简直多的吓人。

【喂！你看鬼片也就算了，鬼刚要出来冒个头，你屏幕直接黑了，是想吓死我吗？】

【我赶紧掏出了我的平安符！】

【富强、民主、文明、和谐……】

喻延设身处地想了想，还真有些吓人，郁结的心情因为这些评论终于稍稍松缓。

把主机擦干后，他便换了一身衣服，抱着它出门了。

毕竟是用来吃饭的家伙，不早点解决好不行。

"你这水全都浸进去了。"维修师左右看了看，"硬件放在几年前还算不错，现在用，好像老旧了一点。修也得花不少钱，硬件进了水，不一定能恢复得跟以前一样，还不如多添几千块，买个新的主机。"

不是喻延针对谁，一千家电脑维修店，起码有998家是坑人的，就欺负外行人看不懂硬件。但喻延不是外行人，他以前在基地见过不少次工作人员组装电脑，偶尔还会给他们讲解一些。他现在这个情况，只要换两三个硬件就可以了，加起来还没三千块，要不是没有实战经验，他还真想自己上手。

"不用，把坏的硬件换了就好。"他道，"价格大概是多少，修理需要多久？"

见他不上套，修理师傅报了个价格："修理的话……你后天早上来拿吧。"

"好的。"

从维修店出来，已经是晚上九点。

直到肚子咕咕叫起来，他才想起刚刚点的外卖还放在电脑桌上，这会儿估计都凉透了。

既然都凉了，他也不急着回去了。在路边找了家麻辣烫便钻了进去，一口气点了三十多块钱的套餐。

这个时间点，店铺里没几个人，喻延挑了个角落坐着，刚吃两口，一对情侣进店，径直坐到了他的身后。

他坐角落原本是想图个清静，没想到这对小情侣似乎是在吵架，女生一坐下来就道："我跟你好好说这事儿呢，你非把我往这里面拖做什么？"

男人道："刚刚街上这么多人，你不嫌丢人，我还嫌丢人。"

"好啊，你现在还嫌我丢人了是吗？你出轨的时候怎么不嫌自己丢人呢？"

"别乱说话啊，我没出轨。"

"没出轨？"女生冷笑一声，把筷子一摔，"那你跟那女主播大半夜还在语音聊天是什么意思？还天天一块打游戏？你直播账号还给她刷了几千块的礼物！别以为我不知道，我可都查过了！"

男人脸色一变："你居然查我手机？"

"怎么样，自己做过的事，还怕被人发现啊？"

喻延瞬间觉得嘴里的鱼豆腐变了味，怎么吃都吃不香。

身后两人没有要停下来的趋势，喻延又匆匆扒拉了两口面条，快速起身付钱离去。

回到家，他把外卖丢掉，进浴室洗了个澡，便躺在床上思考人生。

卢修和说得对，没有谁会因为朋友对其他人好而感到生气的，至少他不是这样的人。

他拿出手机，用小号登录星空TV，进了那位叫小米粒呀的主播的直播间。

女人浓妆艳抹，穿着一件小短裙，正坐在电脑桌前打游戏，视频角度往下，能看到她交叠着的双腿，又细又白。

直播间右上角的献星榜上，还挂着1的名字，正好排在直播间第10名。

她的声音和人一样，又嗲又媚："谢谢勇哥的小星星，爱你么么哒，亲一个Mua~"

"什么啦，裙子不能再短了，平台要封我的，你们别闹嘛。"

下面的弹幕也都非常限制级，喻延从没看过女主播这么露骨的互动，简直瞠目结舌，赶紧退了房间。

1的口味转变太大，他一时有些跟不上。

喻延抓起手机，打开1的对话框，想说些什么，又生生忍住了。

……他们只是网友而已，连朋友或许都算不上。

这个认知让他瞬间清醒。

他看了对方的头像许久，然后打开设置，咬咬牙，取消置顶。

"啧，太骚了。"莫南成躺在长椅上，跟身边的好友道，"你说阿琛怎么这么骚啊？这泳姿，这身材，全游泳馆的人都在看他。"

好友笑了："你羡慕啊？"

"我羡慕个屁。"莫南成轻咳一声，"我要是下点功夫，也能练出这身材来！"

话音刚落，泳池里的男人已经快速游到了这一侧，手撑在石砖上，干脆利落地起身，身上的线条因为力道稍稍紧绷，不是健身教练那种吓人的大块肌肉，而是刚刚好的健康型身材，肩胛骨上的背部肌肉让身后的人挪不开眼睛。

"说我什么？"易琛抓过浴巾，往肩上一盖。

"顺风耳都没你灵。"莫南成道，"夸你帅呢。"

易琛嗤笑："滚。"

莫南成伸个懒腰："今天跑了一天，上午高尔夫下午健身房晚上游泳池，觉得自己都老了十岁。"

易琛："我没让你跟来。"

这是他的固定行程，每周周末都要挑一天做健身，这周末有家庭聚餐，所以他临时挪到了周三。

莫南成："我们也就图个新鲜，下次你绝对见不到我们了。"

易琛不理他，拿起手机摁了摁，没亮。

不知道什么时候已经自动关机了。

世纪网缘

276

"你怎么回事，看了一天手机了，有工作？"莫南成问。

"没。"易琛转身，朝洗浴房走去。

"哎，等等我。"莫南成赶紧跟上去，"对了，我后天还要去趟满阳，你要一起不？"

易琛扫了他一眼："去做什么？"

"嘿嘿，女DJ约我去看海。"

"不去。"

"真不去？"莫南成压低声音，贼兮兮地问，"你就不想上次那个人啊？"

易琛步子一顿，皱眉。

莫南成道，"易冉都跟我说了。"

易琛不知道易冉那傻子跟他说了什么，总归不是什么好话。

"不去，没空。"他道，"周末几天家里有聚会。"

莫南成哦了声，笑道："行，那等你有空了，咱俩再去一趟。"

易琛没再搭理他，冲完澡便自顾自开车回了家。

刚走进门，就见易冉正在客厅撸猫。

"哥……你回来了？"易冉一顿，语气弱弱的，"你怎么不回我信息啊？"

"手机没电。"

猫咪瞧见他，忙从易冉脚上跳下来，跑到他身边，用尾巴蹭他的小腿。

见易冉一脸心虚，他问，"什么事？"

"哎……是这样。"

今天易冉学校要求交一份论文，偏巧他电脑落学校了，又懒得跑回去拿，就想找易琛借电脑。

发了个信息没得到回复，学校那边又催得急，他就自己摸进易琛的书房去了。

在易琛没开始玩游戏之前，那台式电脑基本就是放在那攒灰的，所有文件都在他手提和公司电脑上，所以书房的台式没有设密码，易冉轻而易举就得了手。

弄完论文，易冉发现微信的损友群里正在说某个女主播撩得不行，他一个好奇，就打开网页去看热闹了。

"那女主播说，一个流星就直播吃虫子，太猎奇了，我一下没忍住，忘了上面自动登录的是你的账号——"

易琛："……吃什么？"

易冉重复了一遍。

第47章

易琛："叫什么名字。"

"忘了，"易冉很尿地加了句，"……你可以去你的主页里看，里面有送礼物的信息。"

易琛点头，在进房间之前道："明天收拾东西滚蛋，不然周末我亲自把你打包送到你爸妈面前。"

无视掉门外的哀号，易琛回到房间，第一件事就是把手机连上充电线。

两分钟后，手机开机。

易琛在换衣服，听见手机里传来的微信提示声，好心情地扬了扬嘴角。

换了身家常服，他慢悠悠走到床前，打开微信。

二十二条信息里，三条来自助理，十九条来自他那傻子堂弟。

嘴角敛下，他直接把易冉的信息删了，再次刷新微信首页——

不论怎么刷，都没刷出小主播的信息。

平时每天小主播都会给他发消息，偶尔是一个表情包，偶尔是个问候，连着到现在，基本没断过。

他打开电脑，点进收藏的直播间。

黑漆漆一片，只剩下那些在直播间里挂机的人。

易琛皱眉，拿起手机，先发了条信息过去。

1：今天不播？

对方许是有事，半天没回复。他想了想，点开百年不上一次的微博。

因为关注的人少，他刚打开，首页就刷出了对方的新微博。

【星空·TVyanxyan：电脑被淋了，再请个假吧，以后会补直播时长，实在抱歉[大哭][图片]】

他点开图片，机箱上面还泛着水光，男生的手入了镜，手上拿着一张纸，纸上因为擦了水渍，还带了些颜色。

男生的手指白皙细长，很好看，不适合敲键盘，更适合弹钢琴。

1：电脑坏了？

半晌，终于有了回复。

小主播：嗯。

1：刚好，趁着时间多休息。

小主播：……嗯。

易琛盯着这嗯字，总觉得小主播心情不太好。

1：电脑坏了，不高兴？

小主播：……

小主播：算是吧。

1：旧的不去新的不来。

小主播：……

果然，大家都是喜新厌旧的，对物品是，对人是，对主播也是。

喻延不知道回复什么，只能干巴巴地敲出几个点。

1：不开播，打算去做什么？

喻延握着手机，看着自己设定的沙滩背景壁纸，随便回了句：看海。

易琛想起今天莫南成提到的事。满阳有个海滩，出了名的清澈，据说甚至能透过海面看向海里，但他忙，一直没去过。

1：好看么？

小主播：好看。

有多好看，你倒是说清楚？

到了这，易琛要再察觉不出对方的冷漠来就是傻子了。

他把手机往桌上一放，等了近五分钟，手机再没了动静。

果然，他不把话题继续下去，对方就不回了。

这原先是他预想的结果——疏离他，小主播察觉到自己的冷落之后，自然就会懂得怎么做了。

这个办法，他只用了一周。

……

才用了一周，小主播就放弃了？

现在的年轻人，怎么一点耐性都没有？

易琛皱眉，拿起手机，往上滑了滑，这才发现今天小主播给他的回复最多就三个字，简直就是个大写的冷漠。

正好，他以后可以当个安安静静看直播的水友，不用再担心别的。

他把手机往桌上一丢，走出书房准备泡杯咖啡。

三分钟后，他黑着脸，一边手捧着咖啡，一边手抱着猫回到书房。

然后拿起手机，直截了当地给对方弹了个视频。

噔——

屏幕一闪。

第47章

【对方拒绝了你的视频请求】

小主播：我太困，今天就不看猫了。

"……"

怀里的猫看了看手机，又看了看主人："……喵？"

第48章

喻延挂了视频通话后，打开了视频平台的APP。

拇指在收藏那游移了大半会，最终还是下决心点了进去，打开里面珍藏的好几弹视频，连上耳机，闭眼，一气呵成。

习惯没那么好改掉的，他就再听几天，慢慢减少时间，以后就不听了。

他没底气地在心里解释道。

次日，喻延被闹醒，才猛然想起自己忘记关日常闹钟了。

他还有些困意，拿起手机翻了翻，准备看看微博评论就继续睡。结果刚解锁手机，上头就跳出了消息提示。

团团：你又双叒请假了？怎么的，想解甲归田了？比赛期间也就只有你这么频繁请假了，别人巴不得播个二十四小时。

喻延：不是，我电脑被淋坏了。

团团：那怎么了，谁还没电脑坏过呀，找个硬件好的网咖继续干。老鼠才被人举报，这两天都不敢继续刷票了，你正好趁这个情况一鼓作气冲上去啊！

喻延：……可你们不是说，奖项已经内定了吗？

团团：谁知道他内定了什么，除了年度击杀王之外，不还有个一看就古怪的吃鸡王吗，你要是把他超了，没准他就被挤去别的奖项了呢？

这听起来简直太心酸了。

喻延想想也对，倒不是奖项的问题，他这几天实在是请了太多假，他自己都不好意思了。

他用手机查了查这附近机器设备最优的网吧，洗漱完后便出了门。

因为是周四，网吧人不多，喻延走到前台，把证件递过去："上机。"

"好的。"前台是个小姑娘,原本正在啃水果,抬头见到他,嘴巴慢吞吞地闭上了,"那,那个,你是第一次过来吧,要充多少钱呢?"

喻延问:"你们这最好的机子是多少钱?带摄像头吗?"

"50一小时,带摄像头麦克风,包厢机子,我们刚配的最新机型,绝对流畅。"

50一小时,真的很贵,卢修和家的网吧最贵机子也就12块。不过还好,网吧为了留客,首充用户都是买一百送一百。

来都来了,就没什么好犹豫的,喻延掏出钱来:"冲四百,谢谢。"

办好后,他找到包厢区域看了眼,愣住了。

他原以为这么贵的机子应该是单人包厢,没想到居然都是双人的,相邻两个座位,跟其他网吧的普通包厢差不多。

不过从机子的外观能看出来,质量还是好的。

"只有双人的包厢吗?"他问身边经过的网管。

一想到自己要在别人面前直播,他就有些不太好意思。

"对,你介意吗?"网管道,"不过这里面的机子贵,今天又不是周末,基本没包厢会坐满的,你放心坐就是了。"

"这样,"喻延笑了声,"谢谢。"

他找了走廊最里面的包厢,打开机子后调试了下设备。

……比他家里的那台还要好。

不得不说,这家网吧贵是贵,但贵得实在。不止是硬件好,就连直播的设备也非常齐全,他打开调试界面,基本不需要怎么动就能直接用。

他没过多磨蹭,直接开了直播。

因为请了假,直播间里大多都是挂机的僵尸号,他刚调整好摄像头的角度,那些收到关注主播开播提示的水友才源源不断涌了进来。

【我记错了吗?今天不是请假了?】

【小言在哪啊?背景都和平时不一样了。】

【主机活了?】

"没活。"喻延点了个微博分享,涌进的观众愈多,"还在修。今天跑来网吧直播了。"

【良心主播,我哭了。】

"不算良心主播,本来就是日常直播时间。"喻延打开游戏,开了把训练场,"第一次来这家网吧,我先试试设备手感。"

昨晚的可乐也洒了点在键盘上，导致几个按键出了问题，他在网上买了几个键帽，现在还没到货，所以今天没把自己的小设备带来。

对他而言，主机里的硬件是次要，键盘和鼠标才是重中之重，用惯了自己的键盘后再换上其他设备，或多或少都会影响操作，这也是那些职业选手大多选择带自己的键盘上赛场的原因。

进入训练场，他想也不想便拿起AKM，随便挑了个靶子就开始射击。

随着激烈的枪声，靶子上立刻出现了无数个弹孔——

密密麻麻，几乎全缩在一块，波动极小。

"还行。"他点头，还算满意，"开两把单排，下午抽水友玩游戏吧，好久没带你们了。"

刚进入素质广场，喻延就觉得包厢外头似乎有人影。

他抽空瞥了一眼。

门外站着三个女生。

正在猜拳。

"说好了，赢了的上这台机，输的人不准生气啊。"其中一个道。

"行，但是说好了，拿到微信要姐妹共享！"

"而且不准打直球，给彼此一个机会！"

"成交！"

赢了猜拳的是个绑双马尾的女生，她抬头挺胸，神采奕奕："我进去了，姐妹们。"

"滚啊！"

喻延全然不知外面发生了什么，他没想到自己藏在走廊最深处，且刚上机还没到半小时，这小包厢就迎来了它第二位客人。

门被打开，进来的女生朝他羞涩一笑，喻延赶紧回了个笑容，收回了目光。

怎么办？

"这机子没人吧？"女生问。

喻延真想说有人，然后再花一份钱去把这台机子也开了。

可他只有一张身份证。

而且他也舍不得这么浪费钱。

"……没人。"

【什么情况？】

第48章

【主播在网吧啊，有其他人来上机了。】

【主播随便去个网吧隔壁都能坐个妹子，我恨！】

喻延抿着嘴，不太好意思继续跟水友说话，但他不可能一直不和水友们互动。

半晌，他还是开了口："那个，不好意思，我这边在开直播。一会可能会打扰到你……"

女生一愣，忙点头："没关系，我不怕吵。"

"你是主播呀？哪个平台的？"

耳边传来枪声，喻延把精力放回电脑上："星空的。"

见他在打游戏，女生轻轻哦了声，没再打扰他，只是目光一直放在他的电脑屏幕上，看到他干脆利落地跟敌人绕着石头对枪，顺带着把从左边摸上来想偷屁股的敌人两枪爆头，操作游刃有余，枪法简直帅到炸裂。

她拿起微信，面无表情地打出一大串"啊啊啊"："捡到宝贝了，小哥哥玩游戏太帅了！还在害羞，耳朵都是红的！第一次遇到这种宝贝，我该怎么撩？"

"我的天，这种最好撩了好吗？！夸啊！往死里夸！夸到他满脸涨红，再顺势要个微信，搞定！"

女生觉得可行，于是，小哥哥每杀一个敌人，她就——"哇！"

"好厉害~"

"你好强呀……手指也很好看。"

五分钟过去了，对方毫无反应。

【这姑娘累不累？】

【小言真是个莫得感情的杀手……】

【不知道为什么总觉得看起来特别好笑2333】

喻延起初是觉得有些害羞，毕竟在别人面前直播，确实有些羞耻。

但时间一长，他也习惯了，而且戴上耳机之后，还真听不大清楚身边人在说什么。

清完屁股后面的人，喻延把包舔干净，往决赛圈进发。

……

易琛是在开会结束后，才看到的直播平台推送提示。

星空TV的负责人已经在会议室外等候许久，见他出来，忙上前递资料："易总，这是我们新拟出来的人员名单，大多都是平台内的主播，还有跟我们平台签约的俱乐部队员，您看看……"

"嗯。"易琛接过文件，大步往办公室走去，"你先回去，我看完了会联系你。"

他把办公室的门关上，直接打开了直播平台的收藏页面。

小主播果然开播了，只见男生坐在陌生的背景环境里，脸上表情严肃，全神贯注地在打游戏。

身边还萦绕着一个陌生的女声，每当他秀一波操作后，就会非常配合的一顿夸，语气夸张之际，话里满满都是崇拜。

他皱眉，还未明白过来是什么情况。

【1老板来了！我昨天看了他们回放，太有爱了！】

平时这种弹幕，都会迎来一堆共鸣党。

谁想今天画风完全不同，这条弹幕都快飞过屏幕了，其他水友才终于有了反应。

【前面在胡言乱语什么？】

【前面的来晚了。】

【我反正是出坑了，专心看小言直播吧。】

易琛扫了眼弹幕，静静地等了几分钟。

屏幕里的人还在打游戏，半天没说话。

好，很好。

平时一见到他就热情百倍的人，今天连招呼都不跟他打了。

易琛动动手指，几秒后，直播间跳出一条礼物信息。

【1在yanxyan直播间送出一片星海】

喻延在打决赛圈，见到这个消息只是一愣，很快又被游戏里的枪声拉回了注意力。

【看别的主播很正常啊，姐姐们是不是太敏感了？毕竟1老板也只给那女主播送了个流星。】

【是啊，今天不是就回来了吗？】

【而且你们打开1老板的个人主页看，关注列表里还是只有小言一个人。】

喻延趴在草丛里，专心致志地瞄着刚刚枪声发出的地方。

心里却很不坚定地顺着水友的话软了些。

见他没反应，易琛想也没想，又送出一个星海。

【老板大气，我屈服了，我回坑。】

【那个，你们有没有觉得，1老板这是在用礼物吸引小言的注意力啊？】

【我也觉得！而且小言居然没有跟1老板打招呼！以前1老板每次进房间他

第48章

都会欢迎的！】

喻延终究还是没狠下心，也见不得1这么砸钱，正准备开口。

【等等，我发现了一件事……1老板昨天看的那个女主播，被封直播间了诶？】

【哇！真的，连主播号都销掉了！】

【……听你们的点开了1老板的主页，看到了那女主播的名字，心里不适，赶紧出来了。唉，在我心中，1老板已经脏了。】

【啧，怪不得……那1老板就算想看也没处看啊。我说呢，昨天一声不吭，今天怎么就跑回来了。】

【意思是看不成女主播才回的这个直播间？我晕，这坑我到底还回不回去了。】

他脏了？哪里脏了，什么脏了？

易琛皱眉，顺着水友的话点开自己的资料。

虽然心里清楚这女主播的ID是怎么来的，但他看着看着，居然也觉得十分不顺眼。

喻延捕捉到最后一个敌人，蹲起几枪解决掉。

吃鸡页面跳出来，他扫了眼弹幕，眉梢渐渐往下敛。

他觉得沙雕水友们今天不怎么可爱，戳起心来一点都不客气。

到最后，他语气如常，礼貌道："谢谢1老板的两个星海……别送了，不用破费，谢谢。"

"……"

喻延说完，退到游戏大厅，准备开第二局游戏。

"那礼物不是我送的。"

低沉的男声猝不及防在直播间响起，只见ID为1的小黄马甲前面亮着一个小小的麦克风。

男人轻轻啧了声，在大家都没反应过来之前，继续强调。

"不是我。"

第49章

喻延一愣，游戏里原本在跑动的人物也停了下来。

【我信你个鬼，你这糟老头子坏得很。】

【男人的嘴，骗人的鬼！】

【不是本人是我初中时候用的招数了，太老套了吧！】

直到耳机里传来飞机轰鸣声，喻延才道："水友们只是开玩笑，你不用当真的。"

半晌，他又说，"而且看其他主播也很正常……你别有什么压力。"

易琛道："你别听她们的，我就没压力。"

"……"

这话是什么意思啊？

喻延咬牙，忍着才没把那句"我不听她们的"说出来。

在他不知道应什么时，游戏已经开始了。他看了眼航线，想也不想便跳了机场，落地抓起一把喷子，抬枪把面前那个拿着M16一阵乱射的人给击倒。

弹幕热热闹闹地跟易琛对起了话。

【什么叫别听我们的？】

【就是，昨天你给别人送礼物时，是谁在直播间疯狂安慰小言？】

【我记得直播间老板就算有马甲，也不能开麦说话的吧？】

"别人不行，我可以。"易琛把话头丢到喻延手上，"他亲口说的。"

喻延仔细想了想，他好像还真说过。

"……没关系，你说吧。"

与此同时，旁边的女生还在继续："你的枪法好准！"

话刚说完，她就发现男生抿着唇，耳根子附近红彤彤的，衬着白色的耳机，看起来特别显眼。

她眼底一亮，赶紧拿出手机来："他脸红了！管用！就是反应好像有点慢啊，我夸了大半会，口都干了。"

那头很快回复："有效果就行，下一步，邀请他玩游戏！！"

喻延转身进了C字楼，楼里显然不止有一个敌人在，大多人都选择躲在房间里，等其他人进房间时直接阴死。

他把鞋脱了，降低脚步声，摸上楼后，他卡在楼梯的视角往外看，房间的门大多都是开着的，没法判断是哪个房间里有人。

见状，怕打扰他玩游戏，易琛想也不想就把麦克风给闭了，顺手拿起刚到手的名单翻了翻。

喻延等了近十来秒，终于听见一道非常细微的脚步声。

"小哥哥，一会可以一起玩游戏吗？"身边的人忽然开口，"我不会玩你这个，但是我挺想学的。"

女生声音其实不大，但还是影响了他听脚步。

"你等下。"他丢完这句，起身往身前第二间房间挪去。

【不在这里，挺远的。】

【不远，只是别人蹲着挪的步子，声音听起来比较小。】

【旁边的人好吵啊，要是我玩游戏时遇到这种人，早忍不住了！】

喻延抬枪转身冲入房间，一眼过去没看到人，他心底一个咯噔——完了。

果然，就在他准备跳窗的同时，身后传来一阵猛烈的枪声，对方显然也很有实力，他甚至没有一丝反击的机会就被撂倒在地。

结算界面弹出来，他笑笑："判断错误了，原来在对面。"

说完，他摘下耳机，转头温声问，"你刚刚说什么？"

"啊……"

女生跟他对上目光，这才发现他最好看的地方在哪里。

这眼神，她实在是受不了。

她脱口而出，"我是说……我们能不能加个微信？"

易琛翻页的动作一顿，抬眼时，刚好看到男生眉梢挑起，满脸不知所措。

他拧眉，这有什么好犹豫的？在网吧碰见的陌生人，开口就要联系方式，一看就目的不纯。

当然是拒绝了。

"可以吗？"女生见他没反应，也不退缩，"就是想跟你交个朋友，我平时不会烦你的……我扫你？或者你直接给我微信号，我打字搜也行！"

喻延只犹豫了片刻，就拿出手机："没关系，你扫我吧。"

【怎么回事？怎么就加起微信来了？邻座女生的特权？我也要加微信！你在哪个网吧，名字告诉我，我立马搭飞机去！】

【主播脾气这么好的吗？刚刚要不是这女的一直在唠叨，肯定不会听错脚步声的。】

【那得看这女生长的怎么样。就小言这个态度……我估计长得挺好看的。】

刚加上微信，喻延的手机就猛地震了下。

才被他取消置顶的头像冒了出来，一跃窜到了微信最顶端。

1给他发了张图片，点开一看，是张聊天记录。

【易冉：哥，我错了，我真错了，我以后再也不用你电脑了！

易冉：哥，为啥你给我的那张卡不能用了。

易冉：[向你转账4000.00元]

易冉：哥，我双倍赔你礼物钱，求求你原谅我这个愚蠢的弟弟吧！这是我最后的积蓄了！

1：[收款4000.00元]

易冉：！

易冉：哥你原谅我了？！

易冉：哥？哥？】

喻延仿佛都能透过屏幕，感觉到这个叫易冉的人内心的大起大落。

原来礼物真的不是1送的。

他眨眨眼，忍着嘴角那难以抑制的弧度，最终还是没能绷住，千挑万选出一个表情包，发了过去。

虽然他不敢表达出来，但不可否认的是，知道1没有给别的主播送礼物，也没去看别的直播之后，他真的……好高兴啊。

"你的朋友圈好干净，连张自拍都没有。"女生已经快速翻完了他所有资料，"长这么帅都不拍照片，太过分了！"

【虽然我也觉得这妹子挺烦的，但她这句话说得很有道理。】

【你微博是用来发自拍的，不是用来请假的，我麻烦你搞清楚。】

喻延道："我不自拍的。"

第49章

女生笑了声,下了评价:"直男。"

喻延张了张嘴,没有反驳。

他把手机往口袋里一揣,继续开始直播。

打了几局单排后,他依照承诺,开始抽水友上来打游戏,四排玩了近一个下午,直到肚子开始咕咕直叫,他才想起今天不在家,没有准时送上门来的外卖。

女生的其他两个朋友走进包厢,催她离开。

"那小哥哥,我先走了。"虽然喻延一下午没怎么理她,但女生还是一脸不舍,"我们有空了再聊微信。"

喻延:"好,再见。"

几个女生在原地磨磨蹭蹭半天,终于离去。

包厢恢复平静,喻延松了口气,刚要跟水友们聊天,就见屏幕上刷出一道白字。

【1 离开了直播间。】

他一怔,下意识看了眼时间,心想对方可能是下班了。

就在他打开外卖软件时,又是一行字刷了出来。

【延延他爸进入了直播间。】

这个 ID 太眼熟,喻延几乎是一眼就认了出来。

他还没来得及反应,这个号就开始连绵不断地——刷起了屏。

【延延他爸在 yanxyan 直播间送出了一片星海】

【延延他爸在 yanxyan 直播间送出了一片星海】

……

【……怎么今天星海打折吗?】

【什么情况?这谁?】

【主播就今天收了多少个星海了?粉丝都这么死忠且壕的吗??】

【谁家爸爸跑来直播间砸钱了?】

别人不知道这是谁,但喻延知道啊。

他迅速回过神来,打开微信,给 1 发去无数个问号。

1:那个号不用了,我给这号刷个守护出来。

喻延:守护就两万,你这都快刷五万了!

对方没有回复,礼物还在继续刷着,喻延一急,把直播间的麦克风给关了,直接给 1 弹了个语音。

对面接的很快。

男人的声音轻飘飘的："舍得给我弹语音了？"

手机外置音响没耳机里那么完美，劣质的沙哑感却给他的声音覆上另一层滤镜，喻延来回做了个深呼吸才勉强控制好自己的语气。

"……你别刷了，平台要分一半，很亏的。"他道，"守护已经刷出来了。"

易琛手上未停："我把之前那个号挤下来。"

喻延不解，问："为什么突然要换号？"

"上面挂了别人的名字。"易琛语气如常，"看着烦。"

喻延："……"

他心跳得特别快，那些想阻拦的话堵在喉咙口，怎么都说不出来。

易琛看到屏幕里的人傻傻捧着手机，没了耳机的遮掩，他的粉色耳尖特别显眼。

他盯着看了半晌，嘴角扬了扬。

这才对，就该是这个表情。

"……可、可以了！"待献星榜上第一位的1被拉下来，喻延赶紧叫停，"已经下去了。"

易琛却还没砸高兴。

之前用的一直是网站设置的透支额度，没有真充钱，他砸得一点手感都没。

"你和第一名的主播就差七万热度，我把你刷到他前面去，就不刷了。"

喻延愣了半天，才反应过来他指的是年度击杀王的实时排行榜。

热度不等于礼物数量，想要超过此时第一名的老鼠，起码得刷十万块以上的礼物。

"你别刷了，"喻延下意识脱口而出，"就算超过他也没用……"

"为什么没用？"

说都说了，1看起来也不怎么关注直播平台的事，喻延犹豫了下，如实道："这个奖项早就已经内定了。"

"……"易琛一顿，刷礼物的动作慢了些，"谁说的，内定谁了？"

"就是现在的第一名。"

易琛扫了眼榜首的ID，半晌才问："没人去举报？"

喻延："举报没用的，这个人……后台很大。"

易琛挑眉："多大？"

"上一个举报他的人，已经被骂得不敢开直播了。"喻延说完，看到直播间里的礼物还在继续，他急了，"你怎么还在刷？"

291

第49章

"没事。"

点累了，易琛直接选择数量，一次性送了十万块的礼物出去，再加上这刷满整个频道的礼物提示吸引来的大批观众和弹幕，喻延不仅顺利跳到了年度击杀王第一名，热度还直接超了老鼠整整三万多。

"你就在第一坐着……我要看看，谁敢凭内幕把你挤下来。"

番　外

第八届星空 TV 主播大赛报名通知下来时，喻延正在打半决赛圈。

他听见了系统消息的提示音，但因为战况紧张，所以一直没来得及打开，倒是水友们先沸腾了。

【星空给我发站内消息了！主播大赛开始了！今年小延必定掀翻乖秀，斩获年度主播！！！】

【呵，我攒了一年的钱！儿子冲鸭！！！】

【1 老板已经几年没出手了，今年他还是不来吗 QAQ】

【是啊。明明两人关系这么好，1 老板也天天给小延刷礼物，但每年一到主播大赛就隐身了……】

喻延换弹的时候，抽空看了眼弹幕。

"别为我攒钱，拿去给自己买两条漂亮裙子。"喻延击杀掉不远处的敌人，火速躺下给自己打了个急救包，笑道："今年我还不一定参加这个活动。"

他简单一句话，立刻引发了轩然大波。

毕竟今年的看点也就是看喻延能不能把乖秀拽下来……不，准确来说，这是星空 TV 主播赛近三年来的唯一看点了。

喻延前几年借着初期积攒的人气，一路稳扎稳打，没多久就成了刚开播就能上热度榜的大神主播，水友们每天上星空 TV 的第一件事，就是看今天的热度榜第一是乖秀还是 yanxyan。

今年喻延的粉丝都攒足了劲，并气势汹汹地放话，说今年一定要把乖秀拽下马来。

【为什么啊？！】

【今年的奖品还多了个电子产品代言啊小延！你醒一醒！】

【你正值壮年，乖秀播了这么多年了都没退，你退什么退？！】

喻延被逗笑了，因为事情没定下来，所以他也没解释，他从兜里掏出一个雷，干脆利落地朝对面草丛丢去。

随着一道剧烈的爆炸声，结算页面弹了出来——大吉大利，晚上吃鸡！

喻延道："十一杀，吃鸡，房管……"

他刚准备叫房管结账，就见屏幕上跳出许多封禁人的消息，估摸着是弹幕上又吵起来了。

刚好到下播时间，不用开下一局游戏，所以喻延很有闲心地往上翻了翻弹幕。

是他的粉丝和乖秀粉丝又吵起来了。

他扶额，道："大家别吵，好好看直播。主播赛马上就要到了，喜欢乖秀的水友就继续支持乖秀，喜欢我的……可以去给自己其他喜欢的主播投票。已经到下播时间了，那我就先去休息了，大家明天再见。"

说完，他抬手朝镜头挥了挥，关掉了直播。

界面刚黑掉，乖秀的消息马上就来了。

乖秀：什么情况兄弟？今年真不参加主播赛？没道理啊。

乖秀：当然，我个人是希望你别参加的，去年比赛期间，我觉都没睡好，就怕最后奖被你给拿了，今年再来一次，我估计头发都得掉光。

喻延：……还不知道。

刚回复完这句，电脑房的房门被打开。

易琛穿着一身灰色西装，手边还放着一个行李箱，一副风尘仆仆的模样。看到喻延，他直接把箱子放到一边，大步走了过来。

"你怎么过来了。"喻延瞪大眼，"天气不好，飞机不是停飞了么……"

易琛道："买了隔壁省的机票，开车过来的。"

"怎么不跟我说，我去接你。"

易琛笑："是，忘了你刚拿了驾照。"

他扫了眼屏幕，刚好看到上面的聊天内容，一挑眉，"不参加主播赛？怎么，不满意他们这次挑的奖品？"

"不是。"喻延把对话框关掉，"就算参加了，也不一定是我获奖。"

易琛道："你想要，我单独给你开一个主播赛。"

喻延笑了，使劲摇头："走，我订了一家餐厅。"

是一家刚开的法国餐厅,易琛倒是有些意外,平时如果是喻延决定,那他们大多都会去一些比较家常的小菜馆。这几年他尝试了许多之前没尝试过的口味,也算是变相开了眼界。

服务员把醒好的红酒倒上,帮他们点好餐后便离开。

"说吧。"易琛举杯,挑眉问:"要跟我说什么事?"

喻延一愣:"……你怎么知道。"

易琛道:"你写在脸上了。"

喻延抿抿唇,举起杯子来,跟易琛碰了下,然后喝了一小口,给自己壮胆。

他说:"我想重新回去读书。"

易琛其实不太意外,前段时间他就发现一个小角落里,堆满了外语词典。

他陪着喻延喝了一口:"为什么?"

"就是,想丰富一下自己的知识。"喻延道。

易琛犹豫了下,而后点头:"那直播那边要暂时停播吗?想去哪读,我帮你安排。"

喻延今年不过二十四,继续读书也并不违和。

"对,先暂时停播。我这几年赚了点钱,够我去读书了。"喻延道,"伯母向我推荐了一家学校,就在伯父的画室旁边……"

前段时间喻延在易琛家里跟易琛父母见过面,两位长辈都很喜欢他,他还跟易妈妈交换了联系方式。

"等等。"易琛皱眉,打断他,"我爸的画室?你是想去国外?"

喻延忙道:"不是,我还没决定……我跟伯母说,要跟你商量一下才决定。"

易琛拧着眉,沉思片刻。

喻延说:"如果你不赞同,那我就……"

"我不赞同。"

"……"喻延顿了顿,敛眉,点了点头,"那就算了。"

易琛轻叹了口气,继续道:"你语言不通,就这么过去,可不行。"

喻延愣了愣,抬头看他。

"先在国内学一年。"易琛道:"一年后再出去。中间有什么需要帮忙的可以跟我说。"

喻延道:"没事,我自己可以,不用麻烦你的。等我去了那边,一有时间就飞回来找你玩……"

"不用。"易琛道，"我去找你。"

"没事，我比你闲。"

易琛笑："说不准。"

喻延一怔："嗯？"

"这几年公司已经彻底稳定下来了。"易琛慢条斯理地切着牛排，然后把切好的那份推到喻延面前，"我已经看好了人，再观察一年也差不多了。等事情安排下去后，我就有很多时间过去。"

他放下刀叉，抬眼道，"不过你要想好了，真的舍得放弃游戏吗？"

喻延闻言，摇头："不舍得，我没打算放弃游戏，只是暂时不直播了。"

"努力了这么多年才到现在的程度。"易琛扬唇，"真的不拿个年度主播再退役？"

"这哪算什么退役啊。"喻延也笑了，露出一颗小虎牙来，"奖项对我来说不重要，重要的是游戏本身啊。至于水友们……平时偶尔也能上去跟他们打打招呼，我觉得这样就很好了。"

而且要说真有什么遗憾，那也是没能真真正正走上大赛场的舞台，好好打过一场比赛。

不过人生总有缺憾，喻延感到可惜，但一点也不后悔。

易琛闻言，点了点头："都依你。"

喻延出国当天，易琛因为还有工作需要交接，没法陪着他去。

"你先过去。"把人送到安检口，易琛道："我过几天去找你。"

"好。"喻延笑道："我刚好先把房子收拾一下。"

"嗯。"易琛突然喟叹一声，他道："我最近一直在后悔……"

"后悔什么？"喻延问。

"没早点遇见你。"

易琛顿了顿，"如果早点遇见你，我会让你顺顺心心上完高中，读完大学。"

喻延一怔，许久才笑了声："可我现在过得也很好啊。"

像是想起什么，喻延继续说："而且你已经来得很及时了。在我开直播的时候，最需要的那一刻……你就出现了。"

广播里已经响起登机提示，易琛道："登机吧。"

"好。"喻延语气很轻。

机场四面都是透明玻璃,阳光随着照射进来,给穿着白色T恤的男孩衬上一层暖光。

　　喻延走了两步,突然笑着回望他。

　　"易琛,早点过来。"

　　易琛站在原地,嘴角扬起:"好。"